Bonnie Bryant

Ärger mit Lisa
Ferien im Reitcamp

Band 9 und 10

Aus dem Amerikanischen übersetzt
von Simone Wiemken

Ravensburger Buchverlag

FSC
www.fsc.org
MIX
Papier aus verantwortungsvollen Quellen
FSC® C006701

Als Ravensburger Taschenbuch Band 54932 erschienen 2013

Die Originalausgaben erschienen 1990 und 1989 bei Bantam Books, a division of Bantam Doubleday Dell Publishing Group Inc., New York unter den Titeln „The Saddle Club – Hoof Beat“ und „The Saddle Club – Riding Camp“

Published by arrangement with Bantam Doubleday Dell Publishing Group Inc., New York, New York, USA

Die deutschen Erstausgaben erschienen 1994 unter den Titeln „Sattelclub – Ärger mit Julia“ und „Sattelclub – Ferien im Reitcamp“ im Ravensburger Buchverlag

Umschlagfoto: Gabriele Kärcher
Sattelclub-Logo: © 2012 Crawford Productions Pty Ltd and Protocol Entertainment Inc.
KIKA-Logo: Verwendung unter freundlicher Genehmigung des Kinderkanals von ARD und ZDF, © KI.KA 2013
Umschlagdesign: Claudia Stein und Eva Bender

1 2 3 4 16 15 14 13

Printed in Germany

ISBN 978-3-473-54932-0

www.ravensburger.de

Für Nancy Kaplan Mansbach

Ärger mit Lisa

1

„Ganz ruhig, mein Kleiner“, sagte Carole Hanson und streichelte sanft den Hals des schwarzen Fohlens. Samson schaute sie misstrauisch an und warf dann einen Blick auf seine Mutter Delilah, die ganz in der Nähe stand.

Carole hatte ein Halfter in der Hand. Sie zeigte es dem Fohlen. Der kleine Hengst betrachtete es neugierig, aber ohne Anzeichen von Furcht. Es war der dritte Tag, an dem Carole ihm das Halfter zeigte. Sie war sich sicher, dass jetzt der Zeitpunkt gekommen war, ihm das Halfter zum ersten Mal anzulegen.

Carole war zwar erst zwölf Jahre alt, aber doch schon eine erfahrene Reiterin, und mit Samsons Hilfe wollte sie auch eine erfahrene Ausbilderin werden. Samson war erst vor wenigen Monaten im Reitstall von Pine Hollow zur Welt gekommen. Carole und ihre beiden besten Freundinnen, Stevie Lake und Lisa Atwood, hatten die Geburt miterleben dürfen. Sie war eines der aufregendsten Erlebnisse ihres Lebens gewesen. Doch mittlerweile konnten sie kaum noch glauben, dass dieses große, kräftige Fohlen, das jetzt neben Carole stand, einmal ein kleines, struppiges Neugeborenes gewesen war, das sich abmühte, zum ersten Mal auf die Beine zu kommen und einen Schluck Milch zu erwischen. Der kleine Hengst war in den letzten Monaten enorm gewachsen und konnte schon längere Zeit auf der Koppel, die er mit seiner Mutter teilte, herumspringen, ohne müde zu werden. Aber er ist trotzdem noch ein Baby, dachte Carole und lächelte. Jedes Mal wenn sie die Koppel betrat, versteckte sich das Fohlen hinter seiner Mutter.

Stevie und Lisa standen am Koppelzaun. Lisa hielt Delilah am Halfter fest, denn die Mädchen wussten, dass das Fohlen eher still halten würde, wenn es sah, dass auch seine Mutter still stand. Stevie und Lisa hielten den Atem an, während Carole einen Arm um Samsons Hals legte, um ihm das Halfter über den Kopf zu ziehen.

Die drei Mädchen arbeiteten gern zusammen. Sie waren in Pine Hollow gute Freundinnen geworden und hatten den Sattelclub gegründet. Der Club hatte nur zwei Regeln. Die Erste war, dass alle Mitglieder Pferdenarren sein mussten. Diese Bedingung zu erfüllen, war für die drei kein Problem. Die zweite Regel schrieb vor, dass alle Mitglieder sich immer gegenseitig helfen mussten, egal ob bei Stallarbeiten oder in Schwierigkeiten.

Carole war die beste Reiterin von den dreien. Sie war

die Tochter eines Obersten der Marineinfanterie und auf Militärstützpunkten aufgewachsen, auf denen sie immer Reitunterricht gehabt hatte. Sie war fest entschlossen, auch ihr weiteres Leben mit Pferden zu verbringen.

Stevie, das einzige Mädchen in einer Familie mit vier Kindern, hatte mit dem Reiten begonnen, um etwas zu tun, was sich von den Aktivitäten ihrer Brüder unterschied. Sie gab sich große Mühe und ritt auch schon sehr gut – zumindest, solange sie keinen Ärger mit Max, dem Besitzer des Reitstalles, hatte. Stevie liebte es, anderen Streiche zu spielen, und brachte sich dadurch – und oft auch ihre Freundinnen – in Schwierigkeiten.

Lisa war mit ihren dreizehn Jahren zwar die älteste von den dreien, doch sie besaß die geringste Reiterfahrung. Sie hatte erst vor ein paar Monaten angefangen, Reitstunden zu nehmen, weil ihre Mutter der Ansicht war, dass jede wohlerzogene junge Dame etwas über das Reiten wissen sollte. Womit Mrs Atwood jedoch nicht gerechnet hatte, war, dass Lisa schon nach ihren ersten Reitstunden beschlossen hatte, alles über Pferde zu lernen. Nachdem Lisa entdeckt hatte, wie viel Spaß ihr das Reiten machte, und die drei Mädchen den Sattelclub gegründet hatten, hatte sie ihren ganzen Mut zusammengenommen und ihrer Mutter erklärt, dass sie all die anderen Aktivitäten, nämlich Malen, Ballett und Geige spielen, zu denen ihre Mutter sie ebenfalls gedrängt hatte, aufgeben würde. Mrs Atwood hoffte, dass diese Phase der Pferdeverrücktheit schnell vorübergehen würde, aber Lisa wusste es besser.

„Also gut, mein Kleiner“, sagte Carole schmeichelnd, „versuchen wir es.“ Sie stand neben dem Fohlen. Sie wusste zwar, dass das Tier ihre Worte nicht verstehen konnte, sie versuchte aber es durch die freundlichen Töne zu beruhigen. Samson stand unbeweglich. Sie legte den Nasenriemen des Halfters über sein Maul. Er zog schnell den Kopf zurück, doch Carole ließ sich nicht beirren. Sie berührte seinen Nasenrücken erneut mit dem Riemen. Diesmal hielt Samson still. Sie nahm den Riemen wieder herunter. Er hielt immer noch still. Sie schaute zum Zaun hinüber, in der Hoffnung auf Unterstützung durch ihre Freundinnen.

„Du machst das sehr gut“, sagte Lisa. „Er ist so weit, ich kann es an seinen Augen sehen.“

Carole streichelte das Fohlen abermals. Dann redete sie ihm gut zu, streifte das Halfter über seine Nase und schloss die Schnalle des Genickriemens so schnell, dass Samson gar nicht mitbekam, was ihm eigentlich passiert war.

Das Fohlen schüttelte den Kopf, um das Halfter loszuwerden. Ohne Erfolg. Daraufhin schüttelte es den Kopf heftiger und schaute dann Hilfe suchend zu seiner Mutter. Delilah sah ihren Sohn jedoch nur kurz an und wandte ihre Aufmerksamkeit dann wieder der Möhre zu, die Lisa ihr vor die Nase hielt.

„So ist es brav", sagte Carole. „Es ist doch gar nichts dabei. Braver Kerl." Sie versuchte, das Fohlen zu streicheln, doch es schüttelte nur heftig den Kopf.

Carole fand, dass die Übung für den ersten Tag lange genug gedauert hatte. So schnell, wie sie es aufgelegt hatte, nahm sie das Halfter wieder ab. Samson schüttelte ein letztes Mal den Kopf, stellte dabei fest, dass das komische Gefühl verschwunden war, und richtete seine volle Aufmerksamkeit auf die Zitzen seiner Mutter. Er hatte sich eine kleine Stärkung verdient.

Lisa ließ Delilah frei. Carole stieg eilig auf den Zaun, und die drei Mädchen betrachteten die beiden Pferde.

„Das war gute Arbeit", sagte Lisa. „Ich wünschte, alle anderen hätten es sehen können."

„Wenn alle hier wären, um zuzusehen, wäre es für uns nichts Besonderes gewesen", stellte Stevie fest. „Außerdem hätten wir dann keine Plätze in der ersten Reihe mehr bekommen."

„Eigentlich will ich auch gar nicht, dass alle zusehen", sagte Lisa nachdenklich und rollte die Führleine auf. „Ich wünschte nur, wir könnten dieses Erlebnis mit anderen teilen. Zum Beispiel, indem man darüber schreibt, damit die Leute lesen können, wie es ist, mit Pferden umzugehen."

„Ich verstehe, was du meinst“, sagte Carole. „Aber ich könnte nie die richtigen Worte finden.“

„Manche Leute können es“, erklärte Lisa und folgte Carole in den Stall. „Es gibt haufenweise gute Schriftsteller, die genau wissen, wie man sich ausdrückt.“

„Aber von denen war keiner dabei“, stellte Stevie fest. „Also wird es wohl dabei bleiben, dass nur wir drei wissen, was passierte, als Samson zum ersten Mal ein Halfter trug.“

Lisa warf sich die Führleine über die Schulter und ging voraus zum Umkleideraum. Sie hatte noch immer die aufregenden Szenen vor Augen – der erste Schritt in der Erziehung eines Fohlens. Warum sollte man diese Erfahrung nicht anderen mitteilen können?

„Igitt“, stieß Stevie beim Betreten des Umkleideraumes hervor. „Ich hasse diesen aufdringlichen Farbgeruch, ihr nicht auch?“

Carole verzog das Gesicht. „Allerdings“, stimmte sie zu, „aber es muss ja gemacht werden.“ Manchmal betrachtete Carole die Dinge mit einer geradezu aufreizenden Gelassenheit.

Stevie warf einen Blick in die Sattelkammer, aus der der Farbgeruch zu ihnen herüberdrang. „Da sieht es aus wie nach einem Bombeneinschlag!“ Auf dem Fußboden türmten sich Sättel, Trensen, Halfter und Ersatzteile. Die Wände waren frisch gestrichen.

„Vielleicht sollten wir unsere Hilfe beim Aufräumen anbieten", schlug Carole vor.

„Dazu hast du gar keine Zeit", erinnerte Stevie sie. „Du hast doch versprochen, heute und morgen im Einkaufszentrum Lose für die Bücherei-Tombola zu verkaufen."

Caroles Unterkiefer klappte enttäuscht herunter. „Ach ja", stöhnte sie, „das hatte ich ganz vergessen!"

Stevie lächelte fröhlich. „Du vergisst grundsätzlich alles, was nichts mit Pferden zu tun hat. Aber du hast ja mich", scherzte sie.

Carole setzte sich auf die Bank und zog ihre Stiefel aus. „Ich verstehe nicht, wie ich das vergessen konnte. Das Problem ist nur ..." Sie unterbrach sich und runzelte die Stirn.

„Ich wette, wir können dir helfen", sagte Lisa. „Was immer es auch ist."

„Ja, vielleicht", gab Carole zu. „Das Problem ist, dass ich morgen den ganzen Tag Lose verkaufen muss; ich kann also nicht mit Samson arbeiten. Er soll aber nicht vergessen, was er heute gelernt hat."

„Das ist doch kein Problem", sagte Stevie schnell. „Das können Lisa und ich doch machen. Wir müssen ihn doch nur ein paar Sekunden lang ein Halfter tragen lassen, nicht wahr?"

Carole nickte.

Lisa zog die Reitsachen aus und ihre Straßenkleidung an. Stevie und Carole unterhielten sich über die Tombola der Bücherei. Der erste Preis war ein zweiwöchiger Aufenthalt in einem Ferienlager für Reiter. Alle drei wünschten sich sehnlichst, daran teilnehmen zu können, aber es war unwahrscheinlich, dass ihre Eltern sich darauf einlassen würden. Sie hatten in diesem Sommer schon zwei Reisen unternommen – auf eine Pferderanch und nach New York. Stevie verkündete, sie würde alle Lotterielose kaufen, doch dann fiel ihr ein, dass sie dazu kein Geld hatte.

Normalerweise hätte Lisa sich an der Unterhaltung beteiligt, doch ihr ging in diesem Augenblick etwas anderes im Kopf herum. Sie musste noch immer an Samsons erste Trainingsstunde denken und daran, wie viele andere Menschen es geben musste, die sich dafür interessieren würden.

„He, träumst du?", fragte Stevie, der Lisas abwesender Gesichtsausdruck aufgefallen war. „Woran denkst du? Willst du etwa ohne uns ins Reitcamp?"

„Nein, nein. Ich musste nur an Samson denken", sagte Lisa. „Es hat so viel Spaß gemacht, seine erste Unterrichtsstunde zu beobachten. So viel Glück wie wir müsste jeder haben! Das sind schließlich Neuigkeiten, die verbreitet werden sollten."

„Was heißt hier Neuigkeiten", stichelte Stevie, doch

plötzlich begann sie zu strahlen. „Da fällt mir etwas ein. Ich habe eine große Neuigkeit für euch! Kaum zu glauben, dass ich es beinahe vergessen hätte!"

„Was denn?", fragte Carole und schlüpfte in ein Paar goldfarbene Baumwoll-Shorts.

„Ja, was denn?", wollte auch Lisa wissen. Stevie klang aufgeregt, und Lisa hatte schon vor geraumer Zeit festgestellt, dass es meistens etwas Gutes bedeutete, wenn Stevie aufgeregt war, auch wenn es gelegentlich damit endete, dass die drei in Schwierigkeiten gerieten.

„Ich bekomme eine Schwester!", verkündete Stevie.

„Deine Mutter ist …?", begann Lisa verblüfft.

„Aber nein", erwiderte Stevie und kicherte. Sie zog sich das T-Shirt über den Kopf und begann, es in den Bund ihrer abgeschnittenen Jeans zu stecken, überlegte es sich dann aber anders und ließ es heraushängen. „Kein Baby. Diese Moni wird ein paar Wochen bei uns wohnen. Sie wird so etwas Ähnliches wie meine Schwester sein, denn sie ist etwa in unserem Alter, und vor allem habe ich mit ihr endlich eine Verbündete gegen meine zahlreichen Brüder!"

„Das ist wirklich eine Neuigkeit", bestätigte Lisa begeistert. „Ist sie eine Austauschschülerin oder so etwas?"

Stevie stellte ihre Stiefel in den Schrank und stopfte ihre Reitsachen in eine Sporttasche. „Nein, sie kommt aus Washington, und ihre Mutter ist eine Arbeitskollegin von meiner Mutter. Ihre Eltern haben eine Reise nach Hawaii gewonnen, allerdings nur für zwei Personen. Eigentlich wollten sie den Gewinn nicht annehmen, weil sie Moni nicht mitnehmen konnten, doch meine Mutter hat Moni eingeladen, solange bei uns zu wohnen. Ihre Mutter sagte, Moni wäre noch nie zuvor auf dem Land gewesen. Könnt ihr euch das vorstellen?"

„Klar", erwiderte Lisa. „Wenn man von dem großen Turnier in New York absieht, verbringen wir ja auch nicht gerade viel Zeit in einer Großstadt, oder? Ich stelle es mir ziemlich merkwürdig vor, in der Stadt zu wohnen, und ich wette, Moni wird es auch ziemlich komisch vorkommen, bei dir zu wohnen."

„Ich hoffe nur, sie ist nicht allzu komisch", sagte Stevie. „Schließlich ist sie meine einzige Chance, überhaupt einmal zu einer Schwester zu kommen."

„Ich meinte eigentlich nicht, dass Moni komisch sein könnte", sagte Lisa und verzog das Gesicht, damit Stevie ihr Grinsen nicht sah.

„Du glaubst also, ich bin komisch?", fragte Stevie herausfordernd.

Lisa konnte ihr Kichern nicht unterdrücken. Stevie ging es ebenso. Stevie war wirklich ein bisschen komisch, aber auf eine nette Art.

„Carole, du hast dein T-Shirt verkehrt herum an", sagte Stevie und wechselte damit das Thema.

Carole schaute verwirrt an sich herunter. „Ich hätte schwören können …“

„Vielleicht solltest du nur noch T-Shirts tragen, auf denen ein Pferdekopf abgebildet ist“, neckte Stevie sie. „Dann wüsstest du immer, wo vorn ist.“

„Sehr witzig“, konterte Carole grinsend und schüttelte dann den Kopf. „Aber du hast Recht. Ich bin manchmal wirklich etwas vertrottelt. Wer weiß, was mir als Nächstes passieren wird!“ Sie schob eine Hand in ihre Hosentasche. „Oh nein!“, rief sie entsetzt.

„Was ist?“, wollte Lisa wissen.

„Das Geld ist weg“, stieß Carole hervor. Sie schob die Hand tiefer in ihre Tasche und suchte erfolglos darin herum. „Das Geld für das Geburtstagsgeschenk für meinen Vater …“

„Du wolltest ihm ein paar CDs kaufen, oder?“, fragte Stevie.

Carole nickte. Ihr Vater liebte Musik der Fünfziger- und Sechzigerjahre. Sie hatte lange gespart, um ihm ein paar CDs mit alten Schlagern kaufen zu können.

„Vielleicht ist es in deiner Reithose“, meinte Lisa.

Carole durchsuchte die Taschen ihrer Reithose, doch ohne Erfolg.

„Es sind fünfzehn Dollar! Ich werde sie doch nicht verloren haben. Es sind nur noch ein paar Wochen bis zu seinem Geburtstag. Wenn ich …“

„Was ist mit deiner Geldbörse?“, fragte Stevie. „Wo ist sie?“

„In dieser Tasche“, antwortete Carole und zeigte auf die Gesäßtasche ihrer Shorts. „Aber darin ist das Geld für Dads Geburtstag nicht. Wenn ich es in der Geldbörse hätte, könnte ich es versehentlich ausgeben.“

„Vielleicht ist es in deinem Rucksack“, meinte Lisa.

Carole zog ihre Sachen aus dem Rucksack, doch auch dort war kein Geld zu finden. Sie setzte sich auf die Bank, stützte die Ellbogen auf die Knie und legte das Kinn in die Hände. Sie runzelte die Stirn bei dem Versuch, sich zu konzentrieren.

„Ich hatte das Geld doch erst in der Hand. Daran erinnere ich mich. Aber ich weiß nicht mehr, was ich dann damit gemacht habe.“

Lisa empfand Mitleid mit Carole und wünschte, ihr helfen zu können. Wenn Carole nur nicht so vergesslich und unkonzentriert wäre! Es war nicht das erste Mal, dass sie etwas Wichtiges vergessen hatte. Einmal hatte sie beinahe vergessen, für einen mehrtägigen Ausflug Gepäck und Schlafsack in den Reisebus zu packen.

„Ich verstecke mein Geld manchmal in den Schuhen“, sagte Stevie.

„Das ist es!“, stieß Carole hervor und strahlte. „Es ist in meinem Stiefel.“ Unter den erstaunten Blicken ihrer Freundinnen griff Carole in ihren rechten Reitstiefel. „Ich hab's!", triumphierte sie und zog zwei verknitterte Geldscheine hervor, einen Fünf- und einen Zehndollarschein.

„Carole!", sagte Stevie streng. „So geht man nicht mit Geld um – vor allem nicht mit so viel Geld!"

„Ich weiß", seufzte Carole. „Aber jetzt muss ich einen Platz finden, an dem ich es sicher verwahren kann, bis ich dazu komme, die CDs für Dad zu kaufen." Sie sah Stevie an. „Du hast mir geholfen, es wieder zu finden", sagte sie. „Hilfst du mir auch, darauf aufzupassen?"

„Klar", sagte Stevie. „Wenn du willst."

„Das wäre toll. Bitte bewahre es drei Wochen lang für mich auf. Ich will am Samstag vor seinem Geburtstag zum Einkaufen gehen. Dann kannst du mir das Geld wiedergeben." Sie legte die Geldscheine in Stevies Hand. „Aber gib es mir nicht vorher – egal, wie sehr ich darum bettele, okay?"

Stevie betrachtete das Geld und sah dann ihre Freundin an. „Bist du sicher?", fragte sie. Carole nickte. Langsam holte Stevie ihre eigene Geldbörse hervor, öffnete den Verschluss zu einem Geheimfach, schob das Geld hinein, schloss die Klappe und warf die Geldbörse in ihre Sporttasche. „Mach dir keine Sorgen, dass ich es mit meinem eigenen Geld durcheinanderbringen und versehentlich ausgeben könnte", sagte sie. „Ich besitze nur vier Cents."

„Ich weiß", sagte Carole. „Ich vertraue dir. Du hast ja

nie mehr als vier Cents! Jetzt muss ich aber los. Vielen Dank und bis später!“

Carole schnappte sich ihre Sachen und stürzte zur Tür hinaus.

„In letzter Zeit passieren wirklich aufregende Dinge“, sagte Lisa zu Stevie, während sie ihre Sachen sorgsam im Schrank verstaute. „Es gibt einen Haufen Neuigkeiten im Stall, von Samsons Ausbildung bis hin zu deiner neuen Schwester.“

„Klar, ich sehe schon die Schlagzeilen in der Zeitung von morgen“, erwiderte Stevie ironisch.

Das brachte Lisa auf eine Idee. Eine geniale Idee, fand sie und lächelte geheimnisvoll.

2

Lisa umklammerte ihre Mappe so krampfhaft, dass sie sicher war, die darin befindlichen Papiere völlig zu zerknittern. Sie betrachtete den Schriftzug an der Tür – Willow Creek Tagblatt. Sie hatte weiche Knie. Sie holte tief Luft und klopfte an die Tür.

„Herein“, antwortete eine knurrige Stimme.

Sie öffnete die Tür und warf einen vorsichtigen Blick in den Raum. Sie erwartete ein Redaktionsbüro wie bei einer Großstadtzeitung, mit unzähligen Schreibtischen und vielen Computern, an denen erschöpfte, aber eifrige Reporter saßen, die entschlossen waren, den nach Informationen hungernden Bürgern von Willow Creek die Wahrheit mitzuteilen.

Sie hatte ihre Erwartungen jedoch zu hoch gesteckt. In dem Raum standen nur drei Schreibtische, die allesamt aussahen, als hätte man sie vom Sperrmüll geholt. Auf einem von ihnen stand allerdings wirklich ein Computer und auf einem anderen eine alte mechanische Schreibmaschine. Auf dem dritten Schreibtisch befand sich möglicherweise auch eine Schreibmaschine, doch das festzustellen, war unmöglich, denn auf dem Tisch waren alte Ausgaben des Tagblatts so hoch gestapelt, dass sie alles andere verdeckten.

„Mr Teller?“, fragte sie schüchtern.

„Der bin ich“, sagte der Mann und schob sich die Brille auf die Stirn. Er war fast kahl und hatte ein hageres Gesicht und buschige Augenbrauen, die ihn ein wenig unheimlich aussehen ließen. „Und du musst das Mädchen sein, das wegen der Pferde angerufen hat – Lisa, nicht wahr?“

Er lächelte sie an. Er hatte eines der nettesten Lächeln, das Lisa je gesehen hatte, und sie fand ihn auch nicht länger unheimlich.

„Lisa Atwood“, sagte sie und seufzte erleichtert.

„Setz dich doch“, sagte Mr Teller. Er schaute sich suchend um. „Hier muss irgendwo ein Stuhl sein. Dieses Büro ist berühmt für seine wandernden Papierstapel. Wenn ich einer freien Fläche den Rücken zuwende, kommt garantiert ein Stapel Papier angekrochen und füllt sie aus!“

Lisa musste lachen. Er stand auf und legte die Papiere auf den Boden. Lisa setzte sich schnell. Sie wendete sich dem Papierstapel zu, den er gerade auf den Boden gelegt hatte, und sagte energisch: „Sitz und bleib da!“

Mr Teller lachte über ihren Witz. „Ich glaube, wir werden uns gut verstehen", sagte er. Dieser Ansicht war Lisa auch. „Nun erzähl mir noch einmal von deiner Idee."

„Es geht um Pferde", begann sie. „Wissen Sie, ich reite in Pine Hollow, genau wie viele andere Mädchen und einige Jungen aus dieser Stadt. Es ist ein recht großer Betrieb. Es werden Reitstunden gegeben und Kurse abgehalten, Fohlen geboren und ausgebildet. Natürlich interessiert das nicht jeden, aber es passiert so viel in unserem Reitstall, dass es sich lohnen müsste, die jungen Reiter darüber auf dem Laufenden zu halten, und deshalb sollte in Ihrer Zeitung eine eigene Reitstallkolumne erscheinen."

„Interessante Idee", sagte Mr Teller und lehnte sich in seinem Stuhl zurück. „Hast du vielleicht auch eine Idee, wer diese Kolumne schreiben könnte?"

Lisa wusste, dass Mr Teller sie aufzog. Er wusste bereits, dass sie die Artikel schreiben wollte, denn sie hatte es ihm am Telefon gesagt.

Sie wurde rot. „Ich habe schon eine ganze Menge Erfahrung", sagte sie. „Meine Aufsätze sind immer gut benotet worden – ich habe ein paar davon mitgebracht ..."

Sie griff nach ihrer Mappe.

„Das ist schon in Ordnung", sagte Mr Teller. „Ich glaube gern, dass du gute Noten hast und auch gute Schulaufsätze schreibst, aber das bedeutet noch nicht, dass du auch einen Zeitungsartikel schreiben kannst."

„Ich habe damit gerechnet, dass Sie das sagen würden“, sagte Lisa. „Deshalb habe ich auch ein paar von den Artikeln mitgebracht, die ich im letzten Jahr für unsere Schülerzeitung geschrieben habe.“ Sie reichte ihm drei ihrer Lieblingsartikel. Einer handelte von dem neuen Physiklehrer und die beiden anderen von Klassenausflügen.

„Gute Idee“, sagte er und warf einen kurzen Blick auf die Zeitungsausschnitte. „Also gut, Lisa, du kannst schreiben. Worum soll es bei deinem Projekt gehen?“

Dies war der Augenblick, von dem Lisa die ganze letzte Nacht geträumt hatte, denn anstatt zu schlafen, hatte sie fast die ganze Zeit wach gelegen und sich ausgemalt, wie ihr Vorstellungsgespräch wohl verlaufen würde. In ihren Gedanken war es nie so problemlos gewesen, wie dies jetzt der Fall war. „Hufschlag“, sagte sie und sah Mr Teller direkt ins Gesicht. „Die Kolumne soll Hufschlag heißen.“

Mr Teller lehnte sich erneut in seinem Stuhl zurück. Lisa hatte den Eindruck, dass er das immer tat, wenn er nachdachte. Er schaute nach links und rechts, obwohl es auf beiden Seiten nichts anderes zu sehen gab als Papierstapel. Schließlich sah er Lisa wieder an.

„Also gut“, sagte er. „Ich brauche pro Woche 500 bis 750 Wörter. Das sind zwei bis drei Schreibmaschinenseiten. Die Artikel müssen bis Mittwochmittag hier sein.

Du bist ganz allein verantwortlich, ich werde die Artikel nicht korrigieren, es sei denn, sie enthalten sprachliche Fehler. Wenn du willst, kannst du Dienstagabend kommen und die Schreibmaschine dort drüben benutzen."

Lisa betrachtete die antike Maschine voller Zweifel. „Nein danke. Wir haben einen Computer zu Hause, den ich benutzen kann. Das ist einfacher für mich."

„Das wäre es für mich auch", scherzte Mr Teller. „Ich zahle dir fünfzehn Dollar für jeden Artikel."

„Sie wollen mich bezahlen?" Lisa dachte, sie hätte sich verhört. Sie war völlig verblüfft. „Jede Woche?"

„Natürlich werde ich dich bezahlen", knurrte Mr Teller. „Wenn ich es nicht täte, könntest du auf die Idee kommen, diese Arbeit wäre nicht wichtig. Das ist sie aber. Ab jetzt werde ich wöchentlich mit zwei bis drei Seiten Manuskript von dir rechnen. Ich halte eine Spalte frei, und wenn du mich hängen lässt, bekomme ich Probleme. Und das passt mir gar nicht – ebenso wie es dir nicht passen würde, kein Geld zu bekommen. Alles klar?"

Lisa nickte nur. Sie war zu aufgeregt, um etwas zu sagen.

„Okay. Heute ist Donnerstag. Was meinst du, kannst du den ersten Artikel bis Mittwoch abliefern?"

„Jawohl, Boss!", sagte sie. Leider fiel dabei ihre Mappe herunter, und ihre Schulaufsätze verteilten sich über den ganzen Fußboden. Lisa wurde rot.

„Verstehst du jetzt, was ich damit meine, dass in diesem Büro jedes Stück Papier ein Eigenleben führt?“, fragte Mr Teller und half ihr beim Aufsammeln. Lisa lächelte dankbar, weil er versuchte, ihr über die Situation hinwegzuhelfen. „Ach ja, noch etwas ...“

„Ja?“

„Nenn mich nicht Boss. Mr Teller reicht.“

Lisa legte die letzten Papiere in ihre Mappe, gab ihrem neuen Chef die Hand, sprach ihn mit Mr Teller an und nicht mit Boss und verließ das Büro.

Sie war so aufgeregt, dass sie die Treppen fast hinunterschwebte. Sie war eine Reporterin – mit einer eigenen Kolumne! Das war das Aufregendste, was ihr passiert war, seit sie mit dem Reiten begonnen hatte. Sie hatte einen Job. Einen echten Job, der erste Schritt zur Karriere.

Das Tagblatt von Willow Creek war zwar nicht die Washington Post oder die New York Times, aber es war zumindest ein Anfang. Schließlich war sie erst dreizehn. Wenn sie schon in ihrem Alter einen guten Start hatte, würde sie vielleicht etwas für die Washington Post schreiben können, wenn sie auf dem College war. Vielleicht würde sogar ihr Name unter einem ihrer Artikel erscheinen. Am meisten reizte sie der Aufgabenbereich eines Kriminalreporters. Sie konnte im Untergrund arbeiten und Mafiabosse oder Drogenschmuggler verfolgen, vielleicht sogar Regierungsskandale aufdecken. Sie würde in Kriegsgebiete reisen und Soldaten interviewen und mit Diktatoren und Präsidenten sprechen. Und Spionagegeschichten – sie konnte Doppelagenten enttarnen, die die Demokratie untergruben. Mit solchen Artikeln würde sie ohne Mühe den Pulitzerpreis bekommen – wahrscheinlich sogar zweimal! Dadurch würde dann natürlich auch das Nobelkomitee auf sie aufmerksam werden …

Doch zunächst musste sie einen Artikel über die Ausbildung von Samson schreiben.

3

Stevie konnte es immer noch nicht fassen, wie süß Samson war. Sie hatte seine Geburt miterlebt und ihm zugeschaut, als er das erste Mal aufstand und bei seiner Mutter trank. Seither hatte sie ihn fast täglich gesehen – doch es war immer wieder genauso aufregend wie am ersten Tag.

Samson war inzwischen enorm gewachsen, war aber doch noch sehr klein und vor allem sehr süß. Die meiste Zeit hielt sich Samson in unmittelbarer Nähe seiner Mutter auf, doch manchmal wagte er sich auch allein ein Stück weit fort. Aber sobald jemand die Koppel betrat, flüchtete er sofort wieder zu seiner Mutter. Delilah war immer für ihn da und wartete auf ihn. Sie berührte ihn mit den Nüstern und beruhigte ihn, wenn er sich fürchtete. Stevie fand, sie war eine besonders gute und aufmerksame Mutter.

Stevie war heute allein mit Samson und Delilah. Carole war im Einkaufszentrum und half beim Losverkauf für die Bücherei. Lisa hatte versprochen, später vorbeizukommen und Stevie zu helfen. Sie hatte Stevie am Morgen angerufen und etwas von einer Verabredung gemurmelt, sich dabei aber sehr vage ausgedrückt. Normalerweise hätte Stevie sich darüber geärgert, zum Teil, weil sie neugierig war, aber auch, weil sie fest mit Lisas Hilfe gerechnet hatte. Im Augenblick aber freute sie sich darüber, die Einzige zu sein, die mit Samson arbeiten würde. Sie hatte Carole am Vortag aufmerksam zugesehen und war sicher, dass sie es auch schaffen würde. Außerdem würde es viel Spaß machen.

„Hallo, ihr zwei“, sagte sie zu Mutter und Sohn. Delilah sah ohne großes Interesse zu ihr herüber, und Samson drückte sich eng an seine Mutter.

Als Erstes legte Stevie Delilah ein Halfter auf und band die Stute am Koppelzaun fest. Delilah zeigte sich brav und folgsam wie immer.

„Braves Mädchen“, lobte Stevie und klopfte der Stute demonstrativ den Hals. Sie wollte Samson zeigen, wie gut sie sich mit seiner Mutter verstand. „Siehst du, Kleiner, du kannst mir trauen. Deine Mutter und ich sind alte Freunde.“

Das Fohlen verschwand hinter Delilahs Kruppe.

„Das stimmt wirklich“, bekräftigte Stevie. „Sie wird es dir bestätigen. Wir sind oft zusammen ausgeritten. Einmal hat sie sogar versucht, mich loszuwerden, aber ich konnte mich auf ihr halten!“

An diesen Tag konnte Stevie sich noch gut erinnern. Es war in dem Jahr gewesen, in dem sie mit dem Reiten angefangen hatte. Sie war in Turnschuhen ausgeritten und hatte einen Steigbügel verloren, der daraufhin gegen Delilahs Bauch schlug. Das hatte der Stute natürlich überhaupt nicht gefallen, und sie hatte sich furchtbar aufgeregt. Stevie hatte sich verzweifelt an ihre Mähne geklammert, doch sie hatte es geschafft, den Steigbügel wieder aufzunehmen. Seit jenem Tag trug sie zum Reiten nur noch hochhackige Cowboystiefel.

„Gute alte Freunde“, wiederholte Stevie und kletterte über den Koppelzaun. Sie ging an Delilah vorbei und versuchte, sich Samson zu nähern. Sie wollte ihn nicht erschrecken. Das Halfter hatte sie in der linken Hand und verbarg es hinter ihrem Rücken. Sie zeigte ihm ihre leere rechte Hand, doch die schien ihn nicht sehr zu interessieren. Er wich zurück.

Stevie machte einen Schritt nach vorn. Samson machte einen Schritt nach hinten. Sie versuchte es erneut mit demselben Ergebnis.

„Das ist fast wie in der Tanzstunde“, stellte sie fest.

Sie bewegte sich nach rechts. Er wich nach links aus. Sie verlagerte ihr Gewicht. Er tat dasselbe. Das brachte sie zum Lachen.

Stevie sprang ein paar Zentimeter hoch in die Luft. Samson ergriff die Flucht, schlug einen großen Bogen, versteckte sich auf der anderen Seite seiner Mutter und drückte sich eng an sie.

Stevie schlich sich um Delilahs Hinterhand herum und legte vorsichtig eine Hand auf Samsons Flanke. Er wich ihr wieder aus.

Sie schaute ihm gern zu, wenn er sich bewegte. Irgendetwas unterschied seine Gangarten von denen eines erwachsenen Pferdes. Wahrscheinlich lag es an seinen Proportionen, überlegte Stevie. Die Beine des Fohlens waren, verglichen mit der Körpergröße, viel länger als die seiner Mutter, und er bewegte sich wie auf Sprungfedern. Stevie hätte ihn stundenlang beobachten können.

Samson versteckte sich neben seiner Mutter. Stevie ging in die Hocke und schaute ihn unter Delilahs Bauch hindurch an.

„Kuckuck!“, sagte sie, woraufhin das Fohlen entsetzt hochsprang und schnell von seiner Mutter weggaloppierte. Doch kurz darauf war es wieder neben Delilah und drückte sich auf der Stevie abgewandten Seite dicht an sie. Wieder schaute Stevie unter dem Bauch der Stute hindurch. Aber diesmal war Samson darauf gefasst. Er schaute zu ihr herüber. „Kuckuck!“, rief sie, und wieder schoss das Fohlen los.

„Kluges Kerlchen!“, lobte Stevie, die überrascht war, dass der kleine Hengst das neue Spiel so schnell begriffen hatte. Mit Samson zu spielen war genauso lustig wie das

Spiel mit einem jungen Hund, und Stevie hatte bereits festgestellt, dass es Samson so viel Spaß machte wie ihr.

Stevie hängte Samsons Halfter über einen Zaunpfosten. Sie konnte besser mit ihm spielen, wenn sie nicht ständig durch das an ihrer Schulter hängende Halfter gestört wurde.

Stevie probierte mehrere Variationen des Kuckuck-Spiels – manchmal erwischte sie Samson von der anderen Bauchseite seiner Mutter, dann wieder stand er vor oder hinter ihr. Delilah blieb währenddessen ungerührt stehen und nahm von den Verrücktheiten ihres Sohns keine Notiz. Stevie wunderte sich nicht, dass die Stute in keiner Weise reagierte. Sie war ausgezeichnet erzogen und hatte schon vor langer Zeit gelernt, brav stehen zu bleiben, wenn sie angebunden war.

Als Stevie das Kuckuck-Spiel zu langweilig wurde, versuchte sie Samson das Fangen-Spiel beizubringen, doch darin war er bereits Meister. Jedes Mal wenn sie ihre Hand nach ihm ausstreckte, wich er ihr aus und floh in die entgegengesetzte Richtung. Sie versuchte, ihn auszutricksen, indem sie zuerst die rechte Hand nach ihm ausstreckte, um ihn dann, wenn er auswich, mit der linken Hand zu erwischen. Samson erkannte jedoch schnell, dass er, um ihr auszuweichen, nur einen Satz rückwärts zu machen brauchte. Und wenn Stevie ihm dann nachlief, wurde er einfach etwas schneller.

Stevie überlegte gerade, ob sie Samson wohl beibringen könnte, „Folge-dem-Anführer“ zu spielen, als Lisa auftauchte.

„Komm herein und sieh dir an, was ich Samson beigebracht habe“, sagte Stevie.

„Ach, ich glaube, ich sehe lieber nur zu“, erwiderte Lisa. „Es sei denn, du brauchst mich.“

„Nein, wir amüsieren uns prima. Ich hätte nie gedacht, dass ein Pferd so schlau sein kann! Warte, ich zeige es dir.“

Stevie führte ihre beiden Spiele vor. Lisa wollte ihren Augen nicht trauen. Sie hatte zwar schon Pferde gesehen, die für komplizierte Aufgaben ausgebildet waren, aber noch nie eines, das mit so viel Freude spielte.

„Versuch du es“, schlug Stevie vor. „Ich wette, du kannst es genauso gut wie ich. Samson macht es einem aber auch wirklich leicht.“

Die Versuchung war groß für Lisa. Mit dem Fohlen zu spielen, musste unheimlich viel Spaß machen. Aber sie hatte einen Job zu erledigen. Sie hatte eine Kolumne zu schreiben und wollte ihre Freundinnen damit überraschen. Und jetzt hatte sie etwas, über das zu schreiben sich wirklich lohnte!

„Ich kann nicht“, sagte sie. „Ich habe etwas zu tun.“

„Aber du bist doch gerade erst gekommen“, erwiderte Stevie enttäuscht.

„Ich weiß, aber es ist nicht zu ändern."

Stevie spürte, dass Lisa ihr etwas verheimlichte, doch im Augenblick hatte sie viel zu viel Spaß mit Samson, um sich Gedanken darüber zu machen, was Lisa wohl im Schilde führte. Deshalb verabschiedete sie sich von ihr, begann wieder mit Samson zu spielen und bekam nicht einmal mit, wann genau Lisa sich auf den Heimweg machte.

Sie musste feststellen, dass „Folge-dem-Anführer" viel schwieriger war als ihre anderen Spiele. Sie lief vor Samson her und fing dann an zu hüpfen, etwa im Tempo des Trabes. Samson folgte ihr zwar brav, doch sie war sich nicht sicher, dass er genau dasselbe tat wie sie, wie es die Spielregeln vorschrieben. Die einzige Möglichkeit, das festzustellen, war, anzuhalten und sich umzudrehen, doch jedes Mal wenn sie das tat, musste sie feststellen, dass Samson ebenfalls stehen geblieben war und sie unverwandt ansah. Und als sie ihn dann zum Anführer bestimmte, lief er nur zu Delilah. Als er das dritte Mal bei seiner Mutter angekommen war, begann er zu trinken.

Beim Anblick des saugenden Fohlens merkte Stevie, dass sie ebenfalls Hunger hatte, und da sie außerdem ziemlich müde war, galt für Samson sicher dasselbe. Sie warf einen Blick auf ihre Uhr. Es war fast ein Uhr. Sie hatte über zwei Stunden mit Samson gespielt – es war ihr vorgekommen, als wären es nur ein paar Minuten gewesen. Sie hatte Carole versprochen, sich fünfzehn bis zwanzig Minuten lang mit dem Fohlen zu beschäftigen, aber wie sich herausgestellt hatte, war das nicht annähernd genug. Carole würde begeistert sein!

Stevie wollte das trinkende Fohlen nicht stören. Es machte einen so friedlichen Eindruck – das Gegenteil zu dem lebhaften kleinen Kobold, mit dem sie noch vor wenigen Minuten gespielt hatte. Stevie kletterte auf den Zaun, band Delilah los, nahm ihr das Halfter ab und stieg dann vom Zaun herunter. Sie war schon auf halbem Wege zur Sattelkammer, als ihr das Halfter einfiel, das sie für Samson mitgebracht, aber überhaupt nicht gebraucht hatte. Sie ging noch einmal zur Koppel zurück und stellte fest, dass Samson flach ausgestreckt auf einer schattigen Stelle der Weide lag und fest schlief. Sie nahm sein Halfter und seine Führleine mit und machte sich auf den Rückweg zum Stall.

Dort traf sie der unangenehme Farbgeruch wie ein Keulenschlag. „Bäh“, sagte sie und verzog das Gesicht. Es war jedoch niemand in der Nähe, der ihr hätte zustimmen können. Die meisten Mädchen, die gewöhnlich in ihrer Gruppe ritten, waren mit Red O’Malley auf einem Ausritt. Stevie hätte mitreiten können, aber mit Samson zu spielen, hatte viel mehr Spaß gemacht.

Sie wollte sich gerade auf die Bank im Umkleideraum setzen, als ihr auffiel, dass die Bank strahlend weiß und ganz offensichtlich frisch gestrichen war. Ein weißer Streifen auf dem Hinterteil ihrer Jeans hätte ihr gerade noch gefehlt!

Sie setzte sich auf den Boden und zog ihre Tasche aus dem Schrank. Die Jeans wollte sie anbehalten, aber für den Heimweg in ihre Turnschuhe schlüpfen. Die Stiefel waren zwar prima zum Reiten und für die Arbeit auf der Koppel, aber zum Laufen recht unbequem.

Sie brauchte nur ein paar Sekunden, um die Schuhe zu wechseln, und machte sich nicht einmal die Mühe, die Schnürsenkel zuzubinden. Sie stopfte die Stiefel in ihr Schrankfach, zog den Reißverschluss ihrer Sporttasche zu und wollte gerade gehen, als ihr auffiel, dass sie ihre Geldbörse nirgends gesehen hatte – nicht, dass ihr das viel ausmachen würde. Sie hatte drei ihrer vier Cents für einen Kaugummi ausgegeben und demzufolge keine großen Reichtümer mehr zu verlieren. Die Geldbörse zu verlieren, wäre allerdings ärgerlich, denn in ihr befand sich ihr Büchereiausweis.

Sie durchsuchte die Sporttasche. Keine Geldbörse, auch nicht in der Außentasche. Gereizt ließ sie sich erneut auf dem Boden nieder und zog die Stiefel wieder aus dem Schrank, denn es bestand immerhin die Möglichkeit, dass sie die Geldbörse beim Einstellen der Stiefel nach hinten geschoben hatte. Doch sie fand sie nicht.

Stevie ärgerte sich über sich selbst. Sie hasste es, Dinge

zu verlieren. Sie war sicher, dass sie die Geldbörse nicht aus der Tasche genommen hatte, seit sie sie am Vortag hineingesteckt hatte, aber es sah ganz so aus, als wäre sie trotzdem verschwunden. Gestohlen hatte sie sicher niemand, denn die Geldbörse war weder besonders wertvoll, noch hatte sich Geld in ihr befunden. Niemand würde eine leere Geldbörse stehlen … Plötzlich fiel ihr ein, dass Caroles Geld in ihrer Börse gewesen war. Carole hatte sie doch gebeten, die fünfzehn Dollar aufzubewahren, für die sie ihrem Vater ein Geschenk kaufen wollte – und es sah ganz so aus, als wäre das Geld gestohlen worden! Stevie fühlte sich, als hätte ihr jemand einen Schlag in die Magengrube versetzt. Fünfzehn Dollar! Wie hatte das nur passieren können?

Die Schrankfächer waren immer unverschlossen, doch alle Reiter des Stalls kannten einander, und es war mit Sicherheit niemand darunter, der einen Freund bestehlen würde. Carole hatte sich ihr Geld bestimmt nicht zurückgenommen. Und Lisa konnte es schon gar nicht gewesen sein.

Stevies ohnehin lebhafte Fantasie arbeitete auf Hochtouren. Als Erstes überlegte sie, wer dabei gewesen war, als Carole ihr das Geld zur Aufbewahrung gegeben hatte, aber es erschien ihr völlig ausgeschlossen, dass einer der jungen Reiter es gestohlen haben könnte. Vielleicht einer von den Stallburschen?, fragte sie sich. Sie schüttelte den

Kopf. Wahrscheinlich war es ein Fremder gewesen, der von der Straße hereingekommen war und in dem verlassenen Umkleideraum nach Wertsachen gesucht hatte. Diese Erklärung klang zumindest plausibel, aber es war doch ziemlich unwahrscheinlich, dass ein Dieb seine Zeit im Kinder-Umkleideraum eines Reitstalls verschwenden würde. Im Augenblick war es unwichtig, wie die Geldbörse verschwunden war. Wichtig war nur, dass sie verschwunden war. Sie musste mit Max sprechen.

Sie fand ihn in der Box von Barq, wo er einen der Hufe des Pferdes untersuchte. Er hielt den Huf in das in den Stall einfallende Sonnenlicht, säuberte ihn mit einem Hufkratzer und tastete ihn dann sorgfältig ab. Stevie wartete. Ihr war zwar überhaupt nicht nach geduldigem Warten zumute, aber es war völlig sinnlos, Max anzusprechen, solange er mit einem Pferd beschäftigt war.

„Ha! Erwischt!“, sagte er schließlich. Er schob die Spitze des Hufkratzers vorsichtig zwischen Hufeisen und Huf, bewegte sie hin und her, bis ein Kieselstein herausfiel und im Stroh verschwand. Max ließ Barqs Huf los, woraufhin sich dieser wieder seinem Heu zuwandte, als wäre nichts gewesen.

„Was gibt's, Stevie?“, fragte Max, verließ die Box und verriegelte die Tür hinter sich. „Ich sah dich vorhin auf dem Weg zu Samsons Koppel. Ist mit ihm alles in Ordnung?“

„Oh, ja, ich habe ganz prima mit Samson gearbeitet", sagte sie. „Aber ich habe ein Problem." Sie erzählte ihm von ihrer Geldbörse und Caroles Geld.

„Das ist schlimm", sagte er und schüttelte mitfühlend den Kopf.

„Allerdings", bestätigte sie und war sicher, dass Max einen Weg finden würde, das Problem zu lösen. „Aber du wirst mir doch helfen?"

„Ich wüsste nicht, wie", erwiderte er. „Aber ich bin sicher, dass du daraus etwas gelernt hast."

Das war nun absolut nicht, was Stevie sich von ihm erhofft hatte. Er sagte genau dasselbe, was auch ihre Eltern gesagt hätten.

„Aber das ist nicht fair", jammerte sie. „Das Geld ist gestohlen worden. In deinem Stall! Dafür kann ich doch nichts!"

„Stevie, das hier ist ein öffentlicher Ort. An den Schränken sind keine Schlösser. Sie bieten unseren Reitern eine Möglichkeit, ihre Sachen aufzubewahren, aber sie sind keine Tresore. Es tut mir leid für Carole, aber es war leichtsinnig von dir, so viel Geld im Umkleideraum zu lassen. Beim nächsten Mal denk daran, dass ich jederzeit bereit bin, Wertsachen in meinem Schreibtisch einzuschließen." Er machte sich auf den Weg in sein Büro.

Stevie folgte ihm bedrückt. Sie musste ihn einfach dazu bringen, ihr zu helfen.

„Beim nächsten Mal? Es wird sicher kein nächstes Mal geben, Max! Carole wird nie wieder mit mir reden! Sie wollte ihrem Vater mit dem Geld ein Geschenk kaufen! Tu doch etwas!"

„Das sollte ich vielleicht wirklich", antwortete er nachdenklich.

Stevie wartete. Die Tatsache, dass es sich um Caroles Geld handelte, würde ihn zum Handeln veranlassen, das war sicher. Max kratzte sich den Kopf.

„Also gut", sagte er, „sobald die Malerarbeiten fertig sind, werde ich im Umkleideraum ein Schild aufhängen, damit alle wissen, dass sie mir ihre Wertsachen in Verwahrung geben können."

Das hilft mir auch nicht weiter, dachte Stevie verzweifelt und machte sich verbittert auf den Heimweg.

4

Am selben Abend saß Lisa in dem bequemen Sessel in ihrem Zimmer, mit den Beinen über einer der weichen Armstützen und dem Rücken an der anderen. Sie dachte nach.

Sie hatte bereits eine Liste von Themen zusammengestellt, über die sie in ihrer ersten Kolumne schreiben konnte. So weit, so gut. Das Problem war nur, dass auf ihrer Liste mindestens fünfzehn verschiedene Themen standen, und es war absolut ausgeschlossen, mit nur 500 Wörtern alles zu erfassen. Am liebsten würde sie über Samsons Ausbildung schreiben, aber darüber gab es so viel zu berichten, dass sie kaum wusste, womit sie anfangen sollte. Sie brauchte einen Aufhänger. Plötzlich kam ihr eine Idee. Sie schrieb:

Der neue Schüler im Reitstall von Pine Hollow ist zugleich der jüngste. Sein Name ist Samson. Er ist etwa einen Meter groß, hat kurzes, schwarzes Fell, spitze Ohren und winzige Hufe. Den ganzen Tag galoppiert Samson übermütig über die Weide. Er ist Delilahs Fohlen.

Lisa gefiel der Anfang. Sie hielt es für eine gute Idee, darauf hinzuweisen, dass in ihrer Reitschule nicht nur die Menschen etwas lernten, sondern auch die Pferde.

Sie wollte gerade beginnen, die ersten Ausbildungsstunden des Fohlens zu beschreiben, als ihre Mutter von unten heraufrief, dass sie am Telefon verlangt wurde. Lisa war so in ihre Arbeit vertieft gewesen, dass sie das Läuten des Telefons nicht einmal gehört hatte. Sie nahm den Anruf an dem Apparat in ihrem Zimmer entgegen.

„Oh Lisa, ich bin so froh, dass ich dich erreiche!“, sagte Stevie. Lisa erkannte sofort den leichten Anflug von Panik in ihrer Stimme, doch sie machte sich darüber keine Gedanken. Stevie klang oft etwas panisch.

„Was gibt's?“, fragte sie und betrachtete stolz den Absatz, den sie gerade geschrieben hatte.

„Caroles Geld ist weg!“, stieß Stevie hervor.

Da wusste Lisa, dass Stevies Panik durchaus berechtigt war.

Stevie erzählte ihr, was passiert war. „Es war einfach nicht mehr da, als ich von der Koppel zurückkam. Hast du jemanden im Umkleideraum gesehen, als du nach Hause gegangen bist?"

Lisa dachte einen Augenblick lang nach. „Die ganze Bude hat so nach Farbe gestunken, dass ich mich sehr beeilt habe", sagte sie. „Ich habe niemanden gesehen, aber das muss nicht unbedingt bedeuten, dass wirklich niemand da war."

„Natürlich war jemand da! Und weißt du, ich habe nachgedacht. Erinnerst du dich noch daran, wie Pollys Reitgerte verschwunden ist?"

Daran erinnerte sich Lisa nur allzu gut. Polly hatte sich darüber so aufgeregt, dass sie während der gesamten Reitstunde geweint hatte. „Sie hat sich aufgeführt wie ein Baby!", sagte Lisa.

„Das stimmt, aber ihre Gerte ist nie wieder aufgetaucht. Und erinnerst du dich, wie Karen ihre Schlüssel nicht finden konnte?"

„Klar, aber wer würde schon einen Schlüsselbund stehlen?"

„Keine Ahnung, aber ich wette, es war derselbe, der auch meine Geldbörse genommen hat."

„Du glaubst, jemand stiehlt Sachen aus unseren Schränken?", fragte Lisa fasziniert.

„Zumindest ist das Ganze sehr verdächtig", erwiderte Stevie.

Verdächtig war genau das richtige Wort. Und wenn

etwas Verdächtiges vor sich ging, hatten die Menschen ein Recht, davon zu erfahren. Lisa riss ein Blatt Papier von ihrem Block und nahm ihren Kugelschreiber zur Hand.

Verdächtige Diebstähle in Pine Hollow!, schrieb sie.

Während sie schrieb, saß Stevie in ihrer Küche, hielt sich den Telefonhörer ans Ohr und wartete darauf, dass Lisa ihr anbieten würde, ihr genügend Geld zu leihen. Doch Lisa schwieg.

„Also, wie sieht es aus?“, fragte Stevie. „Kannst du mir helfen?“

„Darauf kannst du wetten!“, antwortete Lisa.

Auf diese Worte hatte Stevie nur gewartet. „Die ganzen fünfzehn Dollar?“, fragte sie.

„Nein, nein. So habe ich es nicht gemeint. Ich bin selber pleite. Aber ich werde dir auf andere Art helfen.“

„Du hörst dich genauso an wie Max“, knurrte Stevie verärgert.

„Wie bitte?“, erwiderte Lisa verwirrt.

„Du denkst wahrscheinlich auch, es wäre meine eigene Schuld“, sagte Stevie.

Lisa antwortete nicht. Stevie fand, sie wirkte abgelenkt. Sie hatte gerade beschlossen, Lisa gründlich die Meinung zu sagen, als ihre Mutter die Küche betrat, zusammen mit dem aufregendsten Mädchen, das Stevie je gesehen hatte.

„Stevie, das ist Moni“, sagte Mrs Lake. „Moni, das ist meine Tochter Jennifer.“

„Lisa, ich muss Schluss machen. Es ist Besuch gekommen“, sagte Stevie und legte eilig den Hörer auf. Ihre Sorge um Caroles verschwundenes Geld war wie weggeblasen.

Sie wirbelte auf dem Küchendrehstuhl herum und starrte Moni an. Sie blinzelte verwirrt, um sicherzugehen, dass sie ihren Augen trauen konnte. Moni war etwa in ihrem Alter, aber sonst schienen sie auf den ersten Blick nicht viel gemeinsam zu haben, denn Moni trug die außergewöhnlichste Kleidung, die Stevie je gesehen hatte.

Das Erste, was Stevie auffiel, war das übergroße Hawaiihemd über dem schwarzen Minirock. Dazu trug sie purpurrote Leggings mit gelben Flecken, darüber schwarze Legwarmers und schwarze Turnschuhe. An beiden Handgelenken baumelten jeweils mindestens zehn leuchtend bunte Plastikarmbänder in den Farben des Hemdes. Als Ohrringe trug sie gelbe Plastikringe. In ihrem Lidschatten wiederholten sich die Farben vom Hemd und den Armbändern.

Das Verrückteste aber war ihr Haar. Es war blond gefärbt und auf der rechten Seite ganz kurz geschnitten, wurde dann um den Hinterkopf herum immer länger und reichte ihr auf der linken Seite bis ans Kinn. Auf dem

Kopf trug Moni eine Baseballkappe aus demselben bunten Stoff wie ihr Hawaiihemd.

Stevie fand Monis Aufzug großartig. „Ist schon wieder Fasching?“, fragte sie grinsend.

„Gefällt's dir?“, wollte Moni daraufhin wissen.

„So etwas habe ich noch nie gesehen“, gab Stevie zu. „Nicht einmal in New York, und da sind uns wirklich ein paar verrückte Typen begegnet!“

„Das ist meine eigene Kreation“, sagte Moni stolz.

Stevie rutschte von ihrem Stuhl herunter, ergriff einen von Monis Koffern und sagte: „Komm, ich zeige dir mein Zimmer. Wir werden es uns teilen. Ich hoffe, das macht dir nichts aus.“

„Natürlich nicht“, sagte Moni. Sie schnappte sich den anderen Koffer und folgte Stevie die Treppe hinauf.

Die Mädchen stellten die Koffer in einer Ecke des Zimmers ab.

„Das ist dein Bett“, sagte Stevie und setzte sich auf ihr eigenes Bett. Moni ließ sich auf ihrem nieder. „Erlaubt deine Mutter, dass du dich so anziehst?“, fragte Stevie neiderfüllt.

„Eigentlich nicht“, sagte Moni und grinste fröhlich. „Das heißt, sie hätte mir diese Klamotten bestimmt nicht ausgesucht, aber ich bekomme reichlich Taschengeld und kaufe mir davon, was mir gefällt. Und genau das ist es, was mir gefällt.“

„Stark“, sagte Stevie. „Aber wie kriegst du denn das Make-up so hin?“

Moni erbot sich, es ihr zu zeigen.

Nur zehn Minuten später war das Badezimmer geradezu übersät mit Schminkdöschen. Die Mädchen standen dicht nebeneinander und streckten sich, um möglichst dicht an den Spiegel heranzukommen.

Moni zeigte Stevie, wie sie die Schminkfarben mischen konnte, um einen ganz besonders interessanten Effekt zu erzielen.

„Ich habe so ein komisches Gefühl“, sagte Stevie und bewunderte den pink-blauen Schmetterling, den sie gerade über ihr rechtes Auge gemalt hatte.

„Wieso?“, fragte Moni.

„Ich habe den Verdacht, dass unsere Mütter sich einbilden, wir müssten nur ein paar Wochen zusammen sein, und ich würde einen guten Einfluss auf dich haben.“

Moni bekam einen Lachanfall. „Die werden ihr blaues Wunder erleben“, prustete sie.

„Ja, aber das ist nicht das Lustigste daran“, sagte Stevie. „Das Lustigste ist, dass dies wahrscheinlich das erste Mal in meinem Leben ist, dass jemand glaubt, ich könnte einen guten Einfluss auf irgendwen haben! He, was hältst du von einem Silberschimmer auf dem unteren Flügel des Schmetterlings?“

„Ich finde Gold besser", sagte Moni. „Es passt besser zu den goldenen Sternchen, die wir auf deine Wangen machen werden!"

Spät am Abend lag Stevie in ihrem Bett und betrachtete die Muster, die die Scheinwerfer der vorüberfahrenden Autos auf ihre Zimmerdecke warfen. Moni schlief bereits tief und fest. Doch Stevie konnte nicht schlafen. Sie hatte an diesem Tag so viel erlebt, dass sie noch über alles nachdenken musste. Zuerst konnte sie nur an das Schöne denken: Das Spielen mit Samson und die Tatsache, dass sie Moni kennengelernt hatte. Doch dann fiel ihr ein: Moni war keine Reiterin. Sie hatte noch nie auf einem Pferd gesessen und war auch nicht besonders angetan von der Idee, reiten zu lernen. Doch Stevie war fest entschlossen, sie umzustimmen.

Und dann war da noch die Sache mit Caroles Geld. Sie konnte weder von Max noch von Lisa etwas leihen. Es selbst zusammenzusparen, war ebenfalls unmöglich. Sie hatte so viel vor mit Samson und Moni, dass sie zurzeit auf keinen Fall als Babysitter arbeiten konnte. Außerdem hatte sie in der Vergangenheit schon öfter versucht, Geld zu verdienen, und damit nie besonderen Erfolg gehabt. Aber stehlen konnte sie es schließlich auch nicht, so wie der Mistkerl, der es ihr gestohlen hatte. Es blieb ihr nur eine Möglichkeit. Sie musste sich das Geld leihen. Aber von wem?

Von ihrer Mutter? Keine Chance. Sobald ihre Mutter hören würde, wie sie das Geld verloren hatte, würde sie ihr nichts geben. Sie würde genau dasselbe sagen wie Max. Und ihr Vater vermutlich auch. Vielleicht einer ihrer Brüder? Das wäre eine Möglichkeit. Sie wusste, dass ihr Zwillingsbruder Alex noch etwas von seinem Geburtstagsgeld übrig hatte. Vielleicht würde er es ihr leihen – aber er würde Zinsen verlangen. Unter Umständen konnte sie Michael, ihren jüngeren Bruder, dazu überreden, ihr das Geld zu leihen. Ihren älteren Bruder Tim brauchte sie gar nicht erst zu fragen. Schließlich nannte sie ihn nicht ohne Grund Geizhals! Sie beschloss, ihr Glück gleich am nächsten Morgen bei Alex und Michael zu versuchen.

Außerdem gab es noch etwas, was sie sich für den nächsten Morgen vorgenommen hatte. Sie musste Moni bearbeiten, doch Reitstunden zu nehmen. Solange Moni nicht ritt, würden sie nicht so viel gemeinsam unternehmen können. Der Gedanke an Moni auf einem Pferd ließ Stevie lächeln. Hoffentlich waren Pferde farbenblind!

5

Manchmal war Stevie eine Nervensäge, dachte Lisa. In diesem Augenblick zum Beispiel.

Es war der Tag nach dem Verschwinden von Stevies Geldbörse und dem Auftauchen von Moni. Ihre Reitstunde war gerade vorüber, und die Sattelclub-Mädchen wollten Samson seine nächste Trainingsstunde geben. Stevie war im Umkleideraum, in dem sich die anderen Reiterinnen gerade für den Heimweg umzogen. Stevie erzählte von dem Diebstahl, fragte alle, ob sie ihr Geld leihen würden, und bat sie, Carole auf keinen Fall etwas zu erzählen. Doch Lisa war sich ziemlich sicher, dass ein Geheimnis, von dem fünfzehn Mädchen wussten, nicht lange geheim bleiben würde. Der Gipfel war jedoch, dass Stevie Moni überredet hatte, Carole vom Umkleideraum fernzuhalten.

„Lass sie nicht aus den Augen“, hatte Stevie ihr eingeschärft. „Du musst an ihr kleben wie eine Tätowierung.“

Ein guter Vergleich, dachte Lisa. Schließlich war Moni fast genauso bunt wie eine Tätowierung! Auf jeden Fall befanden sich Moni und Carole außer Hörweite, und Stevie konnte anfangen zu betteln.

„Sie hat monatelang gespart, um das Geld für den Geburtstag ihres Vaters zusammenzubekommen!“, erzählte Stevie Anna, einem der Mädchen. „Es wurde am hellen Tag gestohlen!“

„Ich kann dir leider nicht helfen“, entgegnete Anna. „Ich spare auf eine neue Reitkappe.“

„Was ist denn mit deiner alten Kappe?“, fragte Stevie.

„Sie war eines Tages verschwunden. Aber sie war mir ohnehin zu klein. Doch bis ich mir eine neue kaufen kann, muss ich eine der stalleigenen Kappen aufsetzen, und ich trage lieber meine eigene.“

Einfach verschwunden? Das kam Lisa doch sehr mysteriös vor, und es passte erstaunlich gut zu den anderen Beobachtungen, die sie in den letzten Tagen gemacht hatte.

„Mir scheint, in letzter Zeit verschwindet hier eine ganze Menge“, stellte Veronica diAngelo fest. „Die Reithandschuhe, die ich für das Turnier bekommen habe, sind auch nie wieder aufgetaucht. Und sie waren sehr teuer. Jemand hat sie mir gestohlen.“

Normalerweise hörte Lisa nicht hin, wenn Veronica etwas von sich gab. Doch in diesem Fall war sie bereit, eine Ausnahme zu machen.

Stevie schaute Veronica ganz aufmerksam an. Lisa

war klar, woran sie dachte. Veronica war die Tochter eines der reichsten Männer der Stadt. Aber abgesehen davon war sie auch unerträglich eingebildet, und die Sattelclub-Mädchen konnten sie nicht ausstehen. Doch in Stevies derzeitigem Zustand der Panik dachte sie nur daran, wie reich Veronica war. Lisa war sicher, dass Stevie sie bitten würde, ihr die fünfzehn Dollar zu leihen. Sie war jedoch auch sicher, dass sie dabei unmöglich zusehen konnte, ohne einen Lachanfall zu bekommen, deshalb verließ sie fluchtartig den Umkleideraum. Stevie warf ihr einen bitterbösen Blick zu.

Lisa durchquerte den Stall und ging zu Samsons Koppel. Moni stand außen am Koppelzaun und sah Carole schweigend zu.

„Ist er nicht süß?“, fragte Lisa.

„Ja“, antwortete Moni. „Nettes Pony.“

„Genau genommen ist er kein Pony“, erklärte Lisa. „Ein Pony ist ein kleines Pferd, kein junges Pferd. Samson ist ein Fohlen, und wenn er erwachsen ist, wird er ein großes Pferd sein.“ Lisa versuchte immer gern, anderen Leuten etwas von ihrem Pferdewissen zu vermitteln. Es kam ihr vor, als wäre es schon ewig lange her, dass sie selbst noch nichts von Pferden verstanden hatte und ihr ein ähnlicher Fehler unterlaufen wäre. Sie war stolz darauf, so viel gelernt zu haben. Es würde Spaß machen, einem Neuling all das beizubringen.

„Für mich sieht er aber aus wie ein Pony“, beharrte Moni.

Lisa beschloss, mit dem Unterricht noch etwas zu warten.

Carole hatte Delilah aufgehalftert. Sie drückte Lisa die Führleine in die Hand, und Lisa band die Stute an dem auf der Außenseite des Zauns angebrachten Ring fest. Lisa wusste, dass der Ring außen angebracht war, damit sich die Pferde nicht daran verletzen konnten, und sie hätte Moni gern auf diese Tatsache aufmerksam gemacht, aber Moni schien sich dafür nicht im Mindesten zu interessieren. Also band Lisa nur Delilah fest und kehrte dann zu Moni zurück.

Carole klopfte noch einmal Delilahs Hals, um Samson zu zeigen, dass sie Freunde waren. Dabei verbarg sie sein Halfter und seine Führleine hinter dem Rücken. Sie war sich bewusst, dass das Fohlen sie interessiert beobachtete. Wie schon beim vorigen Mal näherte sie sich ihm langsam und erwartete, dass er auch diesmal an der Seite seiner Mutter bleiben würde, wo sie ihm das Halfter anlegen konnte.

Doch es kam ganz anders. Als sie Delilahs Hinterhand umrundete, sauste er davon. Das war merkwürdig. Er schien keine Angst vor ihr zu haben, sondern hatte anscheinend nur Lust zu laufen. Carole hatte ihn bisher nur Seite an Seite mit seiner Mutter laufen sehen und war deshalb überrascht, dass er allein um die Koppel galoppierte. Sie blieb bewegungslos neben Delilah stehen. Samson kehrte zurück und versteckte sich auf der anderen Seite seiner Mutter.

Carole schaute um Delilahs Hinterhand herum. Samson tat dasselbe, doch als er Carole entdeckte, zog er sich schnell zurück. Carole musste lächeln. Es fehlte nur noch, dass er bei jedem kurzen Augenkontakt laut „Kuckuck!" gerufen hätte. Sie ging in die Hocke, um Samson unter Delilahs Bauch hindurch anzusehen. Er senkte den Kopf und schaute zwischen den Beinen seiner Mutter hindurch. Doch sobald er sie erblickte, zog er sich zurück. Carole musste lachen. Er spielte wirklich mit ihr. Das machte Spaß, aber es hatte nichts mit seiner Ausbildung zu tun.

Carole stand wieder auf und ging langsam um Delilah herum. Sie hielt einen Moment inne, doch dieser kurze Augenblick reichte Samson. Er schoss davon. Er umkreiste die Koppel und verschwand dann auf der anderen Seite seiner Mutter. Carole versuchte es erneut. Samson ebenfalls.

„Was ist bloß los mit dir?", fragte sie ihn. Statt einer Antwort lief er wieder vor ihr weg.

Es hatte nicht den Anschein, als hätte er Angst. Es kam Carole eher so vor, als spielte er Fangen mit ihr.

Als Samson wieder einmal übermütig galoppierend die

Koppel umkreiste, beschloss Carole, ihm klarzumachen, dass sie nicht länger mitspielen würde. Sie verließ Delilah und ging hinüber zu Lisa und Moni.

„Was ist bloß los mit ihm?“, fragte sie.

„Ich überlege gerade, ob man ihm das Apportieren beibringen könnte“, sagte Moni. „Mein Hund hat es ganz schnell gelernt. Ich glaube, es liegt vielen Tieren einfach im Blut.“

Carole überhörte den Vorschlag. Schließlich ging es ihr nicht darum, Samson Spiele beizubringen, sondern ihn halfterführig zu machen.

„War er gestern auch schon so?“, fragte sie Lisa.

„Ja, allerdings“, sagte Lisa. „Stevie hat viel Spaß mit ihm gehabt.“

„Hat sie ihm das Halfter auflegen können?“, wollte Carole wissen.

„Ich weiß es nicht“, antwortete Lisa. „Ich konnte gestern nicht lange bleiben. Auf jeden Fall hat Stevie viel Zeit mit ihm verbracht, also hat sie es bestimmt geschafft.“ Lisa schaute auf ihre Uhr. „Oje, ich muss los. Bis bald.“

Carole fiel auf, dass Lisa sich anders verhielt als sonst und dass sie in letzter Zeit ständig etwas vorzuhaben schien. Normalerweise hätte sie das sehr neugierig gemacht. Im Moment aber interessierte sie viel mehr, was mit Samson los war.

„Ja, bis bald“, sagte sie und richtete ihre Aufmerksamkeit wieder auf Samson. „Komm her, Kleiner. Es wird Zeit, dass du ein paar Umgangsformen lernst."

Wenn Samson glaubte, vor einem sich nähernden Menschen weglaufen zu müssen, brauchte sie ihm nur beizubringen, zu einem still stehenden Menschen zu kommen. Er musste lernen, auf Ruf zu kommen.

Carole stellte sich neben Delilah und pfiff. Samson spitzte die Ohren und betrachtete sie interessiert. Sie pfiff noch einige Male, bis Samson schließlich näher kam. Als er auf Armeslänge herangekommen war, streckte sie die Hand aus, um ihn lobend zu klopfen. Genau auf dieses Zeichen hatte er gewartet. Er schoss los und spielte wieder einmal Fangen mit ihr.

Moni lachte. Carole nicht.

„Das ist ja urkomisch", stellte Moni fest.

„Kann ich nicht finden", knurrte Carole. Sie versuchte es wieder, immer mit demselben Ergebnis, bis Samson endlich begriff, dass Carole nicht mitspielte. Erst dann blieb er lange genug stehen, sodass sie ihn streicheln konnte, aber nie lange genug, um ihm das Halfter anzulegen.

„Es kommt mir vor, als hätten wir noch nie geübt", stellte sie schließlich völlig verzweifelt fest. „Er scheint alles vergessen zu haben, was er vor nur zwei Tagen gelernt hat. Ich wette, er hat die arme Stevie gestern fast zum Wahnsinn getrieben. Hat sie dir etwas erzählt?"

„Nein, gar nichts“, sagte Moni. „Sie sagte nur, sie hätte viel Spaß gehabt.“

„Also, das hier ist kein Spaß. So darf er sich nicht benehmen.“

Carole hielt Samson das Halfter hin, damit er es untersuchen konnte. Er betrachtete es zögernd, aber doch voller Neugierde. Carole stand bewegungslos, um das temperamentvolle Fohlen nicht zu erschrecken. Samson näherte sich ihrer ausgestreckten Hand.

„Was für eine blöde Kuh!“, stieß Stevie hervor, die gerade aus dem Stall gerannt kam. „Diese Veronica ist einfach unmöglich. Unmöglich! Sie würde mir nicht einmal sagen, wie spät es ist, geschweige denn, mir Geld leihen. Ich muss verrückt gewesen sein, sie überhaupt zu fragen!“

Samson suchte das Weite.

Carole seufzte. Heute klappte aber auch gar nichts. Gerade, als es schien, als würde sie einen winzigen Fortschritt machen, wurde sie gestört. Ihr war jedoch klar, dass es sinnlos war, Stevie Vorhaltungen zu machen. Sie war eben so.

„Worum geht es?“, fragte Carole resigniert.

„Ich habe Veronica nur eine einfache Frage gestellt ...“

„Bei Veronica ist nichts einfach“, erinnerte Carole sie. „Also, was hast du sie gefragt?“

„Ich brauche etwas Geld“, sagte Stevie. „Und ich habe

gedacht, sie könnte mir etwas leihen. Du hast nicht zufällig ein paar Dollar für mich?"

„Du weißt doch, dass ich für ein Geburtstagsgeschenk für meinen Vater spare."

Carole hätte schwören können, dass Stevie rot geworden war. „Ach ja, stimmt", sagte Stevie. „Aber so wichtig ist es nicht, also vergiss, dass ich dich gefragt habe, okay?"

Stevie packte Monis Arm und zog sie in Richtung Stall.

Carole ließ die Ereignisse des Tages noch einmal vor ihrem inneren Auge vorüberziehen und stellte dabei fest, dass sich alle miteinander ausgesprochen merkwürdig verhalten hatten. Lisa verschwand ständig; und wenn Stevie verzweifelt genug war, Veronica anzupumpen, dann war sie wirklich in Schwierigkeiten; Samson tat nichts von dem, was sie ihm zwei Tage zuvor so mühsam beigebracht hatte.

Es war an der Zeit, die Arbeit mit Samson zu beenden. Carole kletterte über den Zaun, nahm Delilah das Halfter ab und brachte die Halfter und Führleinen zurück in die Sattelkammer.

An manchen Tagen klappte wirklich überhaupt nichts.

6

Auf Lisas Gesicht lag ein zufriedenes Lächeln. Sie schlug die neueste Ausgabe des Willow Creek Tagblatts auf und las die Worte „Hufschlag – von Lisa Atwood“.

Es war, als wäre ein Traum Wirklichkeit geworden. Der Artikel war schließlich knapp 600 Wörter lang geworden, und Mr Teller schien ganz zufrieden damit. Der größte Teil des Artikels bestand aus einer Liste der Reitkurse, die Max für Anfänger anbot. Mr Teller hatte ihr geraten, sie einzufügen, obwohl es sich dabei nicht um wirkliche Neuigkeiten handelte. Der zweite Teil des Artikels aber behandelte ein Thema, das alle interessieren musste.

Doch es gibt in dieser Woche eine schlechte Nachricht aus Pine Hollow: Während Stevie Lake im Stall arbeitete, wurde ihre Geldbörse aus ihrem Schrank im Umkleideraum gestohlen. In der Börse befanden sich mehr als fünfzehn Dollar. Zum Zeitpunkt des Diebstahls war anscheinend niemand von den anderen jungen Reitern auf dem Gelände, doch viele von ihnen wussten, dass Stevie zu dieser Zeit im Stall sein würde und dass sie Geld bei sich hatte. Stevie bewahrte das Geld für ihre Freundin Carole Hanson auf, die es sich mühsam zusammengespart hatte, um ihrem Vater ein Geburtstagsgeschenk zu kaufen. Die Reporterin hofft nun, dass, wer immer das Geld genommen hat, jetzt den Mut hat, es zurückzugeben. In diesem Fall wird niemand ein weiteres Wort darüber verlieren.

Lisa seufzte zufrieden. Sie war froh, dass sie ihren Lesern eine wichtige Neuigkeit mitzuteilen hatte und dass es ihr auch noch auf diese Art und Weise gelungen war. Sie hatte erzählt, was passiert war, aber was noch wichtiger war, sie gab außerdem noch jemandem die Gelegenheit, ein Unrecht wiedergutzumachen. Wahrscheinlich hatte der Dieb bisher gedacht, er würde ungestraft davonkommen. Es war aber auch denkbar, dass er bereits ein schlechtes Gewissen hatte und sich nach dem Lesen ihres Artikels dazu entschloss, das Geld zurückzugeben.

Lisa faltete ihre Zeitung sorgfältig zusammen und steckte sie in ihre Sporttasche, um sie mit in den Stall zu nehmen. Die meisten Bewohner des Ortes lasen zwar das Tagblatt und hatten seine neueste Kolumne vermutlich schon entdeckt, aber Lisa wollte sichergehen und nahm ihr Exemplar lieber mit.

Lisa hatte den Eindruck, als hätte sie die Viertelstunde Fußmarsch zum Reitstall noch nie schneller hinter sich gebracht als an diesem Tag. Unterwegs dachte sie nur daran, wie gut es Stevie gefallen würde, was sie getan hatte – wie sie dem Dieb nahegelegt hatte, das Geld zurückzugeben. Außerdem dachte sie daran, wie froh Carole sein würde, dass die ganze Geschichte jetzt allgemein bekannt war und sie somit eine echte Chance hatte, ihr Geld wiederzubekommen.

Vor allem aber dachte sie daran, wie neidisch alle sein würden. Sie, Lisa Atwood, hatte ihre eigene Kolumne im Tagblatt.

Sie schwebte immer noch auf Wolken, als sie den Umkleideraum betrat. All ihre Mitreiterinnen waren schon da. Sie standen in kleinen Grüppchen beisammen und unterhielten sich. In einer Ecke zeigte Polly Giacomin ein paar Freundinnen gerade ihre neuen Sandalen, und in einer anderen Ecke diskutierte Betsy Cavanaugh hitzig mit zwei anderen Mädchen. Anna McWhirter unterhielt sich mit Linda Olson. Lisa war begeistert. Die Mädchen sprachen sicher alle nur von ihr.

Die Erste, die Lisa entdeckte, war Stevie. Sie hatte mit

Moni in der Nähe der Tür gestanden und sich angeregt mit ihr unterhalten.

„Hast du das gesehen?“, fragte Lisa stolz und zog die Zeitung aus der Tasche.

Sie erwartete einen Schrei der Begeisterung von Stevie. Stevie schrie auch, aber keineswegs vor Begeisterung.

„Wie konntest du mir das antun?“, schrie sie.

„Was meinst du damit?“

„Darüber zu schreiben, dass ich Caroles Geld verloren habe – sie hat eine Stinkwut auf mich! Ich hatte mir schon sechs Dollar geliehen, um sie ihr zu geben, und ich hätte den Rest auch noch zusammenbekommen, aber du hast es versaut! Wahrscheinlich wird sie nie wieder mit mir reden!“

Lisa war wirklich überrascht, dass Stevie Carole noch nichts von dem Verlust ihres Geldes erzählt hatte. Schließlich war Carole ihre beste Freundin. Woher hätte sie wissen sollen, dass Stevie so etwas vor Carole geheim halten würde?

„Aber du hättest es ihr doch irgendwann sagen müssen“, beharrte Lisa. „Ich habe dir einfach nur den Ärger erspart.“

„Vielleicht hätte ich es ihr wirklich irgendwann sagen müssen“, gab Stevie zu, „aber das wäre meine Aufgabe gewesen und nicht deine.“ Sie drehte sich abrupt um und setzte sich auf die Bank neben ihrem Schrankfach.

Das war wieder einmal typisch für Stevie. Sie hätte es Carole wirklich sagen sollen, und nun war sie wütend, weil sie etwas getan hatte, was Stevie schon längst hätte tun sollen! Aber es passte zu Stevie, so die Beherrschung zu verlieren, dass sie nicht mehr wusste, was sie sagte. Sie würde sich schon wieder beruhigen. Bis dahin aber hatte sie nicht die Absicht, sich die Freude über ihren ersten Artikel von Stevies Launen verderben zu lassen.

Sie ließ Stevie links liegen und setzte sich auf die Bank neben Anna. „Hast du das gesehen?“, fragte sie und hielt ihr Tagblatt hoch.

„Allerdings“, antwortete Anna eisig. Lisa vermutete, dass sie nur neidisch war. Doch darüber würde sie hinwegkommen, und schließlich würde aus dem Neid Bewunderung werden.

„Was meinst du, ob der Artikel den Dieb veranlasst, das Geld zurückzugeben?“, fragte sie.

„Woher soll ich das wissen? Ich war es nicht, das lass dir gesagt sein!“, fauchte Anna. Sie stieß ihren Fuß mit einem Ruck in den Reitstiefel, stand auf und ging weg.

Lisa war verblüfft. Mit einer solchen Reaktion hatte sie nicht im Traum gerechnet. Doch dann fiel ihr ein, dass auch Annas Reitkappe gestohlen worden war. Also war sie wirklich neidisch. Es ärgerte sie, dass sie nur den Diebstahl der Geldbörse erwähnt hatte, nicht aber den von Annas Kappe. Doch darüber konnte sie im nächsten

Artikel berichten, aber bis der erschien, würde es noch eine ganze Woche dauern.

Lisa begann, sich für ihre Reitstunde umzuziehen, doch in Gedanken war sie bei ihrem nächsten Artikel. Sie merkte kaum, dass Veronica diAngelo hereinkam und neben ihr stehen blieb.

„Ich vermute, du hast einen Durchsuchungsbefehl mitgebracht“, sagte Veronica. „Du kannst ja meinen Schrank nach Stevies Geldbörse durchsuchen, solange du willst. Du wirst sie dort nicht finden.“

Veronica drehte sich um und verschwand so schnell, dass Lisa keine Zeit blieb, ihr zu antworten – ganz abgesehen davon, dass ihr auch so schnell nichts Passendes eingefallen wäre. Lisa war überrascht von Veronicas Reaktion. Veronica war stets davon überzeugt, alles besser zu können als andere Leute. Sie war die Letzte, von der Lisa Eifersucht erwartet hätte. Es tat Lisa jedoch gut, zu spüren, dass Veronica so offensichtlich neidisch war. Vielleicht war sie auch, ebenso wie Anna, ein wenig neidisch auf Carole, denn Veronicas gestohlene Reithandschuhe hatte sie in ihrem Artikel ebenfalls mit keinem Wort erwähnt.

Lisa zog ihre Stiefel an, holte sich das Sattelzeug für Pepper, das Pferd, das sie gewöhnlich ritt, und wollte den Umkleideraum gerade verlassen, als ihr eine dicht in einer Ecke gedrängt stehende Gruppe von Mädchen auffiel. Betsy Cavanaugh stand in der Mitte, und ihr Gesicht war rot und tränenüberströmt. Lisa mochte Betsy gern. Es tat ihr leid, sie so aufgeregt zu sehen.

„Was ist denn mit Betsy los?“, fragte sie und ging zu den Mädchen hinüber.

„Das geht dich gar nichts an“, fauchte Karen Durham sie an.

„Doch, das geht sie sehr wohl etwas an“, sagte Betsy. „Hör mal“, sagte sie zu Lisa, „nur weil ich zufällig hier war, als Carole Stevie das Geld gab, heißt das nicht, dass ich es genommen habe.“

„Aber das habe ich doch auch nie behauptet“, entgegnete Lisa entgeistert.

„Aber du hast gesagt, dass es eine von uns gewesen sein muss, und es waren zu diesem Zeitpunkt nur noch wenige von uns da. Mich haben schon zwei Leute danach gefragt, aber ich sage dir, ich war es nicht! Wenn du herausfinden willst, wer es war, dann erkundige dich doch mal, wer sich gerade neue Sandalen gekauft hat!“

Betsy starrte Lisa wütend an, während ihr die Tränen über die Wangen liefen. Es tat Lisa wirklich leid, Betsy so aufgebracht zu sehen. Sie bezweifelte, dass Betsy etwas mit den Diebstählen zu tun hatte, denn sie war wirklich nett. Manchmal tut die Wahrheit eben weh, entschied sie. Und manchmal verletzt sie auch unschuldige Leute wie Betsy.

Betsy wischte sich mit dem Handrücken die Tränen aus dem Gesicht. Lisa hatte immer ein Päckchen Taschentücher dabei; dafür sorgte ihre Mutter. Sie zog das kleine Päckchen aus der Tasche und hielt es Betsy hin.

„Nein, danke", schniefte Betsy. „Ich habe für heute genug von dir." Sie schluchzte noch einmal und wandte sich dann ab. Lisa schüttelte den Kopf und machte sich dann auf den Weg zu Pepper, denn es war an der Zeit, ihn zu satteln.

Pepper war anscheinend der Einzige, der nicht neidisch auf sie war oder sie beschimpfte.

„Ach, hier bist du", stellte Carole überrascht fest.

Lisa schaute erschrocken auf; sie hatte Carole nicht kommen hören. „Natürlich bin ich hier – wo sollte ich wohl sonst sein, zehn Minuten vor Beginn der Reitstunde?", fragte sie. Es kam ihr vor, als spielten heute all ihre Freundinnen verrückt. Außerdem befürchtete sie, dass auch Carole zu ihnen gehören würde.

„Ich dachte, du würdest dich vielleicht verstecken", sagte Carole. „Aber du hast wirklich Mut."

Lisa hatte ihr Pferd aufgezäumt und begann mit dem Satteln. „Ich habe gehört, du sprichst nicht mehr mit Stevie. Warum? Weil sie dein Geld verloren hat?"

„Nein. Weil sie es mir nicht erzählt hat."

„Ich habe ihr gesagt, sie sollte es tun", verteidigte sich Lisa.

„Ja, du hast jedem gesagt, dass sie es tun sollte", sagte Carole.

Jetzt war sich Lisa sicher, dass dies wieder eine dieser merkwürdigen Unterhaltungen werden würde. „Was meinst du damit?", fragte sie leicht gereizt.

„Ich meine damit, dass du der ganzen Welt von einer Sache erzählt hast, die nur uns beide etwas angeht. Ich habe Stevie um einen Gefallen gebeten, und sie hat versucht, ihn mir zu erweisen, aber sie hat einen Fehler gemacht. Und nun weiß die ganze Welt davon."

„Aber es war doch etwas, das alle angeht!", beharrte Lisa.

„Nein, es geht keineswegs alle an!"

„Ein Diebstahl ist etwas, das alle angeht!", fauchte Lisa. „Schließlich ist es passiert. Ich habe nur Tatsachen berichtet."

„Aber du hast es so dargestellt, als ob eines der Mädchen Stevies Geldbörse mit meinem Geld gestohlen hätte. Und das ist keine Tatsache, sondern eine wilde Beschuldigung!"

Lisa wurde langsam wütend. Ganz offensichtlich hatte Carole von ernsthaftem Journalismus überhaupt keine Ahnung. Es war ihre Aufgabe, Tatsachen zu berichten, und solange sie sich an die Tatsachen hielt, war es nicht ihr Problem, wie andere Leute sie auslegten.

„Ich habe nie behauptet, dass eines der Mädchen die

Geldbörse gestohlen hätte", verteidigte sie sich. „Ich sagte nur, dass sie da waren, als du Stevie das Geld gegeben hast. Ich persönlich habe keine Ahnung, wer das Geld genommen haben könnte, aber eines sage ich dir – wenn mein Artikel den Dieb dazu veranlasst, das Geld zurückzugeben, wirst du mir dankbar sein und alle anderen auch."

Carole schüttelte den Kopf. „Ja, wahrscheinlich", sagte sie. „Aber das ist ein hoher Preis für lausige fünfzehn Dollar." Dann verschwand sie, um ihr Pferd zu satteln.

Lisa wandte ihre Aufmerksamkeit wieder Pepper zu. Sie legte den Sattel sanft auf seinen Rücken, angelte nach dem Gurt und schnallte ihn ins erste Loch.

„Sie wollen es einfach nicht verstehen", sagte sie zu Pepper. „Ein Reporter hält sich an Tatsachen. Und ich habe nur Tatsachen wiedergegeben. Bestimmt ist Carole nur sauer, weil sie jetzt kein Geld mehr hat, um ihrem Vater ein Geschenk zu kaufen."

Lisa wollte den Sattelgurt nachziehen und bemerkte dabei, dass einige Schnüre des Gurts gerissen waren. Dies war einfach nicht ihr Tag. Jetzt musste sie zu Mrs Reg gehen und sich einen neuen Gurt geben lassen, und sie würde mit Sicherheit zu spät zum Unterricht kommen.

In der Stallgasse traf Lisa auf ihre Mitreiterinnen, von denen einige ihre Pferde schon zum Reitplatz führten. Lisa schlängelte sich durch und stellte dabei fest, dass niemand mit ihr sprach. Das hatte sie sich ganz anders vorgestellt! Sie hatte gehofft, dass sich alle mit ihr freuen und stolz auf sie sein würden. Sie hatte Glückwünsche und Umarmungen erwartet, doch die Mädchen zeigten ihr die kalte Schulter. Sie war froh, in Mrs Regs Büro verschwinden zu können.

„Ich brauche einen neuen Gurt", sagte sie. „Der von Pepper ist angerissen."

Mrs Reg untersuchte den Sattelgurt sorgfältig. „Ich will nur sichergehen, dass ihn niemand angeschnitten hat", erklärte sie.

„Wer sollte so etwas tun?", wunderte sich Lisa.

„Wer weiß, aber in einer Diebeshöhle wie dieser ist doch alles möglich ..."

Mrs Reg ließ ihren Satz unvollendet und reichte Lisa einen neuen Sattelgurt.

Lisa dankte Mrs Reg und kehrte zu Peppers Box zurück. Während sie den neuen Gurt einschnallte, hörte sie, wie draußen auf dem Reitplatz der Unterricht begann.

Lisa seufzte. Selbst Mrs Reg war unzufrieden mit ihr. Das bedeutete, dass nicht einmal sie etwas von der Verantwortung verstand, die ein Journalist zu tragen hatte. Sie hatte von Reportern gelesen, die ins Gefängnis gegangen waren, um für ihre Rechte als Journalisten einzustehen. Das war zwar nicht genau dasselbe, aber es schien

Lisa, als würde sie genauso leiden wie diese berühmten Leute. Sie war jedoch fest entschlossen, für den Schutz der Pressefreiheit jeden Preis zu zahlen.

Sie hatte den neuen Gurt an der rechten Seite des Sattels festgeschnallt und wollte gerade die linke in Angriff nehmen, als sie von draußen ihren Namen hörte.

„Wo ist Lisa?“, fragte Max seine Schülerinnen.

Jemand antwortete: „Ich weiß es nicht, und es ist mir auch egal.“

Die Worte trafen Lisa wie eine Ohrfeige. Aber sie bewiesen ihr, dass sie Recht hatte. Sie verstanden einfach nicht. Aber sie würden es noch verstehen. Wie schwer es auch werden mochte, Lisa musste ihre Arbeit fortsetzen. Sie musste den Dieb merken lassen, dass sie nicht aufgeben würde, bevor er die Geldbörse wieder zurückgegeben hatte. Lisa beschloss, den Reitunterricht ausfallen zu lassen. Sie kam ohnehin zu spät, und außerdem gab es Neuigkeiten, die die Welt erfahren musste. Eilig sattelte sie Pepper wieder ab, räumte das Sattelzeug weg, zog ihre Straßenschuhe an und machte sich auf den Heimweg.

Auf dem ganzen Weg schrieb sie in Gedanken an ihrem nächsten Artikel. Ihre Freundinnen würden schon sehen. Sie würde dafür sorgen.

7

„Was für alberne Klamotten!“, stieß Moni hervor, nachdem sie sich in dem fleckigen Spiegel im Umkleideraum der Reitschule betrachtet hatte.

Stevie musste lachen. Moni war zum Reiten angezogen. Sie trug eine alte Reithose von ihr, Stiefeletten und eine schlichte blaue Bluse. Auf Stevie wirkte dieser Aufzug völlig normal, vor allem, wenn man bedachte, was Moni bei ihrer Ankunft im Stall getragen hatte!

„Du findest diese Klamotten albern?“, fragte Carole.

Moni trat einen Schritt zurück, um sich ganz im Spiegel betrachten zu können. „Allerdings“, sagte sie schließlich. „Sie sind wirklich albern, aber das stört mich nicht. Schließlich seid ihr genauso albern gekleidet, also werde ich nicht auffallen.“

Carole hätte Monis Worte beinahe ernst genommen, entdeckte dann aber das Funkeln in ihren Augen. Der Gedanke, dass es Moni unangenehm sein könnte, aufzufallen, war aber auch zu abwegig. Die drei Mädchen brachen wie auf Kommando in Gelächter aus.

So jemanden wie Moni hatte Carole noch nie kennengelernt, und sie mochte sie sehr gern. Sie war froh, dass Moni bei Stevie zu Besuch war, und es freute sie besonders, dass es Stevie schließlich doch gelungen war, Moni zu einem ersten Reitversuch zu überreden.

„Es wird dir Spaß machen", versicherte Carole Moni und drückte ihr das Sattelzeug in die Hand, das sie für Patch brauchen würde. Die Mädchen hatten von Max die Erlaubnis bekommen, mit Moni einen kurzen Ausritt zu machen. Sie hatten allerdings strikte Anweisung, nur Schritt zu reiten und nicht anzugeben.

Carole hätte diese Ermahnung nicht gebraucht, denn sie wusste, dass ein Anfänger auf einem Pferd wie Patch relativ sicher aufgehoben war. Doch selbst das ruhigste Pferd konnte gefährlich munter werden, wenn die anderen Reiter mit ihren Pferden eine wilde Schau abzogen.

„Mein Pferd ist doch nicht allzu groß?", fragte Moni und betrachtete beklommen Patchs Sattel.

„Ach, er hat eine gute Größe", antwortete Carole ausweichend. „Aber mach dir keine Sorgen, wir sind ja bei dir. Wir passen schon auf dich auf."

„Reiten ist toll – du wirst es schon sehen", sagte Stevie. „Es ist unser liebstes Hobby. Es wird dir auch Spaß machen."

Stevie hatte in Worte gefasst, was auch Carole empfand. So weit es sie betraf, war Reiten das Größte. Sobald

Moni auf Patch saß, würde sie sofort merken, wie wundervoll es war.

Es gab nur eine Sache, die fast genauso viel Spaß machte wie das Reiten selbst, und das war, die Freude zu teilen. Deshalb war es schade, dass Lisa nicht dabei war.

Carole und Stevie hatten darüber gesprochen. Sie waren zwar immer noch etwas verärgert wegen Lisas Artikel über Stevies Geldbörse und Caroles Geld, doch sie fanden, dass Lisa am Freitag genug auszustehen gehabt hatte, und wollten wieder Frieden schließen. Lisa hatte Carole am Telefon gesagt, sie hätte zu viel zu tun, um am Montag mitzureiten, würde aber auf jeden Fall zu ihrer Unterrichtsstunde am Dienstag kommen. Es sah Lisa gar nicht ähnlich, freiwillig auf einen Ausritt zu verzichten. Carole wollte gerade versuchen, sie zu überreden, doch da sagte Lisa, sie hätte etwas vor, und legte auf, bevor Carole noch etwas sagen konnte.

Carole wusste nicht, was sie mehr enttäuschte – dass Lisa ihr nicht einmal zuhören wollte oder dass sie bei ihrem Ausritt nicht dabei war. Auf jeden Fall aber litt sie darunter, dass ihre Freundschaft zu Lisa so abgekühlt war. Bisher war der Sattelclub unzertrennlich gewesen. Es bedrückte sie, dass jetzt etwas zwischen ihnen stand.

Carole hatte Barq gesattelt. Sie führte ihn aus dem Stall ins Freie, band ihn fest und half dann Stevie, Patch für Moni zu satteln.

Einige Minuten später saß Moni im Sattel. Sie sah noch angespannter aus als bei ihrer Ankunft im Stall.

„Das Hufeisen", sagte Stevie. „Wir müssen es ihr zeigen. Dann fühlt sie sich besser."

Carole stimmte ihr zu. Moni hielt sich so krampfhaft am Sattel fest, dass ihre Knöchel vor Anstrengung weiß waren, und Carole führte Patch zu dem Glücksbringer-Hufeisen des Stalls.

„Berühre es mit der rechten Hand", sagte Carole. „Das ist hier Tradition. Alle tun es zu Beginn jedes Ritts. Auf Pine Hollow hat sich noch nie jemand ernsthaft verletzt."

„Einer ist immer der Erste", sagte Moni düster und streckte zaghaft die Hand nach dem abgenutzten Talisman aus.

„Aber nicht heute", stellte Carole energisch fest und lächelte Moni aufmunternd zu.

„Mach dich bloß nicht lustig über mich", erwiderte Moni und griff mit der freien Hand hastig wieder nach dem Sattel.

„Das tue ich doch auch gar nicht", versicherte Carole. „Stevie und ich haben schließlich auch mal angefangen. Und wir hatten auch Angst." Sie gab Moni die Zügel in die Hand. Moni packte sie so kurz, dass Patch ihre Einwirkung als eine Hilfe zum Rückwärtsgehen auffasste. Er gehorchte brav, was Moni noch größere Angst einjagte.

Carole sah, was passiert war, und brachte Moni dazu, die Zügel etwas länger zu lassen. Dabei wurde ihr klar, dass Moni wirklich überhaupt keine Ahnung vom Reiten hatte. Normalerweise wussten die meisten Anfänger zumindest, wie sie die Zügel halten, im Gleichgewicht bleiben und ihr Pferd antreiben und anhalten mussten. Bei Moni war das anders. Sie schien sich auf einem Pferd ebenso unwohl zu fühlen, dachte Carole, wie sie selbst sich fühlen würde, wenn sie in einer Großstadt leben müsste.

„Ich glaube, Patch ist bereit, loszugehen", sagte Moni, „also lasst uns aufbrechen, bevor er es sich anders überlegt."

Carole musste lachen, aber sie lachte nicht über Moni. Sie hatte das Gefühl, dass Moni in Wirklichkeit meinte, sie sollten losreiten, bevor sie selbst es sich anders überlegte. Wenn man sah, wie unwohl sich Moni fühlte, konnte man sie eigentlich nur bewundern. Sie hatte ganz offensichtlich große Angst, aber sie war trotzdem bereit, weiterzumachen, nur weil sie versprochen hatte, es zu versuchen. Das erforderte einen ganz besonderen Mut, fand Carole.

„Ja, lasst uns starten", sagte sie. Sie schwang sich auf Barq und berührte das Glücksbringer-Hufeisen. Stevie, die bereits aufgesessen war und das Hufeisen berührt hatte, übernahm die Führung der Gruppe. Carole war das

Schlusslicht. Auf Ausritten wurde die Reihenfolge der Reiter immer nach demselben System bestimmt. An der Spitze ritt jemand mit viel Erfahrung. Die Anfänger kamen immer in die Mitte, und hinten befand sich wieder ein erfahrener Reiter, der die Neulinge im Auge behielt. Carole übernahm diese Rolle gern, und sie hatte schon mehrmals Anfängern helfen können, die in Schwierigkeiten geraten waren. Carole war sicher, dass Monis gesunder Menschenverstand ihre Angst überwinden und es deshalb keine Probleme geben würde. Jeder, der so viel Angst hatte wie Moni, würde alles tun, um sich keiner unnötigen Gefahr auszusetzen!

Die Pferde schritten über eine der Wiesen hinter dem Reitstall auf den Wald zu. Alle drei kannten die Wege in- und auswendig. Sie schritten ruhig dahin. Das gleichmäßige Tempo schien Moni etwas Mut zu machen. Carole behielt sie im Auge, doch mit ihren Gedanken war sie ganz woanders. Sie dachte wieder einmal an Lisa und kam zu dem Schluss, dass sie nichts tun konnte, bevor Lisa nicht bereit war, ihr zuzuhören. Dann dachte sie an ihre fünfzehn Dollar und an den Geburtstag ihres Vaters. Das war wirklich ein Problem. Stevie hatte ihr immer wieder versichert, dass sie das Geld ersetzen würde. Stevie war überzeugt davon, dass der Verlust des Geldes ihre Schuld war, und war entschlossen, alles wieder in Ordnung zu bringen.

Carole war sich in dieser Hinsicht nicht so sicher. Sie war nicht überzeugt davon, dass es Stevies Schuld war, und sie war auch nicht überzeugt davon, dass Stevie es schaffen würde, bis zum Geburtstag ihres Vaters genügend Geld aufzutreiben. Das war beunruhigend, doch ihr fiel keine Lösung ein.

Es war ein wundervoller Tag, allerdings sehr heiß. Das Gras auf den Wiesen stand hoch und duftete süß, und hier und dort blühten bunte Wildblumen. Barq streckte seinen Hals nach einem leckeren Kleebüschel aus, doch Carole verkürzte rechtzeitig die Zügel, um zu verhindern, dass er auch nur den kleinsten Happen erwischte. Es war unvernünftig, ein Pferd während des Reitens fressen zu lassen. Sie klopfte seinen Hals als kleine Entschädigung für den Leckerbissen, der ihm entgangen war. Vor ihnen schwang Patch seinen Schweif hin und her, um die Fliegen zu vertreiben. Carole lächelte zufrieden. In diesem Augenblick gab es keinen Ort auf der Welt, an dem sie lieber gewesen wäre als auf dem Rücken ihres Pferdes, im Sonnenschein und in einer wunderschönen Gegend.

Moni hielt sich recht gut. Genau genommen sogar besser als nur recht gut. Carole stellte fest, dass ihre Arme und Beine nicht mehr so verkrampft waren wie zu Beginn des Ausritts. Sie hielt die Zügel in einer Hand und fuchtelte mit dem anderen Arm in der Luft herum, während sie sich mit Stevie unterhielt. Sie sprachen über Frisuren, und wenn man Monis eigene Frisur betrachtete, fand Carole es nicht weiter verwunderlich, dass Moni wild mit dem Arm fuchteln musste, um andere Frisuren zu beschreiben.

„Was muss man tun, damit die Stacheln so nach oben stehen?“, fragte Stevie.

Moni belehrte sie gerade ausgiebig über Punk-Frisuren und erklärte Stevie bereitwillig den Unterschied zwischen Haarspray und Gel. Die Unterhaltung machte ihr Freude, was automatisch dazu führte, dass sie sich auf Patchs Rücken entspannte. Carole war ziemlich sicher, dass Stevie nicht im Traum daran dachte, ihr Haar in bunte, aufrecht stehende Stacheln zu verwandeln. Aber Stevie war nicht dumm; sie ließ Moni reden, weil sie sich dabei am leichtesten entspannen würde.

Während sie sich weiter über Frisuren und Make-up unterhielten, führte Stevie die kleine Gruppe durch den Wald bis ans Ufer eines Baches, der von einem Hügel herunterfloss. An heißen Tagen genossen es die Pferde, im Wasser zu planschen, und auch den Reitern machte es viel Spaß.

„Kommt, wir machen eine kleine Pause“, schlug Carole vor. „Da vorn ist unser Felsen.“

„Gute Idee“, stimmte Stevie ihr zu. „Das wird dir gefallen, Moni!“

Am Ufer des Bachs lag ein großer Felsen, auf den sie sich setzen und ihre Füße ins Wasser halten konnten, um sich vor dem Heimritt etwas abzukühlen.

„Bei uns in der Stadt gibt es zwar vieles", sagte Moni, „aber so etwas hier haben wir mit Sicherheit nicht!"

„Gefällt es dir?", wollte Stevie wissen.

Moni erschlug eine Mücke und wischte eine Ameise von ihrem Arm. „Ich will es mal so ausdrücken: Es ist mal etwas anderes."

Stevie und Carole lachten, und Moni stimmte in ihr Gelächter ein.

„Das kannst du laut sagen!", stellte Stevie fest und dachte dabei an den Ausflug nach New York, den der Sattelclub vor Kurzem unternommen hatte. „Als wir zu dem großen Turnier in New York waren, haben wir zwar viele tolle Sachen gemacht, aber wir haben bestimmt nie unsere Füße in einen kühlen Bach hängen lassen!"

Moni lächelte.

„Wahrscheinlich muss man sich in New York ohnehin von jeglichem Wasser fernhalten, das nicht aus einer Wasserleitung kommt!", scherzte sie.

„Hier bei euch ist alles anders", fuhr sie fort. „In der Stadt gibt es nicht vor jedem Haus einen Rasen. Es gibt kaum Einfamilienhäuser, sondern fast nur Mietshäuser mit vielen Wohnungen. Niemand hat einen Swimmingpool, und es reitet auch niemand, es sei denn auf einem

Karussellpferd. Wir treiben uns nicht in Einkaufszentren herum, wie wir es gestern getan haben, und wir fahren auch nicht überallhin mit dem Auto, wie ihr es tut. Wir fahren mit U-Bahnen und Bussen, und wir besuchen unsere Freunde zu Hause. Ich kann nur sagen, hier ist wirklich alles anders."

„Aber hier ist es besser, nicht wahr?", fragte Stevie. Sie war stolz darauf, Moni Willow Creek und auch das Reiten gezeigt zu haben. Sie wollte, dass Moni beides ebenso mochte wie sie selbst.

„Ich fühle mich hier sehr wohl, Stevie, wirklich. Aber die Großstadt ist mein Zuhause. Ich mag sie und vermisse sie sogar ein wenig."

„Oh", sagte Stevie. Etwas anderes fiel ihr nicht ein. Moni hatte sie überrascht. Sie konnte sich nicht vorstellen, dass ein Mensch lieber in einer Großstadt leben wollte als auf dem Land, wo er die Möglichkeit zum Reiten hatte.

„Ich glaube, ich weiß, was du meinst", sagte Carole. „Weil mein Vater Berufssoldat ist, sind wir unzählige Male umgezogen. Jeder neue Ort war anders, aber er war mein Zuhause. Und zu Hause ist es immer am schönsten, wo immer es auch sein mag, nicht wahr?"

„Ja, so ungefähr", stimmte Moni zu. „Aber ich will euch etwas sagen: Noch vor zwei Wochen hätte ich geschworen, dass mich nie jemand überreden würde, auf ein Pferd zu steigen. Oh nein, niemals. Doch jetzt, nachdem ich mich getraut habe, frage ich mich, wovor ich solche Angst hatte. Pferde sind ganz in Ordnung."

„Ganz in Ordnung" war nicht gerade der Ausdruck, den Stevie und Carole gewählt hätten, aber wenn man in Betracht zog, wie Moni noch vor einer Stunde über Pferde gedacht hatte, waren Stevie und Carole mit ihren Fortschritten doch sehr zufrieden.

„Wenn wir nicht rechtzeitig zurück sind, wird Max einen Suchtrupp losschicken", sagte Carole und planschte zum Abschied noch einmal mit ihren bloßen Füßen im kühlen Wasser herum.

Stevie schaute auf die Uhr. Es war wirklich Zeit für den Heimritt. Die drei zogen ihre Stiefel wieder an und machten sich auf den Heimweg, der ohne besondere Vorkommnisse verlief.

Das Einzige, was Stevie und Carole ein wenig traurig stimmte, war, dass Lisa nicht an ihrem Ausritt teilgenommen hatte.

Während ihre Freundinnen mit Moni ausgeritten waren, hatte Lisa gearbeitet. Schließlich hatte sie den Ablieferungstermin einzuhalten. Wie schon der erste handelte auch ihr zweiter Artikel hauptsächlich von der alltäglichen Stallroutine. Sie schrieb über Topside, das neueste Pferd des Stalls, das Max von der erfolgreichen Reiterin Dorothy DeSoto, einer ehemaligen Schülerin, gekauft hatte, und von dem Kurs für die jüngsten Reiter. Diese Gruppe übte zurzeit, allein auf- und abzusitzen. Doch dann kam sie zu den wichtigen Neuigkeiten.

Im Anschluss an die Berichterstattung über den Diebstahl in Pine Hollow hat die Reporterin Kenntnis von etlichen anderen vermutlichen Diebstählen erhalten. Gestohlen wurden mindestens eine Reitkappe, ein Paar teure Reithandschuhe, eine Gerte und ein Schlüsselbund. Da diese Diebstähle zu verschiedenen Zeiten verübt wurden, ist schwer zu sagen, ob es sich um einen einzigen Täter handelt oder um mehrere. Eines ist jedoch sicher: Die jungen Reiter von Pine Hollow sollten ihr Eigentum nie aus den Augen lassen!

Lisa lehnte sich zurück und las die soeben geschriebenen Worte noch einmal. Es war die Wahrheit. Und es war schließlich die Aufgabe eines Journalisten, die Wahrheit zu schreiben.

8

Stevie und Carole telefonierten am Freitagmorgen schon sehr früh miteinander – sobald sie Lisas neuesten Artikel gelesen hatten.

„Ich kann es kaum glauben", stöhnte Carole. „Er ist noch schlimmer als der letzte!"

„Sie wird solchen Ärger bekommen – und sie macht auch allen anderen Ärger. Sie stellt es so hin, als wäre Pine Hollow eine Räuberhöhle!"

„Wir müssen sie endlich wieder zur Vernunft bringen", erklärte Carole.

„Du kannst aber nur mit jemandem reden, der zuhört", stellte Stevie fest. „Und das letzte Mal, als ich versuchte, mit ihr über ihre Kolumne zu sprechen, hat sie überhaupt nicht zugehört."

„Ach, das muss an dem Tag gewesen sein, an dem sie behauptete, wir beide hätten vom Journalismus keine Ahnung."

„Oder es war an dem Tag, an dem sie uns erklärte, dass jeder, der sie kritisierte, auf ihren Erfolg neidisch wäre."

Carole schüttelte den Kopf. „So stur ist Lisa doch sonst nicht."

„Da hast du Recht. Aber im Moment ist mit ihr einfach nicht zu reden."

„Das bedeutet aber nicht, dass wir es nicht versuchen sollten", sagte Carole.

Stevie stimmte ihr zu. Es musste etwas getan werden, und es war besser, wenn Lisas Freundinnen diese Aufgabe übernahmen. Sie überlegten sich eine geeignete Strategie. Stevie erklärte Carole, dass eine Situation wie diese den behutsamen Einsatz von Psychologie erforderte. Carole war bereit, es damit zu versuchen, wenn sie Lisa mittags im Stall trafen.

Lisa hoffte, dass ihre Mitreiterinnen ihren zweiten Artikel positiver aufnehmen würden als den ersten. Sie dachte, dass sie inzwischen doch verstanden haben müssten, dass es die Aufgabe eines Reporters war, auf Unrecht hinzuweisen. Und den Diebstahl von Geld und Reitsachen konnte man eindeutig als Unrecht bezeichnen.

Die Ersten, die sie antraf, als sie am Freitagmittag in den Reitstall kam, waren Carole, Stevie und Moni, die auf sie zu warten schienen. Sie lächelte zögernd, in der Hoffnung auf einen freudigen Empfang. Die drei winkten ihr zu. Lisa seufzte erleichtert.

„Wie fandet ihr meinen neuen Artikel?", fragte sie. Sie konnte es nicht abwarten, ihre Meinung zu hören.

„Er war einfach toll!“, sagte Carole.

„Ich mochte besonders den Abschnitt über Topside“, sagte Stevie.

Lisa hatte gewusst, dass er Stevie gefallen würde. Sie war vernarrt in Topside. Sie lächelte selbstzufrieden.

„Und mir gefiel der Teil über die jüngsten Reiter“, sagte Moni. „Die können schon mehr als ich!“

Lisa lachte. Doch dann fiel ihr auf, dass ihre Freundinnen nicht über den wirklich wichtigen Teil ihres Artikels sprachen.

„Und was ist mit dem Teil über die Diebstähle?“, fragte sie.

„Nun ja“, begann Carole, „wir glauben, da gibt es ein kleines Problem – oder zumindest könnte es ein Problem geben.“

Das gefiel Lisa gar nicht. „Was soll denn das heißen?“

„Es soll nur heißen, dass du anscheinend glaubst, dass hier im Reitstall haufenweise Gegenstände gestohlen werden“, sagte Stevie.

„Aber das stimmt doch auch!“, verteidigte sich Lisa.

„Woher willst du das wissen?“, fragte Moni.

„Weil die anderen es mir erzählt haben“, sagte Lisa.

Sie war furchtbar enttäuscht. Hier stand sie nun, sprach mit ihren besten Freundinnen – die, von denen sie dachte, sie würden sich mit ihr freuen und stolz auf sie sein, und sie wollten nur an ihr herummeckern! Sie waren genauso eifersüchtig wie die anderen Mädchen im Stall!

Stevie merkte sofort, dass sie einen Fehler gemacht hatten. Sie hatten beschlossen, Lisa zuerst zu sagen, was ihnen an ihrem Artikel gefiel, und erst dann anzusprechen, was sie störte, doch Letzteres schien bei Lisa überhaupt nicht anzukommen. Alles, was sie erreicht hatten, war, ihre Gefühle zu verletzen und sie in die Defensive zu treiben.

„Ach, Lisa", sagte Stevie schnell, um das Thema zu wechseln, „Carole und ich wollen vor dem Unterricht noch mit Samson arbeiten. Hast du Lust, zu helfen?"

„Ja, wir könnten Hilfe brauchen", fügte Carole hinzu.

„Nein, danke", antwortete Lisa kühl. „Ich muss mich zum Reiten umziehen, und außerdem muss ich mir Notizen für meinen nächsten Artikel machen, denn ich habe einen Ablieferungstermin einzuhalten."

Ihr schneidender Ton sagte alles, und Stevie war klar, dass es im Augenblick sinnlos war, weiter mit Lisa zu diskutieren. Sie sagte Lisa nur, sie würden sich ja dann beim Unterricht sehen, und machte sich mit Carole und Moni auf den Weg zu Samson. Stevie hatte es eilig, von Lisa wegzukommen. Sie wollte vermeiden, dass Lisa an sie dachte, wenn sie an ihrem nächsten Artikel arbeitete!

Nachdem die drei gegangen waren, ging Lisa in den Umkleideraum. Sie wollte sich wirklich ein paar Notizen machen, ohne dabei von ihren Freundinnen gestört zu werden. Für heute hatten sie ihr genug gute Ratschläge aufgedrängt. Und wenn sie vor den anderen arbeiten würde, musste sie sich zweifellos noch weitere Kommentare anhören.

Sie setzte sich ans Ende der Bank im Umkleideraum und begann in ihrer Tasche herumzusuchen. Sie hatte etwas ganz Besonderes mitgebracht – ein kleines Diktiergerät, das es ihr ermöglichte, ihre Ideen für den nächsten Artikel auf Band zu sprechen. Sie drückte den Aufnahmeknopf und begann zu sprechen.

„Moni“, sagte sie und schaltete das Gerät wieder ab. Sie fand Moni interessant und wollte über sie schreiben. Es war leicht, jemanden nach seiner Kleidung zu beurteilen, doch hinter Moni steckte mehr. Lisa hatte ihren Namen auf das Tonband gesprochen, um sich selbst daran zu erinnern, worüber sie schreiben wollte.

Genau in diesem Augenblick betrat das Objekt ihrer Gedanken den Umkleideraum.

„Kannst du mir sagen, wo ich eine Führleine finde?“, fragte Moni. „Wenn Carole Samson je zu fassen kriegt“, fügte sie mit einem Grinsen hinzu, „will sie versuchen, ihn ein wenig herumzuführen. Ich persönlich glaube allerdings, dass ihm das Fangen-Spielen viel mehr Spaß macht!“

„Da drüben an der Wand ist ein Haken“, sagte Lisa

und zeigte in die Sattelkammer. „Du kannst irgendeine Leine nehmen. Sie sind alle gleich."

„Danke", sagte Moni und machte kehrt, um in die von Lisa gezeigte Richtung zu gehen. Doch dann hielt sie inne und drehte sich noch einmal zu Lisa um. „Arbeitest du an einem neuen Artikel?", fragte sie nach einem kurzen Blick auf das Diktiergerät.

„Ja", antwortete Lisa zurückhaltend. „Ich benutze dieses kleine Aufnahmegerät als Gedächtnisstütze. Das machen wir Reporter oft."

„Ich finde deine Arbeit sehr interessant", sagte Moni.

„Wirklich?", fragte Lisa überrascht. Dies war das erste Mal, dass jemand Interesse für ihre Arbeit zeigte. „Alle anderen sind bloß wütend auf mich. Aber das ist nur Neid."

„Nein, ich finde es wirklich interessant", sagte Moni. „Aus meinem Bekanntenkreis könnte das niemand."

„Wirklich nicht? Du meinst, dass niemand von ihnen schriftstellerisches Talent hat? Ich bin sicher, wenn sie es ernsthaft versuchten … bestimmt könntest auch du …"

Moni schüttelte den Kopf, dass ihre großen weißen und purpurroten Ohrringe klapperten. „Das meine ich nicht. Ich meine, es hat etwas mit dem Unterschied zwischen Stadt und Land zu tun."

Das konnte Lisa nicht einsehen, und sie sagte dies Moni auch. „Aber die größten Zeitungen der Welt werden in Großstädten gemacht! Fast alle Kriminalreportagen kommen aus Großstädten. Was ich hier mache, ist doch nur zur Übung, bis ich eine Chance bei einer echten Zeitung bekomme. Wie kannst du behaupten, das wäre in einer Großstadt nicht möglich?"

„Vermutlich habe ich mich verkehrt ausgedrückt", sagte Moni. „Ich meine nur, dass das, was du tust, in meiner Umgebung unmöglich wäre. In der Stadt leben die Menschen sehr dicht beieinander. Hier sind die Familien durch eine Einfahrt und eine Garage oder vielleicht eine Hecke, ein Blumenbeet oder sogar einen großen Garten voneinander getrennt. Wo ich herkomme, leben die Nachbarn auf der anderen Seite des Flurs, vielleicht auch auf der anderen Seite der Wand. Wenn man niest, sagt der Nachbar ‚Gesundheit'."

Lisa musste grinsen.

„Wir mögen uns zwar manchmal nicht besonders, aber wir kommen miteinander aus, weil wir uns die meiste Zeit nur um unsere eigenen Angelegenheiten kümmern. Auf diese Weise schafft man zusätzlichen Raum zwischen Menschen, die dicht gedrängt leben. Ich komme mit all meinen Freunden gut aus, denn wenn ich etwas sehe, was ich nicht sehen sollte, oder wenn mir jemand etwas anvertraut, spreche ich nicht darüber. Ich denke, wenn man keine Privatsphäre hat, muss man so tun als ob, indem man sich um seinen eigenen Kram kümmert. Aber hier draußen habt ihr so viel Platz zwischen euch, und das macht es ganz anders. Du kannst losgehen und über private Dinge schreiben, die du nur weißt, weil du zufällig jemandes Freund bist. Und über diese Dinge hätten dir deine Freunde vielleicht nichts erzählt, wenn sie gewusst hätten, dass du darüber schreiben willst. Aber ich nehme an, das ist hier anders."

„Oh", sagte Lisa ein wenig enttäuscht, denn offensichtlich wollte auch Moni sie nur kritisieren. Sie hatte ehrliche Bewunderung von ihr erwartet, aber nur wieder einen Vortrag von jemandem bekommen, der ebenfalls nicht verstand, dass es die wichtigste Aufgabe eines Reporters ist, Tatsachen zu berichten.

„Moni! Hast du dich verlaufen?" Stevie kam in den Umkleideraum.

„Nein", antwortete sie. „Ich habe mich nur mit Lisa unterhalten. Tut mir leid." Moni ging eilig zu dem Haken mit den Führleinen, wählte eine aus und folgte Stevie zur Koppel. „Bis später, Lisa", sagte sie.

Lisa lauschte den sich entfernenden Schritten auf der Stallgasse und seufzte. Sie hatten sie nicht einmal gefragt, ob sie mitkommen wollte. Aber wahrscheinlich war es ihr Schicksal, dass keiner sie verstand.

Lisa hörte, dass jemand ein Pferd aus dem Stall führte, und ihr fiel wieder ein, dass Max vor ihrer eigenen Reitstunde einem Anfänger eine Einzelstunde geben wollte.

Er hatte ihr angeboten, zuzusehen, um in ihrem nächsten Artikel darüber zu berichten.

Sie stopfte hastig ihre Sachen in den Schrank und nahm nur einen Stift und einen Block mit. Es würde Max und seinen Schüler ablenken, wenn sie während des Unterrichts in das Diktiergerät sprach.

Lisa war froh, wieder an die Arbeit gehen zu können. Je länger sie im Umkleideraum herumsaß, desto größer war die Gefahr, dass wieder jemand kam, um ihr einen Vortrag zu halten.

9

„Um cool auszusehen, muss man nur in der Lage sein, völlig verschiedene Sachen miteinander zu kombinieren. Das ist das ganze Geheimnis“, erklärte Moni Stevie und Carole, während sie die beiden vergnügt durch ein Bekleidungsgeschäft führte.

Moni schnappte sich ein großes Seidentuch nach dem anderen, betrachtete es kurz und warf es dann zurück auf den Wühltisch. „Nein, das nicht, vielleicht – igitt! Das ganz bestimmt nicht …“, sagte sie.

Stevie hielt die Bluse, die Moni sich bereits ausgesucht hatte. Sie war knallrosa und ärmellos und hatte Knöpfe auf dem Rücken und einen angedeuteten Rollkragen. Stevie fand sie sehr modisch. Moni hatte inzwischen ein Tuch ausgesucht, in dem dasselbe Rosa vorkam – allerdings auch noch etwa vierzig andere Farben.

„Das geht nicht“, sagte Moni und ließ das Tuch wieder fallen. „Das passt einfach zu allem, aber ich will diese Bluse zu meiner Tarnhose tragen. Ich brauche ein Tuch, das die beiden Teile miteinander verbindet.“

„Ich schätze, das Einzige, was diese Bluse und eine Tarnhose miteinander verbinden könnte, ist eine Farbspraydose“, verkündete Stevie.

Moni lächelte fröhlich. „Wartet es nur ab“, sagte sie. „Es wird euch gefallen.“

„Ich hoffe, du wirst mich nicht zwingen, diese Klamotten zu tragen, wenn du endlich das passende Tuch gefunden hast, oder?“

„Ich werde gar keinen Zwang ausüben müssen“, konterte Moni, „denn du wirst mich anflehen, dir die Sachen zu leihen!“

„Wofür? Zum Fasching?“, fragte Carole.

Moni lachte. „Wartet es nur ab“, sagte sie noch einmal und nahm ihre fieberhafte Suche wieder auf.

Stevie schaute fasziniert zu. Sie konnte sich nicht erinnern, bei einem Einkaufsbummel schon einmal so viel Spaß gehabt zu haben wie heute mit Carole und Moni. Sie war mit Carole und Lisa schon oft beim Einkaufen gewesen, doch sie hatten immer die gleichen Geschäfte besucht und sich dieselben Dinge angesehen – oder zumindest dieselbe Art von Dingen. Beim Einkaufsbummel mit Moni entdeckte sie Sachen, die ihr früher nie aufgefallen waren. Sie wäre zum Beispiel nie auf die Idee gekommen, sich eine Tarnhose zu kaufen. Bis vor Kurzem hatte sie nicht einmal gewusst, wo man eine solche Hose bekam. Jetzt wusste sie es. Außerdem wusste sie jetzt, wo es Sandalen gab, deren Riemchen man sich bis dicht unter die Knie um die Beine wickelte. Sie hatte sich natürlich nichts von diesen Sachen gekauft, doch Moni hatte es getan. Und sie war begeistert davon.

Andererseits hatte Moni aber auch eine durchaus ernsthafte Seite. Sobald sie in der Ladenpassage den Stand entdeckt hatte, an dem die Lose zugunsten der Bücherei verkauft wurden, hatte sie darauf bestanden, ein ganzes Losheftchen zu kaufen. Dabei waren ihr die Gewinne egal; sie wollte nur etwas für den guten Zweck tun. Carole und Stevie freuten sich beide sehr darüber, dass Moni bereit war, die Bücherei des Ortes zu unterstützen.

Stevie warf einen verstohlenen Blick auf Moni, die um den Wühltisch mit den Tüchern herumwirbelte und dabei vor sich hin summte, und sie musste grinsen. Manchmal war es ziemlich langweilig, mit jemand anderem einkaufen zu gehen und nichts für sich selbst zu kaufen, aber bei Moni störte sie das nicht. Mit Moni einzukaufen bedeutete, Dinge zu kaufen, die sie selbst nie ausgewählt hätte – aber es machte Spaß! Und es war deutlich zu sehen, dass Carole ebenso empfand. Auch sie schaute Moni gebannt zu.

„Ich finde es schön, eine Schwester zu haben“, vertraute Stevie Carole an. „Moni ist viel netter als meine drei Brüder zusammen.“

„Das sind ja auch keine ernst zu nehmenden Gegner“, stellte Carole fest. „Ich kann mich nicht erinnern, dass du deine Brüder überhaupt jemals als ‚nett‘ bezeichnet hättest.“

„Das sind sie ja auch nicht.“

Moni zog ein Halstuch vom Wühltisch. Es war tatsächlich olivgrün und knallrosa gemustert.

„Bingo!“, verkündete sie, dass es durch das Geschäft hallte. „Jetzt muss ich es nur noch anprobieren!“ Stevie trug die Tüte mit der Tarnhose. Moni schnappte sich die Tüte und auch die rosa Bluse und machte sich auf die Suche nach einer Umkleidekabine.

„Irgendwie erinnert sie mich an Samson“, stellte Stevie fest, während sie Moni nachschaute.

„Irgendwie übermütig, meinst du?“, fragte Carole.

„Ja, irgendwie schon“, sagte Stevie. „Du weißt schon – wenn man Samson tun lässt, was er will, ist er urkomisch! Moni ist genauso. Ihr fällt auch immer etwas Neues ein.“

„Ja, ich weiß genau, was du meinst. Samson ist einfach etwas verrückt ... He, warte mal!“, sagte Carole und betrachtete Stevie nachdenklich. „Was meinst du damit, dass du Samson tun lässt, was er will?“

Stevie zuckte die Achseln. „Jedes Mal wenn er etwas tut, ist es wie ein neues Spiel. Er liebt diese Spiele. Ich habe angefangen, ihm Spiele wie ‚Kuckuck‘ und ‚Fangen‘

beizubringen, aber es kam mir vor, als würde er sie schon kennen. Er ist einfach Spitze – genau wie Moni", sagte sie. „Aber er hat eben auch gern Spaß."

„Du meinst, du hast ihm diese Spiele beigebracht?", fragte Carole, der plötzlich klar wurde, was passiert war.

„Ich brauchte ihm kaum etwas beizubringen", sagte Stevie. „Er ist ein Naturtalent. Eigentlich wollte ich ihm ja das Halfter anlegen, doch irgendwie haben wir dann angefangen zu spielen ..."

„Aber Stevie, wie konntest du das tun?", rief Carole aus.

„Ach, es war ganz einfach", sagte Stevie.

„Natürlich war es einfach", erwiderte Carole und holte tief Luft, um sich zu beruhigen. „Du wolltest spielen und er wollte spielen. Das Problem ist nur, dass du mit einem Halfter zu ihm gegangen bist, und anstatt mit ihm zu arbeiten, hast du ihn spielen lassen. Jetzt will er jedes Mal spielen, wenn jemand mit einem Halfter zu ihm kommt."

„Aber er ist doch so süß!", sagte Stevie.

Carole musste feststellen, dass Stevie immer noch nicht verstanden hatte, worauf sie hinauswollte.

„Natürlich ist er süß, aber er hat eine Aufgabe zu erfüllen. Wenn du einem Pferd etwas beibringen willst, musst du konsequent bei der Arbeit bleiben, denn sonst glaubt es, dass es spielen darf. Wenn man Pferde nicht ständig an das erinnert, was sie gelernt haben, vergessen sie es ganz schnell wieder."

„Du meinst, ich hätte vorher nicht mit Samson spielen dürfen?"

„Nicht mit dem Halfter in der Hand – vor allem nicht mit einem Halfter, das er noch nicht getragen hat. Es ist, als hättest du ihn für seine Ungezogenheit auch noch belohnt. Das heißt natürlich nicht, dass er jetzt für sein Leben verdorben wäre oder so, aber es bedeutet, dass wir jetzt wieder ganz von vorn anfangen müssen, damit er die Spiele ebenso wieder vergisst, wie er seine Erziehung vergessen hat."

„Willst du damit sagen, dass ich nicht mehr mit ihm spielen darf?" Stevie stemmte die Hände auf die Hüften und funkelte Carole an. „Er ist schließlich nicht dein Pferd!"

Carole funkelte zurück. „Spiele sollten eine Belohnung für gute Arbeit sein und nicht für eine nicht geleistete Arbeit!"

„Du machst ja ein Schwerverbrechen daraus!", empörte sich Stevie.

Carole merkte, dass Stevie allmählich wütend wurde. Aber das war ihr egal, denn sie war bereits wütend darüber, dass Stevie bei der Arbeit mit dem Fohlen so gedankenlos gewesen war.

„Ich mache keineswegs ein Schwerverbrechen daraus,

aber du wolltest überhaupt nicht mit Samson arbeiten. Du wolltest nur mit ihm spielen!“

„Und du bist jetzt neidisch, dass ich so viel Spaß hatte!“

„Neidisch? Wer ist neidisch?“, fragte Moni und gesellte sich zu Carole und Stevie, die sich aufgebracht gegenüberstanden. „Geht es um Lisa? Obwohl ich sie nicht sehr gut kenne, glaube ich doch, dass sie ganz in Ordnung ist und schon bald merken wird, dass das, was sie tut, überhaupt nicht cool ist.“

„Nein, es geht nicht um Lisa“, erwiderte Stevie, die Carole immer noch wütend anfunkelte. „Es geht um Carole. Sie hat mir gerade vorgeworfen, dass ich Samson mit meinen Spielen verdorben habe, aber ich glaube, sie ist nur neidisch, weil ich so viel Spaß mit ihm hatte! Was meinst du?“

Stevie und Carole sahen Moni erwartungsvoll an und bemerkten erst dann, dass sie ihre neuen Sachen trug.

„Ich glaube, dieses Tuch war genau das, was ich gesucht habe“, sagte Moni und drehte sich um sich selbst, um sich von allen Seiten zu zeigen.

Die beiden waren überrascht. Moni trug die Tarnhose und die knallrosa Bluse, dazu das Tuch, das sie um die Taille geschlungen hatte. Die Kombination war ausgesprochen ungewöhnlich, aber sie passte zu Moni. „Jetzt brauche ich nur noch eine Haartönung, die zu dem Rosa passt. Und dann ... da fällt mir ein, ich habe vorhin ein Paar Ohrringe aus Patronenhülsen gesehen. Was meint ihr, welche Schuhe dazu am besten passen würden?"

„Flache", entschied Stevie.

Moni nickte. „Ja, entweder flache Schuhe oder Springerstiefel."

Carole konnte sich nicht länger beherrschen. Sie begann zu lachen, und Stevie und Moni fielen in ihr Gelächter ein. Als die drei sich beruhigt hatten, ging Moni zurück in die Kabine und zog ihre alten Sachen wieder an. Dann zeigte Carole ihr den Weg zur Kasse, damit Moni ihre Neuerwerbungen bezahlen konnte.

„Ich weiß nicht, wie du es machst", stellte Stevie fest, als sie in der Schlange an der Kasse anstanden, wobei ihnen deutlich bewusst wurde, dass die anderen Kunden Moni anstarrten. „Das sind die irrsten Klamotten, die ich je gesehen habe, aber an dir sehen sie toll aus. Wo hast du gelernt, dich so anzuziehen?"

„Meine Mutter hat es mir beigebracht", sagte Moni.

„Das kann ich kaum glauben", stellte Stevie fest. „Ich habe deine Mutter einmal gesehen, voriges Jahr, als sie bei meiner Mutter im Büro war. Deine Mutter zieht sich so normal an wie jeder andere Mensch. Ich glaube, sie trug damals ein Kostüm mit Nadelstreifen. Und dazu, wenn ich mich recht erinnere, eine von diesen kleinen Fliegen."

Moni ließ ihre Einkäufe auf den Kassentisch fallen und zog ihre Geldbörse aus dem Miniatur-Seesack, der ihr als Handtasche diente. „Genau das meine ich. Wisst ihr, meine Mutter würde es gern sehen, wenn ich so angezogen wäre wie Lisa – alles aufeinander abgestimmt. Doch eines Tages, als sie sich gerade ein paar karierte Röcke und pastellfarbene Blusen für mich ansah, ging ich in eine Abteilung, in der Armeebestände verkauft wurden, und fand dort einen tollen Overall. Also gab ich mein Geld dafür aus und nicht für den Rock und die Bluse, die sie für mich ausgesucht hatte. Und nachdem ich einmal auf den Geschmack gekommen war, wusste ich, dass Punk genau mein Stil war. Wenn meine Mutter mir nicht erlaubt hätte, meine Sachen selbst zu kaufen, hätte ich es vielleicht nie erfahren."

Der Verkäufer gab die Preise von Monis Sachen in seine Kasse ein. Stevie drehte sich zu Carole um. „Ich glaube, die Geschichte hat eine Moral", sagte sie grinsend.

Carole legte fragend den Kopf zur Seite. „Was meinst du damit?"

Stevie verfolgte ihren Gedanken. „Nun ja, wenn ich Samson tun lasse, was er will, anstatt ihn dazu zu bringen, zu tun, was ich will ..."

Carole nickte, in der Hoffnung, dass Stevie ihren Standpunkt endlich verstanden hatte.

„… dann wird er sich schließlich die Mähne olivgrün und knallrosa färben und einen Tarnsattel tragen."

„Genau und alle anderen Pferde werden neidisch sein!", fügte Carole hinzu und begann zu lachen.

Moni nahm ihr Wechselgeld und ihre Tüte in Empfang. „Kommt mit", sagte sie, „mir ist wieder eingefallen, wo ich die Patronenhülsen-Ohrringe gesehen habe. Und auf dem Weg dorthin müsst ihr mir erzählen, was so witzig ist."

„Nur wenn du uns verrätst, wie man bunte Stacheln in die Mähne eines Pferdes macht", sagte Stevie fröhlich.

Carole ging zwischen den beiden und legte ihnen die Arme um die Schultern. „Was haltet ihr von Hufeisenohrringen für Samson?", fragte sie.

10

Diesmal war Lisa überzeugt, dass alle mit ihr zufrieden sein würden. Voller Zuversicht machte sie sich auf den Weg zum Reitstall. Sie hatte in ihrem Artikel mit keinem Wort erwähnt, dass jemandem etwas abhandengekommen war. Sie hatte nichts erwähnt, das irgendjemand übel nehmen konnte. Sie hatte zuerst über die Dinge geschrieben, auf die Mr Teller Wert legte, zum Beispiel wer von den Anfängern gelernt hatte, die Zügel richtig zu halten und wer seinen ersten Sprung gewagt hatte. Doch danach kam der interessante Teil. Den Rest ihres Artikels hatte sie Moni gewidmet, denn sie fand Moni sehr interessant und wollte, dass auch alle anderen das erfuhren. Sie hatte natürlich über Monis ungewöhnliche Kleidung geschrieben, aber in Moni steckte noch mehr, und das wollte sie ihren Lesern vermitteln. Lisa war überzeugt, dass ihr neuester Artikel allen gefallen würde. Sie hatte auch schon Pläne für den nächsten. Sie wollte Vergleiche anstellen zwischen den Reitstunden für die Erwachsenen und ihrem eigenen Reitunterricht, doch dafür musste sie zuerst mit Mrs Reg sprechen. Deshalb ging sie zuerst in Mrs Regs Büro.

Das Büro hatte zwei Türen – eine zur Stallgasse und eine zur Sattelkammer, neben der der Umkleideraum lag. Meistens fand man Mrs Reg in ihrem Büro oder in der Sattelkammer, doch an diesem Tag war sie nirgends zu finden.

Lisa blieben nur noch fünfzehn Minuten bis zum Beginn ihrer Reitstunde, deshalb konnte sie sich nicht mehr auf die Suche nach Mrs Reg machen. Sie schrieb eilig ein paar Zeilen, in denen sie Mrs Reg fragte, bei welcher der Stunden für Erwachsene sie zusehen durfte, und machte sich dann auf den Weg in den Umkleideraum.

Irgendetwas ließ sie jedoch noch in Mrs Regs Büro innehalten. Es war ihr Name, gesprochen von Veronica diAngelo.

„Freunde, Lisa hat es wieder getan – bloß diesmal hat sie einen Volltreffer gelandet!"

„Hör auf zu lästern, Veronica!", ertönte Stevies Stimme.

„Hört euch das an", sagte Veronica. Von ihrem Platz in Mrs Regs Büro, in dem Halbdunkel herrschte, konnte Lisa Veronica sehen. Sie war auf eine der frisch gestrichenen schmalen Bänke vor den Schränken geklettert. In der Hand hielt sie ein Stück Papier. Lisa konnte sehen, dass es ein Zeitungsausschnitt war und erkannte an der

Anzeige auf der Rückseite, dass es sich um ihren Artikel handelte. Veronica diAngelo hatte vor, ihren Artikel laut vorzulesen.

Irgendetwas stimmte nicht. Veronica gehörte mit Sicherheit nicht zu den Leuten, die Moni unbedingt kennenlernen wollten. Veronica war extrem eingebildet und wollte mit niemandem etwas zu tun haben, der nicht ihren Kreisen angehörte. Moni war zwar sehr nett, aber für Veronica wäre sie nie gut genug. War es möglich, dass Lisa sie so gut beschrieben hatte, dass sie Veronicas Interesse geweckt hatte? Wohl kaum.

„In unserem Stall ist ein neues Gesicht aufgetaucht – ein sehr ungewöhnliches Gesicht!“, las Veronica vor. Ihre Freundinnen kicherten. So wie Veronica es sagte, klang es wie eine Beleidigung. Das hatte Lisa so nicht geschrieben; zumindest hatte sie es so nicht gemeint. „Durch einen glücklichen Zufall ist Moni Sanders zu Besuch. Sie ist zu Gast bei der Familie Lake.“ Veronica sah von dem Zeitungsausschnitt hoch. „Ein glücklicher Zufall? Fragt sich nur, für wen!“ Die Mädchen lachten.

„Veronica, hör auf damit!“, sagte Stevie. „Du machst dich lustig über Moni.“

„Das tue ich nicht“, verteidigte sich Veronica. „Ich lese nur einen Zeitungsartikel vor, der im Tagblatt von Willow Creek veröffentlicht wurde! Endlich schreibt Lisa mal etwas, das ich auch glauben kann!“

„Du bist ein echtes Lästermaul“, schimpfte Stevie und stand auf. „Moni ist genau hinter dieser Tür in Topsides Box und putzt ihn, bis unsere Stunde anfängt und sie zusehen kann.“ Da wurde Lisa bewusst, dass Moni jedes Wort gehört haben musste. Bei diesem Gedanken fühlte sie sich schrecklich.

„Aber sie ist doch deine Freundin, oder etwa nicht?“, stichelte Veronica. „Schöne Freundin.“

Stevie war einer der treuesten Menschen, die Lisa kannte. Sie würde zu Moni halten, egal wie sehr Veronica über sie herzog.

„Ja, Lisa ist meine Freundin“, sagte Stevie. „Und sie ist sogar eine meiner beiden besten Freundinnen. Sie bemüht sich sehr, etwas Wichtiges zu tun, auch wenn sie dabei ein paar Fehler gemacht hat ...“

Stevie sprach noch weiter, doch Lisa hörte es nicht mehr, denn inzwischen hatte sie begriffen, was Stevies Worte bedeuteten. Stevie verteidigte nicht Moni. Veronica hatte über sie, Lisa, gelästert.

Lange nachdem Stevie umgezogen und in den Stall gestürmt war, um Comanche für den Unterricht zu satteln, stand Lisa immer noch bewegungslos im Halbdunkel von Mrs Regs Büro. Sie hörte den Rest von Veronicas Vortrag. Veronica las weiter aus dem Artikel vor, doch für Lisa hörten sich die Worte nicht mehr wie ihre an, und die Botschaft klang ganz anders, als die, die sie vermitteln wollte. Anstatt die Moni zu beschreiben, die sie kannte und gernhatte, lauschte sie Worten, die Moni nur zu beleidigen schienen, so als wäre sie weniger wert als die Mädchen von Willow Creek. Zum Teil lag es daran, wie Veronica vorlas, doch ein Großteil des Problems lag eindeutig in dem, was Lisa geschrieben hatte.

„Für Moni ist dieser Besuch in Willow Creek eine Flucht aus der schmutzigen Großstadt, in der die Menschen in drangvoller Enge leben …"

Lisa wurde plötzlich klar, dass das klang, als käme Moni aus einem rattenverseuchten Barackenviertel, doch das war ja keineswegs der Fall. Lisa spürte, wie sie vor Scham rot wurde. Hatte sie all das wirklich so geschrieben wie es sich jetzt anhörte?

„Doch das Bemerkenswerteste an Moni Sanders ist natürlich ihre einzigartige Garderobe! Leuchtende Farben in bunter Eintracht – und dazu ihre Aufsehen erregenden Frisuren! Und wenn sie zu ihrem orangefarbenen Haar gleichfarbigen Lidschatten trägt – kaum zu glauben!"

Veronica und ihre Freundinnen bekamen einen hysterischen Lachanfall. Lisa wusste nicht, über wen sie mehr lachten, über Moni oder über sie, aber es war ihr auch egal. Sie hatte Moni beschrieben, als wäre sie eine Ausgeflippte und nicht das nette Mädchen, das sie wirklich war. Wie hatte sie Moni das antun können – und sich selbst? Sie hatte das Gefühl, das höhnische Gelächter von Veronica und ihren Freundinnen durch ihr Verhalten wirklich verdient zu haben, aber es war nicht fair von ihnen, über Moni zu lachen.

„Ist das nicht großartig?“, fragte Veronica ihre Freundinnen, nachdem sie den Artikel zu Ende gelesen hatte. „Inzwischen bin ich richtig froh, dass Lisa diese Artikel schreibt. Anfangs war ich mir nicht so sicher ...“ Sie begann erneut zu lachen und schwenkte den Zeitungsausschnitt durch die Luft. „Aber das hier entschädigt mich wirklich für alles. Vielleicht wird sie sich in der nächsten Woche eine andere Freundin vornehmen – wenn sie dann noch eine hat!“

Lisa wusste, dass Veronica erst angefangen hatte zu lästern und noch zu großer Form auflaufen würde, doch da wurde sie durch eine Lautsprecherdurchsage von Max unterbrochen, der ankündigte, dass der Reitunterricht in fünf Minuten beginnen würde. Die Mädchen machten sich eilig daran, ihr Sattelzeug zu holen und die Pferde zu satteln.

Lisa blieb in Mrs Regs dunklem Büro stehen; sie konnte sich nicht bewegen. Gedanken schossen ihr durch den Kopf; sie hörte immer wieder die Worte, die Veronica vorgelesen hatte. Alles, was so lustig geklungen hatte, als sie es schrieb, hörte sich bei Veronica grausam und herzlos an. Natürlich, bei Veronica klangen sogar

Glückwünsche wie eine Morddrohung, aber die Worte stammten von ihr. Sie hatte alles geschrieben, was Veronica vorgelesen hatte, und obwohl sie es nicht beabsichtigt hatte, klang es doch, als wäre Moni eine schreckliche Person.

„Lisa, bist du das?" Mrs Regs sanfte Stimme unterbrach ihre Gedanken. „Weinst du, Liebes?"

Lisa strich sich mit der Hand über die Wange und war überrascht, dort Tränen zu fühlen. Es war ihr gar nicht bewusst gewesen, dass sie weinte. Sie wusste jedoch, dass es Tränen der Wut, der Scham und der Traurigkeit waren, vor allem aber weinte sie wegen Moni. Sie hatte Moni sehr verletzt, und das war genau das Gegenteil von dem, was sie beabsichtigt hatte.

Jetzt verstand sie auch, was Moni zu ihr gesagt hatte. Freunde behandeln einander nicht so, wie sie ihre Freundinnen behandelt hatte. Sie veröffentlichen nichts, was ihnen in privaten Gesprächen erzählt wurde.

Sie ziehen keinen Nutzen aus persönlichen Problemen anderer, wie sie es mit dem Verlust von Stevies Geldbörse getan hatte.

Das hatte nichts mehr mit Freundschaft zu tun – und auch nichts mit Journalismus. Sie war keine Journalistin, sondern nur eine Klatschtante.

Mrs Reg legte Lisa tröstend einen Arm um die Schultern. Lisa hatte den Eindruck, dass Mrs Reg genau wusste, was passiert war. So etwas schien sie immer zu wissen.

„Mrs Reg“, murmelte Lisa, „ich habe etwas Schreckliches getan.“

Mrs Reg drückte sie fest an sich, und Lisa strömten die Tränen nur so über das Gesicht. Zusätzlich zu allem anderen hatte sie auch noch das bedrückende Gefühl, Mrs Regs Trost überhaupt nicht zu verdienen. Das brachte sie nur noch mehr zum Weinen.

„Ich habe die Gefühle meiner Freundinnen verletzt“, schluchzte sie. „Ich habe Stevie und Carole wehgetan und Anna, Betsy und Polly – und sogar Veronica –, aber vor allem Moni. Ich wollte es nicht, aber ich habe es getan. Was ich geschrieben habe, war noch viel schlimmer als beim letzten Mal. Ich war so dumm!“ Sie hätte gern noch mehr gesagt, aber sie weinte zu sehr, um noch etwas hervorzubringen.

Mrs Reg nahm ein Taschentuch aus der Packung auf ihrem Schreibtisch und gab es ihr. Dann ein zweites und ein drittes. Sie wartete geduldig, bis schließlich die letzte Träne über Lisas Gesicht gelaufen war.

„Vorbei?“, fragte sie.

Lisa nickte. „Allerdings! Mit dem Schreiben ist es vorbei, mit meinen Freundinnen sicher auch und vielleicht auch mit dem Reiten.“

„Nichts überstürzen“, sagte Mrs Reg. „Nur weil du

einen Haufen Fehler gemacht hast, ist das noch lange kein Grund, gleich noch massenhaft weitere zu machen." Mrs Reg führte Lisa zu der Bank in der Sattelkammer, und beide setzten sich. „Das erinnert mich an eine Reiterin, die wir hier mal hatten", begann sie.

Mrs Reg war berühmt für ihre Geschichten über Reiter und Pferde, die sie einmal gekannt hatte. Den Mädchen vom Sattelclub kam es so vor, als hätte Mrs Reg zu jedem Problem eine passende Geschichte auf Lager, und Lisa und ihre Freundinnen wussten seit Langem, dass sich das Zuhören meistens lohnte.

„Als diese Reiterin zu uns kam, war sie ungefähr in deinem Alter, aber sie hatte schon jahrelange Reiterfahrung. Max merkte sofort, dass sie Talent hatte, aber sie hatte auch Probleme. Sogar sehr viele, denn sie war nicht nur jahrelang geritten, sondern sie war auch jahrelang falsch geritten. Sie wollte unbedingt Turnierreiterin werden, und Max war überzeugt davon, dass sie es ganz nach oben schaffen konnte. Das war jedoch der einzige Punkt, in dem die beiden einer Meinung waren. Sie war nämlich der Ansicht, dass es ihre Aufgabe als Reiterin war, ihr Pferd zu beherrschen. Vom Augenblick des Aufsteigens bis zum Absitzen bearbeitete sie ihr armes Pferd ununterbrochen – sie zog an den Zügeln, drückte mit den Schenkeln oder benutzte die Gerte. Meistens tat es, was sie wollte, denn es wusste, dass sie der Boss war."

„Aber soll denn der Reiter nicht der Boss sein?“, warf Lisa ein.

„Ja und nein“, antwortete Mrs Reg. „Natürlich muss er seinem Pferd klarmachen, wer das Sagen hat, aber sobald das geschehen ist, sollten Pferd und Reiter zusammenarbeiten. Wenn der Reiter das Pferd pausenlos beherrscht, kann es zu keiner Zusammenarbeit kommen. Es funktioniert natürlich, und man kann durchaus auf diese Weise reiten, aber ein Spitzenreiter wird man so nie.“

„Ich wette, es hat Max fast wahnsinnig gemacht, dass sie so gemein zu seinen Pferden war“, sagte Lisa. „Hat er sie hinausgeworfen?“

„Keineswegs“, erwiderte Mrs Reg. „Er wusste, dass sie eine gute Reiterin werden würde, und er wollte mit ihr arbeiten und fing deshalb mit ihr noch einmal ganz von vorn an. Zuerst ließ er sie alle Pferde am Halfter herumführen, dann durfte sie sie longieren. Dadurch hatten sie mehr Freiheit, und sie konnte sehen, wozu Pferde fähig sind, wenn sie nicht von Reiterschenkeln und Gerte belästigt werden. Außerdem trug er ihr auf, die Pferde jedes Mal mit einer Möhre zu belohnen, wenn sie etwas richtig gemacht hatten.“

„Sollte sie sich damit bei den Pferden entschuldigen?“, fragte Lisa.

„Ja, genau“, sagte Mrs Reg. „Nachdem sie sich mit

den Pferden angefreundet hatte, begann sie sie wirklich gernzuhaben und ihnen zu vertrauen. Also ließ er sie in einer Anfängergruppe mitreiten."

„Oh, da muss sie sich aber gelangweilt haben!", stellte Lisa fest.

„Keineswegs", widersprach ihr Mrs Reg. „Du weißt doch, man langweilt sich nur, wenn man Dinge lernen soll, die man schon kann. Diese Reiterin aber war Anfängerin, denn nichts von dem, was sie bisher gelernt hatte, nutzte ihr etwas. Sie musste sehr hart an sich arbeiten."

Mrs Reg erhob sich, um auch Lisa das Zeichen zum Aufbruch zu geben. Wie immer war ihre Geschichte zu Ende, bevor Lisa mit einem Ende gerechnet hatte. Auch sie stand auf.

„Und wie ging es weiter?", wollte sie noch wissen.

Mrs Reg sah sie an, als wäre sie ein wenig überrascht, dass Lisa sich nicht denken konnte, was damals passiert war.

„Nun, sie wurde natürlich eine ausgezeichnete Turnierreiterin. Ach ja, wenn du Red siehst, sag ihm bitte, dass er zu mir kommen soll. Er sollte unbedingt die Malerarbeiten fertig machen. Der Geruch ist einfach furchtbar, findest du nicht? Ich wette, die Pferde hassen ihn auch. Außerdem muss ich noch beim Futtermittelhändler anrufen ..."

Mrs Reg ging in ihr Büro und nahm den Telefonhörer zur Hand.

Da Mrs Regs Geschichten meistens einen tieferen Sinn hatten, musste Lisa nun herausfinden, was Mrs Reg ihr mit dieser Geschichte hatte sagen wollen. Ganz offensichtlich musste sie noch einmal ganz von vorn anfangen, um etwas über Journalismus zu lernen. Sie war noch lange nicht reif für eine Arbeit als Kriminalreporterin. Doch was hatten das Herumführen am Halfter, das Longieren und die Möhren mit Journalismus zu tun?

Auf einmal verstand sie den Sinn der Geschichte. Genauso, wie die Turnierreiterin sich bei den Pferden entschuldigen musste, die sie falsch behandelt hatte, bevor sie einen Neuanfang wagen konnte, musste auch sie, Lisa, sich bei den Menschen entschuldigen, denen sie wehgetan hatte. Erst dann konnte sie damit beginnen, etwas über das Schreiben zu lernen. Sie hatte viele Leute verletzt, das war ihr bewusst, aber Moni hatte sie mit Sicherheit am tiefsten getroffen. Bei ihr würde sie anfangen.

Es war inzwischen zu spät, um noch am Unterricht teilzunehmen, und außerdem legte Lisa keinen Wert darauf, ihren Mitreiterinnen gerade jetzt unter die Augen zu kommen. Das Wichtigste war jetzt, Moni zu finden und mit ihr zu reden.

Lisa schob ihre Sachen in ihr Schrankfach und machte sich auf den Weg zum Reitplatz, wo der Unterricht stattfand. Moni saß gern auf dem Zaun und schaute zu, doch Lisa konnte schon vom Stall aus sehen, dass sie nicht da war.

Sie schaute bei Samson und Delilah auf der Koppel nach. Keine Spur von ihr. Sie schaute in die Futterkammer, in Max' Büro, in alle Boxen und in die Sattelkammer, doch sie konnte Moni nirgends entdecken.

„Moni?", sagte Red, als Lisa ihn nach ihr fragte. „Ich glaube, sie hat eine Einzelstunde. Sie hat mich gebeten, ihr Topside zu satteln."

„Moni?", sagte auch einer der Maler, den Lisa ansprach. „Die mit den gefärbten Haaren? Ich habe sie vorhin wegreiten sehen."

Ganz allein? Moni hatte bei Weitem nicht genug Erfahrung, um allein auszureiten. Wie kam sie bloß auf die Idee? Doch dann wurde Lisa alles klar: Moni war auf der Flucht, und sie benutzte dazu das einzige Mittel, das ihr zur Verfügung stand – ein Pferd.

Sie wusste, dass Moni auf ihrem Alleinritt in echter Gefahr war. Ein unerfahrener Reiter hatte allein nichts im Gelände zu suchen. Topside war zwar ein braves Pferd, aber auch ein Spitzenturnierpferd – temperamentvoll und gut trainiert. Moni würde ihn nie halten können.

Lisa dachte kurz daran, Max, Mrs Reg, Red oder einen der anderen Reiter um Hilfe zu bitten. Doch Moni war ihretwegen geflohen, und sie würde sie auch wieder zurückholen.

11

Noch nie in ihrem Leben hatte Lisa ein Pferd so schnell gesattelt wie an diesem Tag. Pepper schien zu spüren, dass dies nicht der Zeitpunkt für Spielchen war. Er stand ganz still und senkte sogar den Kopf, damit Lisa ihn leichter auftrensen konnte. Sie dachte an Mrs Regs Geschichte und klopfte ihm dankbar den Hals.

Lisa führte ihn zum Seitenausgang hinaus, der vom Reitplatz nicht eingesehen werden konnte. Dasselbe hatte Moni wahrscheinlich auch gemacht. Das bedeutete, dass sie einen der Reitwege eingeschlagen haben musste, die hinter dem Stall anfingen. Lisa begann, die verschiedenen Möglichkeiten gegeneinander abzuwägen, als ihr einfiel, dass sie etwas Wichtiges vergessen hatte – das Glücksbringer-Hufeisen.

Sie ließ Pepper wenden, dirigierte ihn zurück an die Stalltür und berührte das Hufeisen mit der Hand. Nun konnte die Suche beginnen.

Doch welchen Weg sollte sie wählen? Sie richtete sich im Sattel auf und versuchte, die einzelnen Wege möglichst weiträumig zu überblicken. Alle Schüler von Pine Hollow kannten die Reitwege von unzähligen Ausritten. Vom Stall weg führten vier, die Moni benutzt haben konnte. Der erste war Lisas Lieblingsweg, die Bergstrecke, die durch den Wald und dann auf einen Berg führte. Dann gab es die Waldstrecke, die zuerst zum Berg führte und auf dem Rückweg durch den Wald. Die Bachstrecke führte über einen Hügel und dann am Willow Creek entlang, dem Bach, der dem Ort seinen Namen gab. Und schließlich gab es noch den Weg durch die Felder. Er schlängelte sich durch Wiesen und Felder, führte dann in den Wald und verlief schließlich parallel zu dem Fluss, in den der Willow Creek mündete, nicht weit von der Schnellstraße entfernt. Diese Strecke wurde erst schön, wenn man den Wald erreicht hatte – Lisa mochte sie am wenigsten.

Sie entschied sich für die Bergstrecke und wollte Pepper gerade nach links wenden, als sie eine Eingebung hatte. Wenn Moni wirklich davongelaufen war, wusste sie sicher, dass sie auf der Schnellstraße nach Hause kommen würde.

Es gab dabei nur zwei Probleme. Zum einen war der Fluss an der Stelle, an der der Reitweg ihn kreuzte, tief und breit, und er floss sehr schnell. Und zum anderen befand sich diese Furt direkt neben der Schnellstraße, auf der Laster hupten, Autos Fehlzündungen hatten und manchmal auch Sirenen heulten. Topside war zwar ein Spitzenpferd, aber er war auch schreckhaft. Der Verkehrslärm konnte ihn erschrecken, und Moni hatte bei Weitem nicht genug Erfahrung, um ihn wieder zu beruhigen. Lisa durfte keine Zeit mehr verlieren.

Sie lenkte Pepper auf den Feldweg. „Los, mein Junge“, sagte sie zu ihm. „Wir müssen sie finden!“

Pepper schien sie zu verstehen, denn er spitzte interessiert die Ohren und wartete gespannt auf die nächste Anweisung. Lisa gab ihm einen leichten Schenkeldruck und verlagerte ihr Gewicht etwas nach vorn. Pepper ging einen fleißigen Schritt, und als er sich warm gelaufen hatte, ließ Lisa ihn antraben und schließlich angaloppieren. Auf diese Weise hatte sie die größte Chance, Moni einzuholen, bevor sie in Schwierigkeiten geriet. Sie hoffte nur, dass Topside nicht erschreckt wurde, denn von sich aus würde Moni bestimmt nur Schritt reiten.

Die Wiesen waren bereits gemäht, sodass Lisa einen weiten Blick hatte. Sie suchte besorgt den Boden nach etwas Ungewöhnlichem ab und war sehr erleichtert, als sie nichts entdecken konnte.

Wenn sie auf direktem Weg zum Fluss hätte reiten können, wäre sie in etwa zehn Minuten dort gewesen, denn er lag nur knapp einen Kilometer entfernt. Doch sie musste dem Weg folgen, weil es unmöglich war, quer über die hügeligen Felder und Wiesen zu reiten. Sie brauchte mehr als fünfundvierzig Minuten, um auf den letzten Hügel zu gelangen. Als sie die Hügelkuppe erreicht hatte, sah sie Moni.

Beinahe hätte sie über den Anblick gelacht, der sich ihr bot. In etwa hundert Meter Entfernung, am Fuße des Hügels, stand Moni am Flussufer, triefend nass und wutschnaubend. Das normalerweise hoch stehende Haar hing ihr strähnig in den Nacken, und die rosafarbene Tönung, die sie am Morgen aufgesprüht hatte, hatte ihr gelbes T-Shirt verfärbt. Doch das Lustige war, dass Moni genau vor Topside stand, mit den Händen auf den Hüften und energisch vorgeschobenem Kinn und ihn anstarrte. Topside erwiderte Monis Starren mit einem gelangweilten Blick. Moni sagte etwas zu Topside, ging auf seine linke Seite und nahm die Zügel auf. Sie wollte aufsitzen. Sie befolgte all die Anweisungen, die sie vermutlich von Stevie und Carole bekommen hatte, und ihr Versuch sah gar nicht schlecht aus. Doch sobald sie ihren linken Fuß hob, um ihn in den Steigbügel zu stellen, trat Topside zwei Schritte nach rechts und brachte die auf einem Bein stehende Moni aus dem Gleichgewicht. Sie fiel hin.

Lisa kicherte. Doch dann kam sie sich gemein vor, denn das Ganze war überhaupt nicht lustig, vor allem nicht für Moni, die an diesem Tag schon genug gelitten hatte. Offenbar hatte sie versucht, den Fluss zu durchqueren, und war dabei heruntergefallen. Topside wusste natürlich, dass sie es erneut versuchen würde, sobald sie wieder im Sattel saß. Doch er wollte nicht noch einmal ins Wasser gehen. Die einfachste Methode, es zu verhindern, war, sie nicht noch einmal aufsitzen zu lassen.

Es war schwer zu sagen, wie lange es noch so weitergehen würde. Lisa fiel auf, dass Topsides Ohren nervös zuckten, weil ihn der Lärm auf der Schnellstraße beunruhigte. Ein Hupen, und er würde durchgehen.

Lisa trieb Pepper wieder an. Der Hügel war recht steil, und Pepper ging sehr vorsichtig, Schritt für Schritt, bergab. Die Verzögerung beunruhigte Lisa. Sie wusste, dass Moni ihre Hilfe viel dringender brauchte, als ihr selbst vielleicht bewusst war.

Während Lisa besorgt zuschaute, nahm Moni ein weiteres Mal die Zügel auf. Doch diesmal bewegte sie sich nicht langsam auf das Turnierpferd zu, sondern nahm einen Schritt Anlauf, sprang an Topside hoch und klammerte sich mit aller Kraft an den Sattel. Topside trabte an. Moni hielt sich eisern fest und schaffte es irgendwie, in den Sattel zu kommen. Es gelang ihr sogar, einen der Steigbügel aufzunehmen.

„Halt dich gut fest!“, rief Lisa, die inzwischen auf Hörweite herangekommen war. „Das machst du ganz prima!“

Moni warf ihr einen Blick zu. Die Überraschung war

ihr deutlich anzusehen, doch noch deutlicher standen auf ihrem Gesicht Angst – und Wut – geschrieben.

„Lass mich in Ruhe!", brüllte Moni. „Du hast genug angerichtet! Hau ab!" In ihrer Aufregung riss sie an den Zügeln. Diese ruckartige Bewegung ließ Topside abrupt stehen bleiben.

Lisa atmete auf. Doch dann hupte ein vorüberfahrender Sattelschlepper anhaltend, und Topside ging durch.

Moni wurde so stark durchgeschüttelt, dass ihr der eine Steigbügel, den sie aufgenommen hatte, über den Fuß rutschte. Jetzt hatte sie keine Möglichkeit mehr, sich mithilfe der Steigbügel auszubalancieren, und Lisa wusste, dass die Gefahr eines Sturzes sehr groß war. Doch wenn sie stürzte, solange ihr Fuß im Steigbügel eingeklemmt war, würde sie von Topside mitgeschleift werden.

Sie durfte keine Sekunde mehr verlieren! Auch Pepper schien das jetzt zu spüren.

„Halt dich an der Mähne fest!", rief Lisa Moni zu, denn ein fester Griff in die Mähne war Monis einzige Chance, oben zu bleiben. Topside schwenkte nach rechts, wodurch Moni nach links geschleudert wurde, auf die Seite, an der ihr der Fuß durch den Steigbügel gerutscht war.

Pepper galoppierte oben auf dem Hügel, parallel zu Topside, doch weit oberhalb von ihm. Pepper den Hügel hinabgaloppieren zu lassen, war unmöglich, denn es war einfach zu gefährlich. Lisa musste nur versuchen, so dicht wie möglich bei Topside zu bleiben, denn etwa hundert Meter weiter lief der Hügel flach aus.

„Ich kann ihn nicht halten!“, rief Moni verzweifelt.

„Keine Angst, ich bin gleich bei dir. Halt dich nur fest!“, rief Lisa zurück. Sie versuchte, zuversichtlich zu klingen, obwohl sie es nicht war. Sie hoffte nur, dass Moni nicht merkte, in welcher Gefahr sie schwebte. Das würde ihre Panik nur vergrößern.

Lisa kam es vor, als wäre das Ganze nur ein Traum und sie ein unbeteiligter Zuschauer. Sie war sich zwar der Pferde bewusst, die am Flussufer entlangrasten, und sie spürte auch die Kraft des Pferdes unter sich, hörte das Donnern der Hufe, doch das Einzige, was sie wirklich sah, war Monis Fuß, der bis über die Ferse durch den Steigbügel gerutscht war. Dieser Anblick trieb sie so sehr an, wie sie es nie für möglich gehalten hätte. Langsam, geradezu unerträglich langsam brachte sie Pepper dazu, bergab zu galoppieren, dichter an Topside, dichter an den eingeklemmten Fuß heran.

„Halt dich fest“, flüsterte sie. „Halt dich bloß fest. Lass die Mähne auf keinen Fall los. Fall nicht. Bitte halt dich fest …“

Pepper konnte ihre Worte zwar nicht verstehen, aber er spürte die Dringlichkeit. Er vergrößerte seine Sprünge und galoppierte weiter bergab, auf den durchgehenden Topside zu.

Selbst als Pepper Topside endlich erreicht hatte und Lisa nach den Zügeln griff, die auf Topsides Hals lagen, konnte Lisa nur an eines denken – an Monis durch den Steigbügel gerutschten Fuß.

Lisa beugte sich vor und griff mit der rechten Hand nach Topsides Zügeln; ihre eigenen hielt sie in der linken. Sobald Topside den ersten Zug am Zügel spürte, wurde er langsamer.

„Ruhig, ruhig“, sagte Lisa mit tiefer Stimme. Topsides Ohren drehten sich zu ihr. „Hoo, ganz ruhig“, sagte sie, und er bremste abrupt ab.

Er hielt so plötzlich an, dass Moni beinahe über seinen Hals gerutscht wäre, doch ihr Griff in die Mähne rettete sie.

„Ist es vorbei?“, fragte sie mit zittriger Stimme.

„Ja, es ist vorbei“, sagte Lisa. Sie holte tief Luft und versuchte, möglichst sachlich zu sein. „Jetzt stell deine Füße in die Steigbügel, nimm die Zügel auf und lass uns zum Stall zurückreiten.“

„Muss ich unbedingt reiten?“, fragte Moni. „Kann ich nicht zu Fuß gehen?“

„Hast du nie gehört, dass man gleich wieder aufsitzen soll?“, fragte Lisa.

„Klar, aber ich bin schließlich nicht runtergefallen“,

erwiderte Moni grinsend. „Und außerdem brauche ich mir nichts zu beweisen. Ich weiß bereits, dass Reiten nicht mein Fall ist."

Lisa lächelte. „Du hast dich prima gehalten, Moni, wirklich. Ich kenne eine Menge Reiter, die das nicht so gut hingekriegt hätten wie du."

„Ehrlich?"

„Ja, ehrlich. Nun müssen wir aber zurück. Wir können beim Reiten reden. Es gibt einiges, was ich dir sagen muss."

Moni nahm die Zügel auf, schob ihre Füße in die Steigbügel und gab einen leichten Schenkeldruck, um Topside in Bewegung zu versetzen. Er schaute sie kurz an und befolgte dann brav ihre Anweisung.

„Er schämt sich", behauptete Lisa. „Er weiß, dass er ungezogen war. Wahrscheinlich weiß er auch, dass er dich in Gefahr gebracht hat. Aber jetzt wird er brav sein. Er versucht dir zu sagen, dass es ihm leidtut." Sie hielt inne. „Ich wünschte, für mich wäre das genauso leicht, denn ich möchte mich ebenfalls bei dir entschuldigen."

Moni antwortete nicht, worüber Lisa sehr froh war. Sie musste Moni vieles sagen, und obwohl sie nicht wusste, wie sie anfangen sollte, würden ihr die richtigen Worte schon einfallen. Sie hoffte nur, dass sie es schaffte, das, was sie wirklich sagen wollte, besser auszudrücken, als es ihr in ihrem Artikel gelungen war.

„Ich glaube, ich muss mich mindestens zweimal entschuldigen. Als du mir neulich die ganzen Sachen über Nachbarn und Freunde erzählt hast, habe ich nicht verstanden, was du damit wirklich gemeint hast. Doch jetzt, da ich dich durch meinen zweiten Fehler verletzt habe, verstehe ich es. Klatsch gehört nicht in eine Zeitung. Mit meinen Artikeln über die Diebstähle habe ich viele Leute unglücklich gemacht. Ich weiß, ich habe wirklich Mist gebaut. Ich hatte kein Recht, meine Freunde zu benutzen, nur um einen Aufhänger für meine Artikel zu haben."

Moni hatte noch immer nichts gesagt, aber sie hörte zu, und das war schon mehr, als Lisa erwarten konnte.

„Das ist der erste Teil der Entschuldigung. Der zweite ist schwieriger. Ich weiß, dass du gehört hast, wie Veronica meinen blöden Artikel über dich vorgelesen hat. Ich konnte kaum glauben, wie beleidigend er klang, als ich sie lesen hörte. So habe ich es nicht gemeint! Ich wollte nur allen Leuten sagen, wie nett du bist. Du bist ganz anders als alle anderen Leute, die ich kenne – und das ist in Ordnung, aber ich glaube, das war es nicht, was ich geschrieben habe, denn als Veronica es vorlas, klang es furchtbar. Es tut mir leid. Ich weiß nicht, wie ich es wiedergutmachen kann."

„Es gibt nur eine Möglichkeit", sagte Moni, „wie du es wiedergutmachen kannst."

„Wie? Sag es mir, und ich tue es!“, versprach Lisa.

„Du hast es schon getan. Du hast mir das Leben gerettet.“

Moni hielt die Hand hin, und Lisa schlug dankbar ein.

„Freunde?“, fragte Lisa.

„Klar“, bestätigte Moni. „Es sei denn, ich muss reiten, um deine Freundin zu sein.“ Ganz offensichtlich hatte Monis neueste Erfahrung sie nicht zur Pferdenärrin gemacht.

„Ich glaube, befreundet zu sein, bedeutet, den anderen so zu nehmen, wie er ist. Also werde ich nicht versuchen, aus dir eine Pferdenärrin zu machen, wenn du nicht versuchst, aus mir einen verrückten Punk zu machen.“

„Ganz bestimmt nicht“, sagte Moni. „Leuchtendes Orange ist sowieso nicht deine Farbe!“

Lisa lachte. Es war ihr erstes Lachen seit langer Zeit, und es tat ihr gut.

12

„Sieh dir das an! Das ist kaum zu glauben!", sagte Stevie zu Carole. Die beiden standen auf Samsons Weide. Sie versuchten, sich nicht zu bewegen, um dem Fohlen keinen Grund zur Flucht zu geben.

„Nicht bewegen", flüsterte Carole.

„Das geht nicht", erwiderte Stevie. „Wenn du dich langsam umdrehst, kannst du Lisa und Moni sehen, die gerade von einem Ausritt zurückkommen. Es sieht so aus, als würden sie miteinander lachen und sich prima amüsieren."

„Du meinst, sie reden miteinander?", fragte Carole erstaunt.

„Sieh doch selbst."

Carole drehte sich langsam um. Stevie hatte Recht. „Das glaube ich nicht!"

Samson kam auf Carole zu. Sie bewegte sich nicht, sondern öffnete nur ihre Hand so weit, dass Samson die kleine Möhre sehen konnte, die sie ihm hinhielt. Er schnupperte zögernd und kam dann noch näher, wobei er sich wesentlich mehr für die Möhre interessierte als für das Halfter, das an Caroles Handgelenk hing. Sie klopfte ihn mit der anderen Hand ab, und er blieb abwartend stehen. Sie hielt ihm das Halfter hin, und er beschnupperte es neugierig. Dann brach sie die Möhre durch, gab ihm eine Hälfte und legte ihm, während er kaute, das Halfter um. Er schien es kaum zu merken. Dies war seine erste Möhre gewesen. Carole gab ihm das zweite Stück Möhre. Dieser Leckerbissen beschäftigte ihn so sehr, dass er das Halfter nicht einmal bemerkte. Er schluckte das letzte Möhrenstück und schaute Carole bittend an. Sie klopfte ihn.

„Noch eine?“, fragte Stevie.

„Nein“, antwortete Carole. „Heute gibt es nur eine Möhre. Er soll ja lernen, ein Halfter zu tragen und nicht, dass Möhren gut schmecken. Gib Delilah die zweite.“

Stevie gab Delilah die Möhre, die sie geräuschvoll zerkaute. Samson blieb währenddessen in Caroles Nähe. Sie vermutete zwar, dass das mehr mit den Möhren zu tun hatte als mit echtem Vertrauen, doch das Vertrauen würde sich im Laufe der Zeit schon einstellen.

Allmählich wurde Samson bewusst, dass er ein Halfter trug. Er schüttelte den Kopf, konnte es aber nicht loswerden. Daraufhin schüttelte er den Kopf heftiger.

„Diesmal lasse ich es ihn ein wenig länger tragen“, sagte Carole zu Stevie. „Ich will es so lange dranlassen, bis er gelernt hat, dass er es zwar nicht loswerden kann, dass es aber auch nicht wehtut. Wenn wir es ihm zu früh wieder abnehmen, denkt er vielleicht, er braucht nur den Kopf zu schütteln, um es loszuwerden."

Carole ging langsam zum Zaun hinüber, an dem Delilah angebunden war, und setzte sich neben Stevie auf die oberste Zaunlatte. Beide beobachteten Samson.

Er schüttelte immer noch den Kopf, doch er wirkte dabei nicht ängstlich, sondern nur neugierig und vielleicht ein bisschen verärgert. Als er das Halfter durch sein Kopfschütteln nicht loswerden konnte, versuchte er es, indem er über die Koppel trabte, doch das half auch nicht. Er schüttelte wieder heftig seinen Kopf, machte ein paar Bocksprünge und kam dann zum Zaun, auf dem die Mädchen saßen. Dort versuchte er, sich das Halfter an der untersten Zaunlatte abzustreifen, doch auch das funktionierte nicht.

Stevie lächelte. „Ist er nicht lustig?", flüsterte sie ihrer Freundin zu.

„Ja, allerdings", antwortete Carole, ebenfalls im Flüsterton, und lächelte über seine Kapriolen. Beide bemühten sich, möglichst leise zu sein, um das Fohlen nicht zu erschrecken. „Ich glaube, ich habe mich verliebt", stellte Carole fest.

„Findest du nicht, dass er zu jung für dich ist?", witzelte Stevie.

Samson schaute Carole an, als ob ihm zum ersten Mal bewusst geworden wäre, dass sie es war, die ihm das unheimliche Ding umgelegt hatte und dass sie ihn auch davon befreien konnte. Carole aber rührte sich nicht.

„Reicht es noch nicht?“, fragte Stevie.

„Noch eine Minute“, sagte Carole und verlagerte ihr Gewicht auf dem unbequemen Zaun. „Ich glaube, er wird gleich Hunger haben.“

Delilah bewegte sich und machte Samson dadurch auf sich aufmerksam. Er betrachtete sie und warf dann einen Blick auf ihr Euter. Er zögerte noch einen Augenblick, schüttelte wieder den Kopf, doch der Hunger war stärker als seine Verärgerung. Er ging zu Delilah, steckte den Kopf unter ihre Flanke und begann zu trinken.

„Großartig!“, sagte Carole. „Er hat sich schon so gut an das Halfter gewöhnt, dass er sogar damit trinkt.“

„Vielleicht ist er aber auch so hungrig, dass es ihm egal ist.“

„Das ist unwichtig. Wichtig ist nur, dass er es tut.“

Lisa und Moni stellten sich zu ihnen an den Zaun.

„Er ist so süß“, stellte Moni fest.

„Ich dachte, du magst Pferde nicht“, scherzte Lisa.

„Ja, aber Samson ist kein Pferd. Er ist ein Fohlen – kein Pony. Wenn er groß ist, wird er ein Pferd sein, aber im Augenblick ist er noch ein Baby, und das bedeutet, dass er einfach süß ist.“

„Super“, lobte Lisa, die sich freute, dass Moni immer noch wusste, was sie ihr einmal erklärt hatte.

„Wo wart ihr denn?“, wollte Stevie wissen. „Wir haben dich beim Unterricht vermisst.“

Lisa und Moni sahen sich an. „Wir haben einen kleinen Ausritt gemacht“, sagte Lisa. „Moni wollte ein paar neue Sachen ausprobieren.“

Das gab Stevie Hoffnung, denn sie hatte Moni bisher ohne Erfolg dazu ermutigt, eine schnellere Gangart als Schritt zu reiten. „Hast du auch versucht zu traben?“, fragte sie Moni.

Moni sah Lisa fragend an. „Bin ich getrabt?“, fragte sie.

Lisa grinste sie an. „Nein, den Trab hast du ausgelassen. Du hast gleich mit dem Renngalopp angefangen.“

Stevie und Carole sahen die beiden mit großen Augen an. „Renntempo?“, fragte Carole entsetzt.

Lisa und Moni nickten.

„Ich glaube, ihr schuldet uns eine Erklärung“, sagte Stevie.

„Okay. Wir erzählen euch die Geschichte heute Nachmittag an eurem Swimmingpool.“

Der Nachmittag würde hart werden für Lisa. Sie und Moni würden nicht nur von Monis Höllenritt auf Topside erzählen müssen, sondern sie musste auch die Gelegenheit ergreifen, sich bei ihren beiden besten Freundinnen zu entschuldigen. Sie hoffte nur, dass sie den beiden nicht auch vorher das Leben retten musste!

In den nächsten paar Minuten richteten die Mädchen ihre volle Aufmerksamkeit wieder auf Samson, der inzwischen satt war und wieder anfing, seinen Kopf am Zaun zu reiben.

„Das reicht für heute", sagte Carole und ließ sich vom Zaun gleiten. „Komm her, komm", sagte sie und hielt Samson ihre Hände hin. Samson kam brav herbei und hielt still, während sie das Halfter abnahm. „So ist es brav", lobte sie und streichelte ihn. Daraufhin machte Samson, froh über seine wiedergewonnene Freiheit, ein paar Bocksprünge. Carole kletterte über den Zaun, und Stevie ließ Delilah frei.

„Kann ich jetzt mit ihm spielen?", fragte Stevie hoffnungsvoll.

„Lieber nicht", entschied Carole. „Vielleicht nächste Woche. Das erste Spiel, das er lernen muss, ist ‚Folge-dem-Anführer' – allerdings an einer Führleine."

„Ist gut", sagte Stevie. „Du hast Recht, und es tut mir leid, dass ich alles falsch gemacht habe."

„Das ist schon in Ordnung", beruhigte Carole sie. „Dafür hat man schließlich Freundinnen!"

Die vier Mädchen mussten lachen, und sie lachten immer noch, als sie im Umkleideraum ankamen.

Nachdem sie alle ihre Schuhe gewechselt hatten, fiel

Lisa ein, dass sie Mrs Reg noch nicht gefragt hatte, ob sie bei einer der Stunden für Erwachsene zusehen durfte. Mrs Reg war in ihrem Büro, und Lisa wollte diese Gelegenheit nutzen.

„Geht schon vor", sagte sie. „Ich komme in ein paar Minuten. Ich muss noch mit Mrs Reg sprechen und auch mit Max. Hebt etwas Wasser für mich auf, ja?"

Es war ein heißer, feuchter Tag – zu heiß, um noch viel länger auf den Swimmingpool zu warten, und so beschlossen Stevie, Carole und Moni, sich auf den Weg zu machen.

Es war ein schwerer Tag für Lisa. Sie würde froh sein, wenn er vorbei war, doch bis dahin hatte sie noch einiges vor. Sie musste nicht nur mit Mrs Reg über die Reitstunde der Erwachsenen sprechen, sondern sich auch für ihre Hilfe bedanken und sich für alles entschuldigen, was sie über Pine Hollow geschrieben hatte. Lisa hatte den Eindruck, dass die Liste der Menschen, bei denen sie sich entschuldigen musste, unendlich lang war. Auf ihr standen Max und alle Mädchen aus ihrer Reitstunde – sogar Veronica diAngelo. Sie holte tief Atem. Es konnte losgehen.

Max war in Mrs Regs Büro, als sie an den Türrahmen klopfte, und Mutter und Sohn baten sie herein.

„Ich möchte mich bei Ihnen entschuldigen", begann Lisa hastig. „Ich habe versucht, etwas zu tun, was gut für mich, aber auch gut für Sie sein sollte, aber ich habe einfach nicht bedacht, was ich tatsächlich tat. Bei mir hat es sich angehört, als wäre hier nichts und niemand sicher. Es tut mir leid, und ich werde es nicht wieder tun." Lisa schaute auf den Boden. Sie konnte Max nicht ins Gesicht sehen.

„Wir wissen, dass du versucht hast zu helfen", sagte Max.

„Aber es hat nicht geklappt", erwiderte Lisa. „Es hat Stevie und Carole nicht geholfen und dir auch nicht. Es hat nicht einmal mir selbst geholfen!" Sie lächelte trotz ihrer Niedergeschlagenheit. „Das Erste, was mir wirklich geholfen hat, war Ihre Geschichte heute, Mrs Reg. Ich weiß jetzt, dass Sie mir sagen wollten, dass ich mich entschuldigen muss. Und das tue ich hiermit. Außerdem möchte ich gern in meinem nächsten Artikel den Reitunterricht für Erwachsene mit dem für Jugendliche vergleichen. Darf ich, Max? Lässt du mich zusehen?"

„Klar", sagte er und lächelte gequält. „Vorausgesetzt, du schreibst nicht über einzelne Schüler aus einem der beiden Kurse."

„Du meinst, ich soll unfreundliche Äußerungen über besonders schlechte Reiter vermeiden und sie vor allem nicht beim Namen nennen?"

„So etwas in der Art", erwiderte Max, der nun wirklich lachen musste.

„Keine Sorge, ich glaube, ich habe meine Lektion gelernt“, versicherte Lisa.

Mrs Reg schaute auf den Kalender und den Unterrichtsplan. Am nächsten Tag gab Max eine Stunde, bei der Lisa zusehen durfte.

„Danke“, sagte Lisa, bevor sie ging. „Vielen Dank.“

„Ich glaube, wir müssen uns auch bei dir bedanken“, sagte Max. „Moni Sanders hat es irgendwie geschafft, Red davon zu überzeugen, dass sie allein ausreiten durfte. Ich danke dir, dass du losgeritten bist und sie heil zurückgebracht hast. Es gab doch keine Probleme, oder?“

Lisa dachte kurz nach, bevor sie antwortete. Wenn sie Max die Wahrheit sagte, würde sie Red in Schwierigkeiten bringen und wahrscheinlich auch Stevie, denn Moni war ihr Gast, und Moni würde mit Sicherheit Ärger bekommen. Aber da schließlich alles gut gegangen war, machte eine kleine Notlüge wohl keinen Unterschied.

„Nein, es war alles in Ordnung“, sagte Lisa. „Ich habe sie erwischt, bevor sie sich verreiten konnte oder womöglich Probleme aufgetaucht wären.“

„Trotzdem vielen Dank“, sagte Max.

Lisa hatte das Gefühl, als hätte sie gerade einige ihrer neuen Erkenntnisse über den Journalismus, aber auch über Freundschaft in die Tat umgesetzt. Man musste die Fakten gegeneinander abwägen, bevor sie gedruckt werden konnten. Nicht alle Tatsachen gehörten in die Zeitung. Sie fühlte sich zum ersten Mal an diesem Tag richtig gut.

Lisa suchte in ihrer Tasche herum, doch sie konnte Block und Stift nicht finden, um den Termin für die Reitstunde der Erwachsenen zu notieren. Sie musste ihn aber aufschreiben, andernfalls würde sie ihn bestimmt vergessen. Sie tastete auf dem Boden der Tasche nach dem Diktiergerät, doch auch das war verschwunden. Ihr Magen krampfte sich zusammen. Ihr Vater hatte ihr den kleinen Rekorder geliehen! Er wäre außer sich, wenn sie das Gerät verloren hätte, und sie würde es von ihrem Taschengeld abstottern müssen, bis sie alt und grau war.

Hastig schüttete sie den gesamten Inhalt der Tasche auf den Boden. Sie fand ein paar Bleistifte und eine Packung Kaugummi, aber keine Spur von dem Diktiergerät.

Wann hatte sie es zuletzt benutzt?, fragte sie sich. Sie erinnerte sich daran, auf der Bank im Umkleideraum gesessen zu haben, kurz bevor Moni hereinkam. Sie hatte gerade Monis Namen auf das Band gesprochen, als Gedächtnisstütze für den schrecklichen Artikel, der heute erschienen war. Danach hatte sie das Gerät nicht mehr gesehen, da war sie ganz sicher. An jenem Tag hatte sie es in ihr Schrankfach gelegt, aber wo war es jetzt? Wahrscheinlich war der Dieb, der Stevies Geldbörse genommen hatte, zurückgekommen, um ihr Diktiergerät zu stehlen – aber vielleicht handelte es sich auch um einen Racheakt!

Einem hysterischen Anfall nahe, kniete Lisa sich auf den Boden vor ihrem Schrank, um das Fach noch einmal zu durchsuchen. Es schien leer zu sein. Sie langte mit dem Arm in das tiefe Fach. Doch das Einzige, was sie fühlen konnte, war glattes Holz und die Mauer an der Rückseite des Fachs. Sie lehnte sich noch mehr nach vorn und tastete das Fach ab. Dann fühlte sie etwas – die Kante eines kleinen Kastens. Sie musste sich sehr strecken, um den Kasten fassen zu können. Mit einem erleichterten Seufzer zog sie das Diktiergerät hervor. Irgendwie war es in ihrem Schrank so weit nach hinten gerutscht, dass es vom Bodenbrett in den Spalt zwischen Schrank und Wand gefallen war. Erleichtert steckte sie das Diktiergerät in die Tasche und machte sich auf den Weg zu Stevie. Für einen einzigen Tag hatte sie genug Probleme gehabt!

13

„Du brauchst gar nichts zu sagen", sagte Carole zu Lisa, als diese völlig erledigt bei Stevie eintraf. „Moni hat uns schon alles erzählt. Und du brauchst dir keine Sorgen zu machen, wir sind dir nicht böse. Wie du Moni gerettet hast, war einfach toll, und außerdem wussten wir von Anfang an, dass dir über deine Kolumne irgendwann ein Licht aufgehen würde. Schließlich bist du unsere Freundin, also kannst du gar nicht ganz dumm sein!"

Lisa lächelte dankbar. „Ich danke euch. Ich bin froh, Freundinnen wie euch zu haben, denn wenn man solchen Mist baut wie ich, dann braucht man sie!"

Stevie warf Lisa einen halb aufgeblasenen Wasserball zu. „Beweg dich! Zieh deinen Badeanzug an. Wir haben mit der Wasserschlacht auf dich gewartet!"

„Ich bin sofort wieder da", versprach Lisa und grinste Carole und Moni fröhlich an. Dann machte sie sich auf den Weg in Stevies Zimmer, um sich dort umzuziehen.

Stevie, die auf dem Bauch auf ihrem Handtuch gelegen hatte, richtete sich ruckartig auf. Obwohl sie froh war, dass Lisa sich wieder normal benahm, war ihr doch gerade klar geworden, dass noch nicht alle Probleme gelöst waren. Sie legte das Kinn in die Hände und seufzte.

„Wir haben immer noch ein großes Problem“, sagte sie zu Carole, „und zwar das Geld für den Geburtstag deines Vaters.“

„Da wird sich schon eine Lösung finden“, sagte Carole.

„Wohl kaum“, erwiderte Stevie. „Ich habe alles versucht.“

„Du bist ein echter Schwarzseher“, stichelte Carole.

„Wogegen du offenbar an Wunder glaubst!“, konterte Stevie.

„Also, ich sehe das Ganze realistisch“, warf Moni ein, „und ein Realist benutzt sein Gehirn, um ein Problem zu lösen, und nicht seine Muskeln.“

Carole und Stevie sahen sie an und brachen in Gelächter aus. „Also gut, du Superhirn, was sollen wir tun?“, fragte Stevie.

„Keine Ahnung“, sagte Moni. „Ich weiß zumindest immer einen passenden Spruch. Das heißt, ich muss nicht auch noch wissen, was zu tun ist.“ Sie drehte sich herum, um auch auf der anderen Seite braun zu werden, und setzte ihre flaschengrüne Sonnenbrille mit den schwarzen Spiegelgläsern auf, wie um anzudeuten, dass sie der Meinung war, zu diesem Thema genug beigetragen zu haben.

„Na gut, lassen wir unsere Realistin schlafen", sagte Stevie zu Carole. „Aber hier kommt unsere rasende Reporterin. Vielleicht hat sie eine Idee."

Es war ein so schwüler Tag, dass Lisa gar nicht bei ihren Freundinnen stehen blieb, sondern schnurstracks zum Pool marschierte. Das kühle Wasser erfrischte sie und schien all ihre Sorgen fortzuspülen. Sie tauchte unter und durchschwamm das ganze Becken. Als sie wieder auftauchte, schüttelte sie den Kopf, um das Wasser aus den Ohren zu bekommen, blinzelte zweimal und sagte: „Das ist wundervoll!" Sie stemmte sich aus dem Becken, strich das Wasser aus ihren Haaren, breitete ihr Handtuch neben denen ihrer Freundinnen aus und legte sich darauf, um sich dem süßen Nichtstun zu überlassen. Stevie allerdings vereitelte diesen Plan.

„Also, was meinst du: betteln, borgen oder stehlen?", fragte sie.

„Häh?", murmelte Lisa, die die glühende Hitze bereits schläfrig gemacht hatte.

„Die fünfzehn Dollar, die Carole für das Geschenk ihres Vaters braucht", erklärte Stevie.

„Ach so", sagte Lisa und griff nach der Sonnenschutzcreme. „Ich glaube, das Problem kann ich lösen. Wartet mal eine Minute." Sie dachte über ihre Arbeit bei der Zeitung nach. Mit ihrer Gedankenlosigkeit hatte sie genug Leute verletzt. Es schien nur richtig, es wiedergutzumachen. Schließlich hatte Mr Teller versprochen, ihr jede Woche fünfzehn Dollar zu zahlen. Und Carole den Lohn einer Woche zu geben, war das Mindeste, was sie tun konnte.

„Ich könnte – he, wartet mal!“, sagte Lisa. Plötzlich kam ihr eine Idee. „Vielleicht habe ich sogar zwei Lösungen für dieses Problem.“ Sie setzte sich auf und sah ihre Freundinnen aufgeregt an. „Denn ich glaube, ich rieche …“ Sie unterbrach sich und dachte nach.

„Eine Ratte?“, schlug Stevie hilfreich vor, doch Lisa schüttelte den Kopf.

„Ein Stinktier?“, fragte Carole, und wieder schüttelte Lisa den Kopf.

„Was denn sonst?“, wollte Moni wissen.

„Ich rieche frische Farbe!“, verkündete Lisa.

„Natürlich tust du das“, sagte Stevie. „Schließlich waren wir alle die letzten paar Wochen diesem Gestank ausgesetzt, wenn wir im Stall waren. Der Gestank ist dort inzwischen in jedem Raum!“

„Das ist es! Das ist es!“, sagte Lisa aufgeregt. „Das ist die Lösung!“

„Das ist keine Lösung, sondern ein Problem“, stellte Stevie richtig. „Ich kann es kaum abwarten, bis die Arbeiten fertig sind. Es dauert so lange, weil jeden Tag immer nur ein kleines Stück gestrichen wird. Allein den Umkleideraum zu streichen, hat fast eine Woche gedauert!“

„Und genau das meine ich“, sagte Lisa. „Wenn man malt, muss man doch die Möbel wegschieben. Und wenn man fertig ist, schiebt man sie wieder zurück. Die meisten Leute haben wahrscheinlich gar nicht bemerkt, dass die Sachen bewegt wurden, es sei denn, irgendetwas ist hinterher nicht an seinem Platz.“

„Ich glaube, ich weiß, worauf du hinauswillst“, sagte Stevie aufgeregt.

Carole und Moni sahen verwirrt aus. Stevie erklärte es ihnen. „Was Lisa meint, ist, dass die Pferdepfleger tagelang im Umkleideraum gestrichen haben, und jedes Mal wenn sie wieder ein Stück Wand malen wollten, haben sie Sachen – wie etwa unsere Schränke – von der Wand abgerückt. Dinge, die in den Fächern weit hinten lagen, können, wohlgemerkt können, nach hinten hinausgefallen sein und sind jetzt irgendwo festgeklemmt, wo man sie nicht gleich findet!“

„Das wäre ein Ding!“, sagte Carole.

„Allerdings, und ich werde mit Sicherheit nicht bis Dienstag warten, um herauszufinden, ob es so ist. Los, lasst uns sofort gehen!“

Das brauchte Stevie niemandem zweimal zu sagen. Der Swimmingpool würde immer noch auf sie warten, wenn sie zurückkamen. Die Mädchen zogen in aller Eile Shorts und T-Shirts über ihre Badeanzüge und machten sich auf den Weg zum Reitstall.

Von Stevies Haus zum Stall war es nicht weit, und die Mädchen legten den Weg in aller Eile schweigend zurück. Die Möglichkeit, Caroles Geld wieder zu finden, versetzte sie in solche Aufregung, dass sie sich nicht unterhalten konnten.

„Schon wieder da?“, fragte Max, als die Mädchen an seinem Büro vorbeikamen.

„Wir haben eine Mission zu erfüllen“, sagte Stevie geheimnisvoll. Er schüttelte den Kopf und vertiefte sich wieder in sein Reiterjournal.

Der Umkleideraum war menschenleer. Die frisch gestrichene Wand mit den Schränken sah aus wie immer.

„Lisa, du und Moni, ihr geht an diese Seite. Carole und ich nehmen die andere. Wir müssen die Schränke nur etwa zehn Zentimeter weit abrücken, um zu sehen, ob unsere Theorie stimmt“, erklärte Stevie, die das Kommando übernommen hatte.

Die drei Mädchen befolgten ihre Anweisungen. Die Schränke waren etwa drei Meter lang, anderthalb Meter hoch und ungefähr sechzig Zentimeter tief.

„Eins, zwei drei …“

Sie versuchten, den Schrank anzuheben. Er rührte sich nicht.

„Dieses Ding wiegt eine Tonne!“, stellte Carole fest.

„Das ist egal“, sagte Stevie. „Ich weiß, dass wir es bewegen können.“

„Ach, unsere Schwarzseherin glaubt auf einmal auch an Wunder“, neckte Moni sie.

„Spar deinen Atem für die Arbeit“, schlug Stevie vor.

„Vier, fünf, sechs …“, zählte Lisa weiter. Doch der Schrank bewegte sich keinen Millimeter.

„Warum versuchen wir nicht, zuerst ein Ende des Schranks von der Wand zu rücken?“, schlug Carole vor. „Wenn wir alle an einer Seite ziehen, müsste es gehen.“

Es ging. Eilig liefen die Mädchen zum anderen Ende des Schranks und wiederholten den Vorgang. Sie zogen immer wieder abwechselnd die rechte und die linke Schrankseite vor, bis schließlich Lisa, die schmalste und dünnste von ihnen, sich hinter den Schrank quetschen konnte. Ihre Freundinnen standen auf der anderen Seite und warteten.

„Ein Reithandschuh“, verkündete sie und warf ihnen einen braunen Wildlederhandschuh zu.

„Da wird sich Veronicas Papi aber freuen“, lästerte Stevie.

„Da liegen drei Gerten.“ Auch sie flogen oben über den Schrank. Carole befreite sie vom Staub und steckte sie in den Eimer zu den übrigen Gerten.

„Ein Schlüsselbund.“

„Der von Karen natürlich“, sagte Stevie.

„Ein Slip – rot mit weißen Sternen!“

„Ich habe mich schon gewundert, wo der wohl geblieben ist!“, sagte Stevie, griff hastig danach und stopfte ihn in ihr eigenes Schrankfach. Carole und Moni lachten.

„Sonst nichts?“, fragte Carole.

„Nur das hier“, erwiderte Lisa.

„Was denn?“, fragte Stevie und schaute gebannt nach oben, wo jetzt gleich der nächste Gegenstand über den Schrank fliegen musste.

„Ach, nur diese alte rote Geldbörse mit fünfzehn Dollar!“, sagte Lisa und quetschte sich, über das ganze Gesicht strahlend, hinter dem Schrank hervor.

„Jippie!“, rief Stevie aus.

„Ich kann es nicht glauben“, sagte Carole.

„Es ist aber wahr. Du kannst es ruhig glauben“, sagte Lisa und reichte Stevie ihre Geldbörse. „Und warte einen Moment, hier liegt noch mehr. Und zwar Geld“, sagte sie und zwängte sich noch einmal zwischen Schrank und Wand. „Hier sind ein paar Münzen und sogar ein Silberdollar!“

„Das müssen die Zinsen sein!“, alberte Moni.

Lisa kam hinter dem Schrank hervor und drückte Stevie das Kleingeld in die Hand. „Wenn es Zinsen sind, gehört es dir, denn es war ja deine Geldbörse.“ Stevie steckte das Kleingeld zu ihrem eigenen Penny und Caroles fünfzehn Dollar.

„So, nun lasst uns den Schrank zurückschieben und endlich von hier verschwinden. Schließlich wartet der

Swimmingpool auf uns!", sagte Stevie. „Und außerdem haben wir jetzt wirklich etwas zu feiern!"

Mit vereinten Kräften schoben die Mädchen den Schrank wieder an die Wand. Sie waren alle so erleichtert, dass Caroles Geld wieder aufgetaucht war, dass es ihnen viel leichter fiel, den Schrank zurückzuschieben, als ihn abzurücken. Die gefundenen Gegenstände verteilten sie auf die Fächer ihrer rechtmäßigen Besitzer.

„So, das war das", sagte Carole und klopfte den Staub von ihrer Hose. „Das gesamte Rätsel ist gelöst, und alle vermissten Gegenstände sind gefunden."

„Nicht alle", korrigierte Stevie. „Wir haben den Handschuh, die Schlüssel und die Gerten, aber was ist mit Annas Reitkappe?"

Jetzt erinnerte sich Lisa, dass Anna ihre verschwundene Kappe erwähnt hatte. Doch sie hatte eine Idee. „Ich überlege, ob vielleicht einer der Maler die Kappe gefunden hat und nicht wusste, was er damit tun sollte", sagte sie.

An der dem Schrank gegenüberliegenden Wand hingen Dutzende von nahezu identischen schwarzen Samtkappen. Da in diesem Stall niemand ohne Kappe reiten durfte, konnten sich alle, die keine eigene besaßen, eine von diesen stalleigenen Kappen ausleihen.

„Der beste Platz, um eine schwarze Samtkappe zu verlieren, ist zwischen schwarzen Samtkappen, findet ihr nicht auch? Wenn wir an beiden Enden anfangen und die Kappen durchsehen, finden wir bestimmt eine, in der Annas Name steht.“

Es dauerte nur ein paar Sekunden. Annas Kappe hing an einem der oberen Haken, der eigentlich für eine der größeren Kappen für die erwachsenen Reiter gedacht war. Die Mädchen legten Annas Reitkappe in ihr Fach und waren dann bereit, zum Swimmingpool zurückzukehren.

„Wer zuletzt da ist, ist ein Sumpfhuhn!“, sagte Stevie.

„Falsch“, korrigierte Lisa. „Heute ist keine von uns ein Sumpfhuhn. Wir sind alle perfekt!“

14

„Ich liebe die Großstadt, aber Einkaufszentren sind auch toll!“, stellte Moni am folgenden Morgen fest, kurz nachdem Mrs Atwood die vier Mädchen abgesetzt hatte, damit sie das Geburtstagsgeschenk für Oberst Hanson aussuchen konnten.

„Gibt es bei euch denn keine großen Einkaufszentren?“, fragte Lisa.

„Nein“, sagte Moni. „Es gibt zwar einen Haufen coole Geschäfte in Washington, aber das ist nicht dasselbe. Es ist toll, so viele verschiedene Geschäfte in einem Gebäude zu haben!“

„Sie wird das Landleben schon noch lieben, wenn nicht wegen der Pferde, dann eben wegen der Einkaufszentren!“, sagte Stevie. „Ich kann kaum glauben, dass du morgen schon wieder wegfahren musst – ich werde dich vermissen. Es hat Spaß gemacht, so zu tun, als hätte ich eine Schwester. Kommst du nächstes Wochenende wieder und gehst mit uns ins Einkaufszentrum?“

„Klar“, sagte Moni. „Jederzeit. Einkaufszentren sind

Klasse!" Sie warf einen verstohlenen Blick auf eine Gruppe von Jungen in bunten Surfer-Shorts und T-Shirts, die vor einem Hamburger-Restaurant herumlungerten. Die Mädchen kicherten.

„So, jetzt haben wir die Schönheiten am Wegesrand lange genug bestaunt – also an die Arbeit!", sagte Lisa und führte die Gruppe in Richtung des Schallplattenladens.

Auf dem Weg dorthin kamen sie an dem Geschäft vorüber, in dem Moni ihre Patronenhülsen-Ohrringe gekauft hatte. Außerdem machten sie Station in einer Boutique und in einem Schuhgeschäft, das nur Schuhe für junge Leute führte.

Im Zoogeschäft konnten sich die Mädchen nicht entscheiden, welches Hundebaby ihnen am besten gefiel – der Cockerspaniel, der Spitz oder der Dalmatiner –, aber sie spielten mit allen dreien!

Carole musste lachen, als ein quicklebendiger Yorkshireterrier ihr Gesicht mit feuchten Hundeküssen bedeckte. „Er ist wirklich süß", sagte sie, als sie ihn der Verkäuferin zurückgab. „Aber nicht halb so süß wie Samson", fügte sie dann hinzu.

Die Sattelclub-Mädchen mussten Moni aus dem Zoogeschäft beinahe hinauszerren. „In eurer Wohnung ist Tierhaltung bestimmt verboten", sagte Lisa mitfühlend.

Die vier gönnten sich eine Cola und schlenderten dann

weiter zur Parfümerie, wo sie sich mit einer Unzahl von Parfüms einsprühten.

„Ich glaube, jetzt riechen wir schlimmer als frische Farbe", bemerkte Stevie und wedelte mit ihren Händen in der Luft herum.

„Also, ich finde den Farbgeruch inzwischen wundervoll", sagte Carole. „Schließlich war er es, der Lisa den Hinweis darauf gab, wo deine Geldbörse sein könnte."

„Okay, ich liebe den Geruch auch. Was tun wir jetzt?" Stevie schaute sich in der Hoffnung auf eine Eingebung suchend um. „Seht mal, dort drüben!" Sie zeigte auf einen Tisch mit Make-up, an dem man sich kostenlose Proben nehmen durfte. „Moni kann euch zeigen, wie man sich die Augen auf die verrückteste Weise zurechtmacht, nicht wahr, Moni?"

„Klar", sagte sie. „Aber ich weiß nicht, ob sie den Schmetterling genauso schnell lernen wie du."

Lisa hätte sich nie vorstellen können, einmal Lidschatten zu tragen, der die Form eines Schmetterlings hatte, doch als Moni fertig war, gefiel ihr der Effekt. Es war mal etwas anderes! „Mein neues Ich?", fragte sie ihre Freundinnen und zwinkerte ihnen zu, um ihren Lidschatten zu zeigen. Die drei lachten, und sie stimmte in das Gelächter ein. „Ich finde, meine Schmetterlinge sind mindestens genauso hübsch wie Caroles Regenbogen!"

Lisa grinste Carole an. „Was hat Stevie denn jetzt vor?"

Stevie schaute fasziniert in den Spiegel auf dem Tresen und malte sich mit einem Lippenstift ein rotes Herz auf die Wange. „Seht nur!“, rief sie und drehte sich um.

„Stark!“, sagte Moni anerkennend.

„Ich wusste, dass es dir gefallen würde. Und was tun wir jetzt?“, fragte Stevie. „Ich glaube, das ist heute meine Lieblingsfrage.“

„Nun, bisher hast du sie immer selbst beantwortet“, sagte Lisa. „Ich glaube, ich hatte hier noch nie so viel Spaß, ohne Geld auszugeben.“

„Dann lasst uns damit anfangen. Hier ist der Plattenladen“, sagte Carole und führte ihre Freundinnen in das Geschäft.

Zum Aussuchen brauchte Carole immer viel Zeit, und Lisa und Stevie hüteten sich, ihr zu helfen. Dieser Einkauf war zu wichtig, als dass sie dabei stören durften. Carole wollte ganz allein das Richtige finden.

Stevie war ganz wild darauf, noch mehr Abenteuer zu erleben, und auch Lisa und Moni wollten weiter auf Entdeckungsreise gehen. Sie beschlossen, Carole allein zu lassen und eine halbe Stunde später wieder abzuholen. Carole war so in das Plattenangebot vertieft, dass sie Stevies Vorschlag kaum wahrnahm.

„Wisst ihr, was ich gern tun würde?“, fragte Stevie. „Erinnert ihr euch an den Silberdollar, den du gefunden hast, Lisa?“

„Ja", sagte Lisa, der die Erinnerung an den „Dieb" von Pine Hollow immer noch etwas peinlich war.

„Ich möchte den Stand finden, an dem die Lose zugunsten der Bücherei verkauft werden, und dann will ich den Dollar dazu verwenden, ein Los zu kaufen. Ich habe das Gefühl, es ist ein Glücksdollar."

„Okay", sagten Lisa und Moni. Die Lose wurden in der kleinen Zweigstelle der Bücherei verkauft, die im Einkaufszentrum untergebracht war. Die Mädchen kamen auf ihrem Weg dorthin an verlockenden Geschäften vorbei. Doch da sie nur eine halbe Stunde Zeit hatten, betraten sie keines von ihnen.

„Nur eine Schokoladenbrezel?", bettelte Moni, als sie am Süßwarenladen vorüberkamen.

„Vielleicht auf dem Rückweg", entschied Stevie großzügig. „Jetzt haben wir eine Mission zu erfüllen."

Lisa stieß Moni mit dem Ellbogen an und grinste. „Wenn Stevie auf einer Mission ist, muss man sich vor ihr in Acht nehmen!"

Stevie streckte ihr die Zunge heraus und trat auf die Rolltreppe. Doch als sie vor der Bücherei ankamen, war der Tisch des Losverkäufers nirgends zu sehen.

„Vielleicht ist es vorbei", sagte Lisa.

„Bloß nicht – nicht, bevor die meinen Silberdollar haben", sagte Stevie. „Ich gehe mal rein und frage." Lisa und Moni folgten ihr.

Stevie liebte die Bücherei. Es war kühl darin, und das Licht war gedämpft. Der ganze Raum duftete nach Papier und Leim, und er war angefüllt mit Büchern, die wundervolle Geschichten und Abenteuer aus fernen Ländern erzählten. Normalerweise führte Stevies erster Weg immer zu den Tierbüchern, doch diesmal hatte sie eine Mission zu erfüllen. Die Bibliothekarin stand hinter dem Ausgabeschalter.

„Ist der Losverkauf schon vorbei?“, fragte Stevie.

„Ja, leider“, sagte die Frau. „Die Ziehung war letzte Woche. Wir versuchen immer noch, die Gewinner zu benachrichtigen. Wir nehmen natürlich jederzeit gern Spenden entgegen, aber Lose gibt es leider nicht mehr.“

Stevie holte ihren Silberdollar aus der Tasche. Ein Silberdollar war etwas ganz Besonderes. Viele Leute bewahrten eine solche Münze als Glücksbringer auf, doch Stevie wusste ganz genau, dass es ihr nie gelingen würde, Geld, in welcher Form auch immer, lange aufzubewahren! Doch da ein Silberdollar etwas Besonderes war, wollte sie ihn auch für etwas Besonderes verwenden. Auch wenn sie kein Los mehr kaufen konnte, sollte die Bücherei den Dollar doch bekommen. Sie beschloss, ihn zu spenden.

„Na gut“, sagte Stevie. „Dann mache ich eine Spende.“

„Oh, vielen Dank“, sagte die Bibliothekarin freudig überrascht. „Im nächsten Jahr kommst du früher, und dann bekommst du auch noch ein paar Lose. Vielleicht hast du dann so viel Glück wie unsere Hauptgewinnerin."

„Wer ist es?", fragte Stevie. „Jemand von hier?"

„Nein, sie ist nicht von hier. Ich glaube, sie war hier nur zu Besuch. Eine gewisse Moni Sanders. Wir haben sie bisher noch nicht ausfindig machen können, aber ..."

„Haben Sie Moni Sanders gesagt?", stieg Stevie ungläubig hervor.

Die Bibliothekarin überprüfte den Namen. „Moni Sanders, das stimmt", sagte sie.

Stevie spürte, wie aufgeregt sie war. „Und was hat sie gewonnen?", fragte sie.

„Der Hauptgewinn ist ein zweiwöchiger Aufenthalt in einem Reitcamp. Wir müssen sie bald finden, die Reiterferien fangen schon in einer Woche an!"

„Sie haben sie gefunden!", verkündete Stevie.

Aufgeregt winkte sie Lisa und Moni zu sich heran, damit sie die gute Nachricht erfahren konnten. Sie selbst war einfach sprachlos.

Stevie und Lisa konnten kaum glauben, was für unverschämtes Glück Moni gehabt hatte. Sie kreischten vor Freude, umarmten sich und sprangen auf und ab. Normalerweise hätte man sie dafür aus der Bücherei geschickt, aber da Moni die Gewinnerin ihrer Verlosung war, freuten sich die Angestellten mit.

Nachdem alle Formalitäten erledigt waren und Moni ihre Gewinnurkunde in den Händen hielt, sausten die drei aus der Bücherei und rannten den ganzen Weg bis zum Plattenladen. Sie fanden Carole an der Kasse.

Es dauerte nur ein paar Minuten, ihr die gute Nachricht mitzuteilen, doch es kostete Zeit, sie davon zu überzeugen, dass es tatsächlich stimmte.

„Das schreit geradezu nach einem Sattelclub-Treffen zum Feiern“, verkündete Lisa. „Und ich habe vom Tagblatt genug Geld bekommen, um jedem von euch einen Eisbecher zu spendieren!“

Die vier Mädchen gingen in die Eisdiele, suchten sich einen freien Tisch und setzten sich.

„He, wenn du in den Reiterurlaub fährst, kannst du auch Mitglied im Sattelclub werden“, sagte Stevie zu Moni, während die Kellnerin ihre Bestellung aufnahm.

Moni spielte an ihrem gelben Papageien-Ohrring herum. Als die Kellnerin fort war, sagte sie: „Also wisst ihr, ich wäre gern in eurem Club, aber ...“ Sie unterbrach sich und sah Stevie an. „Ich weiß, dass ihr Pferde liebt. Ich bin sicher, sie sind auch toll, und ich sehe sie mir auch gern an, aber sie sind einfach nicht mein Fall. Unser Ausritt war nicht schlecht. Aber dass Topside mit mir durchgegangen ist, war nicht gerade einer meiner Wunschträume.“

„Aber du warst klasse. Das hat Lisa uns erzählt“, erinnerte Carole sie. „Du hattest einfach Pech. Aber du wirst bestimmt noch eine gute Reiterin."

„Das ist es ja eben", sagte Moni. „Das will ich gar nicht. Ich mag euch wirklich gern und bin froh, dass wir so gute Freunde geworden sind. Ich komme gern wieder zu Besuch, und ich hoffe, ihr besucht mich auch einmal. Aber reiten? Lieber würde ich karierte Bundfaltenhosen und Rollkragenpullover tragen!"

Stevie grinste. „Dann steht dir im Ferienlager eine harte Zeit bevor", sagte sie.

„Wenn ich fahren würde …", sagte Moni. „Aber ich werde nicht fahren."

„Nicht?", fragten die drei anderen wie aus einem Mund.

„Natürlich nicht. Was glaubt ihr denn?" Die drei mussten lachen. „Ich möchte, dass du für mich fährst, Stevie. So kann ich dir für die tolle Zeit danken, die ich hier verbracht habe."

Die drei Mädchen sahen Stevie an, die jedoch sprachlos war. Als sie wieder sprechen konnte, kreischte sie, umarmte Moni und machte Lisa einen Vorschlag.

„Wenn wir mit dem Eis fertig sind und du noch etwas Geld hast, gehen wir zur Bücherei zurück und tauschen den Silberdollar gegen eine normale Dollarmünze ein. Ich habe irgendwie das Gefühl, dass wir den Glücksdollar brauchen werden, um einen Weg zu finden, damit ihr beide, du und Carole, ins Reitcamp mitkommen könnt. Ich weiß wirklich nicht, wie ich zwei Wochen Ferienlager ohne euch beide überleben soll!"

Dem konnten Carole und Lisa nur zustimmen. Je mehr Zeit die Mitglieder des Sattelclubs miteinander verbrachten, desto unmöglicher schien es, dass sie sich je trennen würden.

„Auf den Sattelclub im Reitcamp", sagte Moni und hob ihr Glas.

Auch die Sattelclub-Mitglieder erhoben ihre Gläser. „Und auf unser einziges nicht reitendes, nicht pferdeverrücktes, aber trotzdem sehr cooles Mitglied", sagte Carole und hieß Moni damit im Sattelclub willkommen.

Moni strahlte ihre drei Freundinnen an. Sie war genauso glücklich, ein Mitglied des Clubs zu sein, wie sich die anderen drei freuten, sie dabeizuhaben.

„Aber ich stelle eine Bedingung", sagte sie zu Stevie.

„Schon erfüllt", rief Stevie.

„Du musst mir aus dem Reitcamp schreiben!"

Ferien im Reitcamp

1

„Schau mal, wie sie das macht“, sagte Carole Hanson zu Lisa Atwood. Die beiden Mädchen standen in der Stallgasse des Reitstalls von Pine Hollow. Stevie Lake war in der Box von Topside und bereitete ihn auf seinen Transport vor.

Die drei Mädchen hatten sich im Reitstall kennengelernt und gemeinsam den Sattelclub gegründet. Der Club hatte nur zwei einfache Regeln: Alle Mitglieder mussten Pferdenarren sein, und sie mussten jederzeit bereit sein, einander zu helfen. Bisher waren die drei Mädchen die einzigen aktiven Mitglieder des Clubs, doch es gab einige Ehrenmitglieder.

Stevie legte dem großen braunen Wallach die letzte Transportgamasche an, klopfte ihn lobend und richtete sich auf. Sie befestigte eine Führleine an Topsides Halfter und sah ihm direkt in die Augen.

„Die Passagiere für Flug eins von Pine Hollow zum Reiterferienlager von Moose Hill werden gebeten, sich in die Abflughalle zu begeben“, verkündete sie. „Passagiere, die im Besitz eines Erste-Klasse-Tickets sind, werden gebeten, sich zum Ausgang zu begeben. Und damit bist du gemeint."

Vor dem Stall wartete ein Pferdetransporter, der Topside nach Moose Hill bringen sollte, in das Reiterferienlager, in dem Stevie die nächsten zwei Wochen verbringen wollte. Stevie hatte Glück gehabt. Eine Freundin hatte diesen Aufenthalt im Ferienlager bei einem Gewinnspiel auf Pine Hollow gewonnen, doch da sie sich nichts aus Pferden machte, hatte sie ihren Gewinn an Stevie abgetreten. Die pferdeverrückte Stevie konnte ihre Freundin zwar nicht verstehen, aber unter diesen Umständen machte es ihr überhaupt nichts aus, dass diese sich für das Reiten nicht begeistern konnte.

„Ich kann vor lauter Aufregung fast nicht beim Verladen zusehen", vertraute Lisa Carole an. „Ich kann es kaum glauben. Zwei ganze Wochen Pferde! Nichts als Pferde!"

Carole nickte. Auch ihr war die Aufregung deutlich anzusehen.

„Kaum zu glauben, was für ein Glück wir haben!", stellte Stevie fest. „Ich verstehe immer noch nicht, wie du Max dazu überredet hast, die Kosten für uns beide zu übernehmen. Wie hast du das bloß geschafft?"

Stevies Augen funkelten. Leute, vor allem aber Max Regnery, den Besitzer des Reitstalls, zu etwas zu überreden, was sie eigentlich gar nicht tun wollten, war eine ihrer Spezialitäten.

„Das war leicht“, sagte sie und machte eine herablassende Handbewegung.

„Wie ich dich kenne, hat wohl dein Mund Überstunden gemacht“, fügte Carole hinzu.

„Ja, das auch“, bestätigte Stevie. „Und jetzt muss ich dafür sorgen, dass ich Topside in den Transporter bekomme.“

Sie wandte ihre Aufmerksamkeit Topside zu. Er war verladesicher, denn er war ein ehemaliges Turnierpferd, das in vielen Ländern am Start gewesen war. Max hatte Topside vor einiger Zeit kaufen können, weil seine Besitzerin Dorothy DeSoto nach einem Sturz den Turniersport aufgeben musste. Und nun waren die Mädchen mit ihm auf dem Weg ins Ferienlager, was eine ganz neue Erfahrung für ihn bedeutete. Am Ende des zweiwöchigen Ferienkurses würde es ein Turnier für alle Teilnehmer geben. Ein solches Turnier würde sich von den schweren Springprüfungen, die Topside bereits kannte, sehr unterscheiden, und Max war der Meinung gewesen, dass es sowohl für Topside als auch für Stevie eine gute Sache sein würde.

Carole und Lisa würden Pferde aus dem Stall des Gastgebers bekommen. Sie hätten zwar viel lieber ihre beiden Lieblingsschulpferde aus Pine Hollow mitgenommen, doch Max konnte nicht noch zwei weitere Pferde zwei Wochen lang entbehren. Außerdem war den beiden durchaus bewusst, dass fremde Pferde eine viel größere reiterliche Herausforderung darstellten.

„Komm mit", sagte Stevie, schnalzte mit der Zunge und führte Topside zur Stalltür. Carole schob die Tür auf, um die beiden hinauszulassen. Stevie hielt die Führleine in einer Hand und trug in der anderen Topsides Putzkasten. Sie warf Topside über ihre Schulter einen Blick zu. Er schien zu merken, dass etwas in der Luft lag, und schlug aufgeregt mit dem Schweif. Stevie grinste ihn an, während sie ihn die Stallgasse entlangführte.

„Stevie, pass auf, dein Kopf!", rief Carole warnend, doch es war zu spät. Es dröhnte dumpf, als Stevies Kopf gegen den an der Stallwand angebrachten Feuerlöscher schlug.

Stevie verzog das Gesicht und rieb sich die schmerzende Stelle. Dann schielte sie. Lisa kicherte leise. Stevie konnte an fast jeder Situation etwas Lustiges finden. Das war eine der Eigenschaften, die Lisa an ihr besonders mochte.

„Bist du in Ordnung?", fragte Lisa besorgt.

„Vergiss Stevie. Denk lieber an den Feuerlöscher!",

sagte Carole und rückte den Feuerlöscher sorgsam wieder gerade. Stevie warf ihr einen gespielt erbosten Blick zu.

Lisa musste lachen. Sie wusste genau, dass Carole sich ebenfalls um Stevie sorgte, doch es war einfach ihre Art, zur selben Zeit an die Sicherheit der Pferde zu denken. Ebenso wie Stevie in jeder Situation zuerst die lustige Seite sah, entdeckte Carole meist zuerst die ernste Seite – zumindest, wenn es sich um Pferde handelte. Lisa hatte das Gefühl, dass Stevie und Carole sich perfekt ergänzten. Manchmal war das aber auch ein Problem, denn sie selbst stand schon gelegentlich zwischen den Fronten. Die meiste Zeit aber hatte sie viel Spaß mit ihren beiden Freundinnen.

„Lasst uns in die Hufe kommen", sagte Lisa. „Je eher wir Topside im Transporter haben, desto früher können wir los."

Carole ging hinter Topside her und schnalzte, um Stevie zu unterstützen, die ihn auf den Transporter zu führte.

„Und ich darf jetzt das Sattelzeug schleppen, oder?", fragte Lisa.

„Vielen Dank dafür", antwortete Stevie und grinste.

Lisa ging in die Sattelkammer. Sie war einer ihrer

Lieblingsplätze im Stall. Auf den ersten Blick sah der Raum furchtbar unordentlich aus. Überall hingen Lederteile und eine endlose Reihe von Sätteln, die ständig geputzt und gepflegt werden mussten. So zumindest war es Lisa vorgekommen, als sie mit dem Reiten angefangen hatte. Nach ein paar Tagen hatte sie jedoch gemerkt, dass in der Sattelkammer eine strenge Ordnung herrschte. Jeder Sattel hing an einer Stelle, die der Lage seiner Box im Stall entsprach. Über jedem Sattel hing das dazugehörige Zaumzeug. An der anderen Wand waren Ersatzbügelriemen aufgehängt, die sorgfältig nach Längen sortiert waren. Die Metallteile, wie Gebisse, Ketten, Schnallen, Haken und Ringe, wurden in verschiedenen Eimern aufbewahrt.

Lisa konnte inzwischen nicht mehr verstehen, warum das scheinbare Durcheinander sie anfangs so entsetzt hatte. Sie fand Topsides Sattelzeug und nahm es vom Haken. Der Gedanke, schon bald einen neuen Stall, ein neues Pferd und neue Reiter kennenzulernen, war aufregend, aber zugleich auch etwas beängstigend. Lisa hatte, anders als Stevie und Carole, erst vor wenigen Monaten angefangen zu reiten. Sie hatte noch lange nicht so viel Erfahrung wie ihre Freundinnen. Sie war zwar überzeugt, dass es ihr im Ferienlager gefallen würde, aber etwas unsicher war sie doch. Lisa belud sich mit Topsides Sattelzeug und verließ die Sattelkammer.

Im Stall war niemand zu sehen. Alle waren draußen und sahen zu, wie Stevie Topside verlud. Lisa wollte vor ihrer Abfahrt unbedingt noch etwas erledigen. Den Reitstall von Pine Hollow gab es schon sehr lange, und im Laufe der Zeit hatten sich gewisse Traditionen entwickelt. Zu ihnen gehörte das Glücksbringer-Hufeisen. Es war Tradition, dass alle Reiter es vor jedem Ritt kurz berührten. Niemand wusste genau, wie alt diese Tradition war oder warum sie entstanden war, doch alle wussten, dass es auf Pine Hollow noch keinen einzigen Reitunfall gegeben hatte, bei dem ein Reiter ernsthaft verletzt worden war. Lisa schaute sich verstohlen um. Es war ihr lieber, wenn niemand sie jetzt sah. Das Hufeisen hing neben der Tür zur Halle an der Wand. Lisa legte Topsides Sattel auf die Trennwand einer leeren Box und berührte das Hufeisen mit den Fingerkuppen. Das Gefühl des glatten, abgenutzten Eisens an ihren Fingern machte ihr Mut. Sie lud sich den Sattel wieder auf und trug ihn zum Transporter.

Stevie hatte Topside bereits in den Anhänger geführt, und die Freundinnen standen wartend in der Auffahrt. Red O'Malley, der Stallbursche, würde Topside und die Mädchen nach Moose Hill fahren.

„Ist unser ganzes Zeug schon im Auto?", fragte Carole und versuchte, durch die staubigen Scheiben des Geländewagens einen Blick auf die Ladefläche zu werfen.

„Einschließlich deiner gesamten Zimmereinrichtung."

„Ich glaube, wir haben alles", sagte Red trocken.

Carole war bekannt dafür, immer das Wichtigste zu vergessen, doch die Gepäckberge im Auto deuteten darauf hin, dass sie diesmal wohl alles dabei hatte, denn in den zahllosen Taschen steckte wahrscheinlich viel mehr, als sie in den zwei Wochen brauchen würde.

Endlich war es Zeit zum Aufbruch. Die Mädchen stiegen in den Geländewagen und kurbelten die Fenster herunter, um sich von ihren Eltern, ihren Mitreiterinnen, Max und seiner Mutter, Mrs Reg, verabschieden zu können. Doch noch bevor der Wagen das Reitschulgelände verlassen hatte, scheuchte Max seine jungen Reiter schon wieder in den Stall. Die nächste Reitstunde würde gleich beginnen.

„Ich glaube, es gibt nichts, das Max daran hindern könnte, seine Stunden pünktlich anzufangen", stellte Lisa fest.

„Doch, ein Wirbelsturm vielleicht", sagte Stevie mit einem Grinsen auf dem Gesicht.

„Aber nur, wenn er den gesamten Reitstall mit sich gerissen hat", fügte Carole hinzu. Lisa kicherte. Sie war froh, dass Max den Reitunterricht so ernst nahm. Sie hoffte nur, dass der Reitlehrer im Ferienlager genauso gut sein würde.

„Ich bin ein bisschen aufgeregt“, gestand sie ihren Freundinnen. „Ich meine, ihr beide reitet seit Jahren. Ihr seid an andere Pferde und andere Reitlehrer gewöhnt. Aber ich kenne doch fast nur Pine Hollow. Was meint ihr, ob das gut geht?“

„Na klar“, versicherte Carole ihr. „Es wird nicht nur gut gehen, es wird super sein. Es ist wichtig, neue Erfahrungen zu sammeln. Und außerdem bist du doch schon in anderen Ställen geritten. Denk doch nur an die Ranch der Devines und an New York. Das war doch etwas anderes. Im Vergleich dazu wirst du dir in Moose Hill fast wie zu Hause vorkommen.“

„Nicht ganz“, unterbrach Stevie. „Hast du den Prospekt nicht genau gelesen? Ich meine den Abschnitt, in dem steht, dass es für jeweils fünf Pferde einen Pfleger gibt. Das ist ganz und gar nicht wie in Pine Hollow, wo zwei Pferdepfleger für den ganzen Stall zuständig sind und wo die armen, überarbeiteten Reiter die Ställe ausmisten, das Sattelzeug putzen und die Pferde pflegen müssen, während unsere Pfleger keinen Finger rühren. Stimmt's, Red?“

Red schnaubte nur. Es stimmte, dass die Reiter einen Teil der Stallarbeit machten. Auf diese Weise wurden die Kosten niedrig gehalten, und das wiederum ermöglichte mehr Leuten das Reiten. Trotzdem machten Pferde viel Arbeit, und für Red gab es immer noch genug zu tun. Die Mädchen wussten das genauso gut wie er.

„Nur zu“, sagte Red. „Von mir aus genießt eure Ferien und lasst euch verwöhnen, aber ich hoffe nur, ihr seid nach eurem Urlaub nicht zu fein, eure Pferde zu putzen. Eine von der Sorte reicht mir.“

Die Mädchen wussten, dass Red Veronica diAngelo meinte, ein eingebildetes und verwöhntes Mädchen aus ihrem Stall.

„Keine Sorge, Red“, beruhigte Lisa ihn. „Wir würden uns nie so aufführen wie sie.“

Lisa betrachtete die vorüberziehende Hügellandschaft von Virginia und hing ihren Gedanken nach. Egal, wie reich sie wäre, ihr Pferd würde sie immer noch selbst versorgen.

„Hast du ihr Gesicht gesehen?!“, trompetete Stevie und riss Lisa damit aus ihren Gedanken. Carole lachte.

Lisa hatte keine Ahnung, worum es ging. „Wessen Gesicht?“, fragte sie.

„Veronicas“, sagte Carole. „Du weißt schon, als sie auf dem schimmligen Heuballen saß. Warst du denn nicht dabei?“

„Oh doch, das habe ich gesehen. Sie wischte hektisch am Hosenboden ihrer Designer-Reithose herum. Es war urkomisch, und je mehr sie herumwischte, desto wütender wurde Max." Der Gedanke an diese Szene ließ Lisa schadenfroh grinsen.

„Max hatte den Heuballen nur nach draußen gelegt, um dem Händler zu zeigen, was er geliefert hatte, aber Veronica dachte natürlich, es wäre ein neuer Thron für die Prinzessin."

„Sie hat nur das bekommen, was sie verdient", stellte Lisa fest. „Einen verschimmelten Thron. Na, besser ihre Reithose als die Box eines Pferdes!"

„Allerdings!", stimmte Carole ihr zu. „Pferde haben einen sehr empfindlichen Magen und können von verdorbenem Heu eine Kolik bekommen, und eine Kolik kann ein Pferd umbringen! Das heißt, wir haben großes Glück gehabt, dass die verschimmelten Ballen keinen größeren Schaden angerichtet haben, als Veronicas Hose zu beschmutzen."

„Das war weniger Glück als Vorsicht", sagte Red. „Dass Heu verschimmelt, kommt immer mal wieder vor. Man muss bei jeder neuen Lieferung und bei jedem Ballen darauf achten."

„Wie macht man das?", wollte Lisa wissen.

„Man kontrolliert, ob es sich feucht anfühlt, und dann riecht man daran, ob es muffig ist."

„Man kann auch fühlen, ob es warm ist", fügte Carole hinzu.

„Wenn es warm ist, ist es sogar gefährlich", sagte Red.

„Das bedeutet nämlich, dass es schon so verrottet ist, dass sich dabei Hitze entwickelt. Dann muss es schnellstens aus dem Stall, denn es kann so heiß werden, dass es sich selbst entzündet und die Ballen buchstäblich explodieren."

„Wisst ihr, was mir beim Umgang mit Pferden besonders gut gefällt?", fragte Lisa. „Ich finde es toll, dass es über sie so viel zu wissen gibt und dass man immer etwas dazulernen kann, egal, was man gerade tut oder wo man ist, wie zum Beispiel in einem Auto in der Hügellandschaft von Virginia. Man kann außerhalb des Stalls genauso viel lernen wie im Stall."

„Allerdings macht es im Stall viel mehr Spaß", sagte Stevie, und die anderen stimmten ihr zu.

„Ich glaube, wir sind gleich da!", stellte Carole fest.

„Stimmt", bestätigte Red und bog von der Hauptstraße ab, um der Ausschilderung nach Moose Hill zu folgen.

Die Straße war schmal und wurde von gewaltigen Ahornbäumen gesäumt, die an diesem heißen Tag willkommenen Schatten spendeten. Allmählich wichen die Ahornbäume einem Fichtenwald, und die Straße wurde zum Feldweg. Red verlangsamte das Tempo, damit Topside auf dem ungeteerten Weg nicht allzu sehr durchgeschüttelt wurde. Nach etwa einer halben Meile kamen sie an ein Koppeltor. Stevie sprang aus dem Wagen, um es zu öffnen. Nachdem Wagen und Anhänger das Tor passiert hatten, verschloss sie es gewissenhaft und stieg wieder in den Wagen. Red folgte der gewundenen Straße einen Hügel hinauf, und plötzlich lag die riesige rote Scheune des Reiterferienlagers von Moose Hill direkt vor ihnen.

2

„Ich glaube, er sagte, das hier ist unsere Hütte – die zweite auf der rechten Seite.“ Lisa zeigte auf das kleine Holzhaus. „Ja, das ist sie, Nummer drei.“ Sie blieb kurz stehen, um das Gewicht der drei schweren Taschen besser zu verteilen. Carole tat dasselbe.

„Ich hoffe, Stevie weiß es zu schätzen, dass wir ihren Krempel herschleppen, während sie Topside in seinem Luxusappartement unterbringt.“

Lisa und Carole hatten sich netterweise bereit erklärt, Stevies Gepäck zur Hütte mitzunehmen, während sie sich um Topsides Unterbringung kümmerte. Mittlerweile vermuteten sie jedoch beide, dass Stevie bei dieser Abmachung das bessere Geschäft gemacht hatte, und als sie sie hinter sich fröhlich rufen hörten, waren sie davon überzeugt.

„Hier bin ich!“, verkündete Stevie. „Und vielen Dank für eure Hilfe. Ihr müsst euch unbedingt den Stall ansehen! Er ist einfach irre! Es ist eine riesige Scheune mit ein paar Boxen – die Pferde sind die meiste Zeit auf der

Weide – und einem gigantischen Heuboden. Da oben können wir richtig herumtoben!"

„Falls wir nach der Schlepperei überhaupt noch zu einer Bewegung fähig sind", bemerkte Carole spitz.

Stevie verstand den Hinweis. Sofort nahm sie Carole und Lisa ihr Gepäck ab und folgte ihnen in die Hütte.

Die Fliegengittertür schlug hinter ihnen zu, und die Mädchen standen in einem sehr schlichten quadratischen Raum mit einem angebauten Badezimmer. In dem Raum standen sechs Feldbetten, und zu jedem Bett gehörte ein kleiner Schrank mit Fächern für Kleidung und persönliche Dinge. Lisa betrachtete zweifelnd ihre beiden großen Reisetaschen. Allmählich gewöhnten sich ihre Augen auch an das matte Licht, das die einzelne Glühbirne an der Decke spendete. Sie war sicher, dass es ihr nie gelingen würde, all ihre Sachen in diese winzigen Fächer zu stopfen.

„Das ist mein Bett", sagte eine fremde Stimme ziemlich unfreundlich.

„Oh", sagte Lisa erschrocken. Sie drehte sich um und sah ein Mädchen aus dem Badezimmer kommen, das ungefähr in ihrem Alter war. „Ich wollte dein Bett gar nicht nehmen. Ich habe mir nur gerade angesehen, wie klein die Fächer sind. Ich glaube ..." Sie wollte gerade erklären, dass ihre Mutter ihr für jede Reise viel zu viel Kleidung einpackte, als ihr klar wurde, dass das Mädchen überhaupt nicht zuhörte. Es hatte sich seine Reitkappe gegriffen und verließ bereits die Hütte.

„Ich wünsche dir auch einen schönen Tag!", rief Stevie ihr hinterher. Die einzige Antwort war das Klappern der Stiefelabsätze auf den Stufen zur Hütte.

„Schöne Begrüßung!", stellte Carole fest.

„Vergesst Debbie", sagte eine andere Stimme. Die drei hatten das Mädchen, das in einer Ecke des Raumes saß und seine Stiefel putzte, noch gar nicht bemerkt. „Sie hat gerade herausgefunden, dass Elsa, die im letzten Jahr beim Turnier fast alle goldenen Schleifen gewonnen hat, in diesem Jahr wieder hier ist und sogar in dieser Hütte wohnt. Ich heiße Nora."

Einen Augenblick lang waren die Sattelclub-Mitglieder zu überrascht, um zu reagieren oder sich selbst vorzustellen. Es wäre ihnen nie in den Sinn gekommen, sich darüber aufzuregen, dass eine Gewinnerin goldener Schleifen in ihrer Hütte untergebracht war. Carole war eher begeistert von der Idee, mit jemandem zusammenzuwohnen, der besser reiten konnte als sie und von dem sie noch etwas lernen konnte.

Die Mädchen fanden ihre Fassung wieder und stellten sich vor. Nora zeigte ihnen, welche Betten noch frei waren, und half Lisa sogar beim Verstauen ihres Gepäcks.

„Wo ist denn die Siegerin?", fragte Carole, die gerade mit Noras Hilfe ihr Bett bezog. Elsas Bett stand neben dem von Carole, und ihre Reisetaschen standen neben dem Bett, doch es war noch nichts ausgepackt und auch das Bett war noch nicht bezogen.

„So wie ich Elsa kenne“, begann Nora, „hat sie sich irgendwo im Gelände außer Sichtweite der Scheune und des Haupthauses ein stilles Plätzchen gesucht und trainiert mit ihrem Pferd.“

„Bedeutet das etwa, dass die Kursteilnehmer ohne Aufsicht und ohne Begleitung reiten dürfen?“, fragte Carole erstaunt. Max ließ keinen seiner Jugendlichen allein ins Gelände. Selbst die besten Reiter mussten mindestens einen Begleiter haben, der im Notfall Hilfe holen konnte.

„Nein, eigentlich darf niemand allein losziehen, aber das kümmert Elsa nicht“, erwiderte Nora.

„Aber mit Freunden zu reiten, macht doch viel mehr Spaß“, sagte Stevie.

„Das trifft auf Elsa nicht zu“, erklärte Nora. „Erstens hat sie keine Freunde, und zweitens würde sie nie mit jemandem reiten, der womöglich etwas von ihr lernen könnte. Sie hat bereits verkündet, dass sie fest entschlossen ist, auch in diesem Jahr alle goldenen Schleifen zu gewinnen.“

„Na prima“, sagte Stevie und verzog angewidert das Gesicht.

„Wisst ihr, das erinnert mich daran, was Sara Devine

uns über die wirklich guten Reiter erzählt hat, gegen die sie angetreten ist“, sagte Carole. Sara war Juniorenmeisterin gewesen, doch Leute wie Debbie und Elsa hatten sie dazu gebracht, den Turniersport aufzugeben.

„Ihr kennt Sara Devine?“, fragte Nora, der vor Staunen der Mund offen stand.

„Klar, sie ist eine alte Freundin von uns“, sagte Carole. „Vor einiger Zeit haben wir sie auf der Ranch ihrer Eltern besucht. Sie ist auf das Westernreiten umgestiegen, und es macht ihr viel Spaß.“ Carole zog ihr Bettlaken straff und strich die Bettdecke glatt. „Wollen wir uns das Lager ansehen?“, fragte sie ihre Freundinnen.

„Wie wär's mit einer Führung?“, bot Nora an. „In einer halben Stunde gibt es Essen. Wenn ihr wollt, zeige ich euch bis dahin alles.“

Der Vorschlag gefiel Carole, denn sie hatte bei ihrer Ankunft nur einen flüchtigen Blick auf die Anlage werfen können.

„Das wäre toll“, sagte sie, auch im Namen von Lisa und Stevie. „Wir sind hier fast fertig …“

„Ich habe noch in der Scheune zu tun“, sagte Nora schnell. „Warum treffen wir uns nicht dort? Ihr wisst doch, wo die Scheune ist?“

„Meinst du vielleicht das große rote Gebäude, in dem das ganze Heu liegt und die Pferde stehen?“, fragte Stevie unschuldig.

„Mach dir nichts draus“, sagte Lisa zu Nora. „Stevie muss immer Witze machen. Wir treffen dich dann in fünf Minuten in der Scheune.“

Nora nickte und ließ die Sattelclub-Mädchen allein in der Hütte zurück.

„Was für ein Ort“, bemerkte Stevie und stopfte ihre Sachen in das kleine Fach neben ihrem Bett. „Er hat alles, um der schönste der Welt zu sein – Pferde und Leute, die Pferde lieben –, und wir landen in einer Hütte mit einem Genie, das sein Können eifersüchtig hütet, und einem Möchtegern-Genie, das mit niemandem spricht!“ Sie schob ihre Zahnbürste in die letzte freie Ecke, richtete sich auf und sah ihre Freundinnen mit gespielter Verzweiflung an.

„Ich glaube, Leute wie Debbie und Elsa ignoriert man am besten. Und da sie auch uns ignorieren werden, sollte uns das nicht schwerfallen“, stellte Lisa fest.

„Nora scheint ganz nett zu sein“, fügte Carole hinzu.

„Passt bloß auf, dass sie nicht versucht, hinter das Geheimnis unseres reiterlichen Erfolgs zu kommen“, scherzte Stevie.

„Was mich betrifft, kann sie gern all meine Reitgeheimnisse aufdecken“, sagte Carole. „Mein einziges Geheimnis ist, dass Reiten Spaß macht. Ich habe allerdings das Gefühl, dass es hier ein paar Leute gibt, die das noch nicht begriffen haben.“

Die Sattelclub-Mitglieder waren zwar in vielen Dingen oft unterschiedlicher Meinung, doch in diesem Fall konnten sie Carole nur zustimmen. Lisa dachte an all den Spaß, der noch vor ihr lag, und lächelte glücklich.

„Ich wechsle zwar nur ungern das Thema, Leute, aber habt ihr schon gesehen, was dort unten am Fuße des Hügels ist?"

„Noch mehr Hütten?", fragte Lisa. Auch sie hatte die zweite Ansammlung von schlichten Hütten bereits entdeckt.

„Nicht einfach nur mehr Hütten", korrigierte Carole sie. „Das sind die Hütten der Jungen. Hier reiten auch Jungen."

„Na und?", fragte Stevie, die auf ihrem frisch bezogenen Bett saß. „In Pine Hollow reiten auch ein paar Jungen. Aber Jungen, die reiten, kannst du alle vergessen. Ich habe noch keinen kennengelernt, der nicht ein absoluter Blödmann war."

Lisa war von Stevies Meinung etwas überrascht. Es stimmte zwar, dass die Jungen, die in Pine Hollow ritten, wirklich nicht gerade umwerfend waren, doch es bestand doch immer noch die Möglichkeit, einen Freund zu finden, oder etwa nicht?

„Ach komm, Stevie", sagte sie. „Vielleicht ist das hier anders."

„Wohl kaum", erwiderte Stevie. „Du hättest den Kerl

sehen sollen, der hereinkam, als ich Topside in seine Box brachte. Er hat alle herumkommandiert, als wäre er Veronica diAngelos großer Bruder."

„Vielleicht ist er auch reich", überlegte Lisa laut. „Ich glaube, ich könnte lernen, einen reichen Mann zu lieben."

Stevie warf ihr einen vernichtenden Blick zu. „Diesen Kerl bestimmt nicht", sagte sie.

„Was war denn mit dem Typ, der Topsides Sattel für dich getragen hat?", wollte Carole wissen.

„Dieser Trottel?", stieß Stevie hervor. „Ich gebe zu, als ich ihn sah, gefiel er mir, und dann habe ich ihn nach seinem Namen gefragt, doch den hatte er anscheinend vergessen. Ich sage euch, die Jungs hier sind nicht besser als die Mädchen. Also halten wir uns an die Pferde!" Sie grinste und stand auf. Die drei waren mit dem Auspacken fertig und bereit, sich mit Nora in der Scheune zu treffen.

„Hast du wenigstens schon ein paar von den Pferden gesehen?", fragte Lisa. „Wegen denen sind wir schließlich hier."

„Die Pferde sind etwas anderes", stellte Stevie fest. „Es gibt einen Fuchswallach, eine echte Schönheit. Er hat einen traumhaft gebogenen Hals – er hat bestimmt Araberblut – und trägt seinen Schweif so hoch, als wäre er stolz auf sich selbst. Er kam sofort zu mir und stieß mich mit der Nase an. Doch da wurde eine Scheckstute eifersüchtig und begann herumzutänzeln, damit ich mich auch mit ihr beschäftige. Gleichzeitig scharrten zwei Braune mit den Vorderhufen, als ob sie das Theater der Stute schon so oft gesehen hätten, dass es sie nur noch langweilte. Und Topside hat die ganze Zeit zugesehen und versucht, alles mitzubekommen."

Den ganzen Weg bis zur Hügelkuppe erzählte Stevie ihren Freundinnen von den Pferden. Lisa war furchtbar aufgeregt. Vermutlich hatte Stevie Recht. Die Mädchen in diesem Lager waren ziemlich unfreundlich und die Jungen wahrscheinlich uninteressant. Nur gut, dass die Pferde so toll waren!

3

Als Nora die Mädchen durch das Ferienlager führte, sahen sie, dass der Reiterhof in Form eines Ovals angelegt war. An einem Ende befand sich die riesige Scheune. Ober- und unterhalb der auf dem Abhang liegenden Scheune grenzten zwei Koppeln an das Gebäude. Am Ende der unteren Koppel lag ein Stallgebäude. An der dritten Scheunenseite war ein riesiges Tor, und an der vierten Seite lag der Reitplatz. Dahinter befand sich ein Grasplatz von der Größe eines Fußballfeldes, der zum Beispiel für Reiterspiele genutzt werden konnte. An einer der langen Seiten dieses Grasplatzes lag der Speiseraum und an der anderen Seite waren die Gemeinschaftsräume, an die ein normaler Sportplatz angrenzte.

Die Hütten lagen weiter unten am Hang. Die Hütten der Jungen und die der Mädchen waren an gegenüberliegenden Seiten eines Badesees mit einem kleinen Sandstrand errichtet worden. Ein Feldweg führte von der Scheune zu den Hütten. Durch ein Waldstück kam man auf Fußwegen zum See und zum Speiseraum.

Der größte Teil des Ferienlagers war offenes Gelände mit nur wenigen Bäumen am Rande der Koppeln und Reitplätze. Hinter dem Speiseraum standen an einer schattigen Stelle Picknicktische, an denen die Gäste bei schönem Wetter alle Mahlzeiten einnahmen. Die Hütten standen im Wald, wo es angenehm kühl war.

„Das Lager bietet Platz für etwa dreißig Reiter", erklärte Nora. „Meistens sind es etwa zwanzig Mädchen und ungefähr zehn Jungen. Barry sagte, dass das auch diesmal der Fall ist."

Die Mädchen wussten bereits, dass Barry der Leiter des Ferienlagers war. Sie hatten ihn im Stall gesehen, wo er sich um die Unterbringung mehrerer gerade eingetroffener Gastpferde gekümmert hatte. Er war so damit beschäftigt gewesen, den Pferdepflegern zu erklären, was sie zu tun hatten, dass er die drei kaum zur Kenntnis genommen hatte. Carole war überrascht gewesen, dass Barry einem der Pfleger so genaue Anweisungen hatte erteilen müssen. Sein Name war Fred, und er schien überhaupt nichts von Pferden zu verstehen. Carole hatte sich bereits fest vorgenommen, Fred nicht in die Nähe des ihr zugeteilten Pferdes zu lassen.

„So, das war es", sagte Nora zu den Sattelclub-Mädchen. „Falls ihr nicht noch das Kraftfutterlager auf der anderen Seite der oberen Koppel sehen wollt, kennt ihr jetzt alles."

„Vielen Dank für die Führung", sagte Lisa. „Auf den ersten Blick fand ich die ganze Anlage hier ziemlich kompliziert, aber ich glaube, dank deiner Hilfe werde ich mich jetzt zurechtfinden."

„Gern geschehen", antwortete Nora. „Es hat mir Spaß gemacht. Aber nun muss ich in den Speiseraum. Ich bin heute mit dem Tischdecken an der Reihe. Kommt bitte auch, wenn ihr die Glocke hört. Wir sehen uns dann beim Essen."

Die Mädchen verabschiedeten sich von Nora. Lisa und Carole wollten sich vor dem Essen noch die Hände waschen, doch Stevie wollte lieber noch einmal nach Topside sehen. Deshalb beschlossen die drei, sich im Speiseraum wiederzutreffen.

Stevie konnte sich nicht entscheiden, welcher Teil des Ferienlagers ihr besser gefiel, der See oder die Scheune. Die Scheune war irgendwie großartig. Wahrscheinlich lag es daran, dass sie eine echte Scheune war und kein gewöhnliches Stallgebäude. Die Pferde waren die meiste Zeit auf einer der angrenzenden Weiden, und die Boxen wurden hauptsächlich für kranke oder verletzte Pferde benutzt. Ein kleines Tor führte direkt auf die untere Weide. Der Hufschmied hatte seinen Arbeitsplatz in der

Scheune, und Pferde, die frisch beschlagen werden mussten, blieben über Nacht in einer der Boxen. Jenseits der Boxen lag das riesige Scheunentor, durch das hoch beladene Heu- und Strohwagen passten.

Nachdem Stevie sich vergewissert hatte, dass es Topside gut ging, schaute sie sich die Lagerräume an. Einer von ihnen diente natürlich als Sattelkammer. Sie schaute sich um, wo der Pferdepfleger Topsides Sattelzeug untergebracht hatte. Anfangs konnte sie es nicht finden, doch als sie es endlich entdeckte, war sie nicht mehr so überzeugt, dass in dieser Sattelkammer Ordnung herrschte. Topsides Sachen lagen unordentlich in einer Ecke auf dem Boden! Stevie war empört. Sie hob den Sattel auf und legte ihn auf den nächsten freien Sattelbock. Dann entwirrte sie die Trense und legte sie über den Sattel, denn der Zaumzeughaken über dem Sattelbock war abgebrochen. Sie schob den Berg von Lederzeug, den irgendjemand lieblos unter diesen Sattelbock geworfen hatte, beiseite und stapelte Topsides Putzzeug und seine anderen Sachen sorgfältig unter dem Sattel.

Als Stevie fertig war, schaute sie sich ein weiteres Mal in der Sattelkammer um, diesmal allerdings voller Zweifel. Inzwischen hatte sie das Gefühl, dass diese Sattelkammer, anders als die von Pine Hollow, nicht nur chaotisch aussah, sondern dass hier ein wirkliches Chaos herrschte. So viel zu den Pferdepflegern von Moose Hill!

Und so viel zum Thema Urlaub von der Pferdepflege! Sie jedenfalls würde ihr Pferd und seine Ausrüstung selbst pflegen und ihren Freundinnen raten, dasselbe zu tun.

Als Stevie aus der Sattelkammer kam, fiel ihr auf, dass nirgendwo andere Gäste oder Angestellte zu sehen waren. Das konnte nur eines bedeuten: Die Essensglocke musste geläutet haben, und sie hatte sie nicht gehört. Sie fand einen Wasserhahn an der Rückseite der Scheune, wusch sich schnell die Hände und rieb sie an ihrer Jeans trocken.

„Wo war doch gleich der Speiseraum?“, überlegte Stevie. „Es war eines der Gebäude neben dem Grasplatz. Aber welches?“ Sie entschied sich für das linke. Sie hatte die falsche Entscheidung getroffen. Sie brauchte fast zehn Minuten, um den Speiseraum zu finden, und es war ihr peinlich, zu den Picknicktischen zu gehen. Sie war reichlich spät dran, denn alle anderen waren bereits beim Nachtisch.

Richtig unangenehm wurde es jedoch, als sie merkte, dass an dem Tisch, an dem Carole, Lisa und Nora saßen, kein Platz mehr frei war.

„Tut mir leid. Wir haben versucht, dir einen Platz freizuhalten, aber es hat sich einfach jemand hingesetzt“, sagte Carole spitz. Sie machte eine Kopfbewegung zu Elsa, die neben Lisa saß und in missgelauntem Schweigen ihr Essen verzehrte.

„Das kann vorkommen", sagte Stevie. Ihr taten die Freundinnen fast leid. Sie selbst hätte auch nicht gern mit diesem muffeligen Mädchen an einem Tisch gesessen. Sie sah sich nach einem anderen Platz um.

Der einzige freie Platz war ausgerechnet an einem Tisch, an dem nur Jungen saßen. Wenn sie nicht so hungrig gewesen wäre, hätte sie das Essen am liebsten ausfallen lassen. Da ihr nichts anderes übrig blieb, ging sie zu diesem Tisch hinüber.

„Ist der Platz noch frei?", fragte sie.

Sieben Jungen sahen sie an, ganz offensichtlich zu überrascht, um zu antworten. Es ärgerte Stevie, zweimal fragen zu müssen. „Esta el seato es libro?", radebrechte sie deshalb auf Spanisch und zahlte den Jungen so ihre Unhöflichkeit heim. Sechs der Jungen starrten sie an, als wäre ihr plötzlich ein zweiter Kopf gewachsen. Der siebte brach in Gelächter aus.

„Muy libro", antwortete er in ebenso grauenhaftem Spanisch. „Setz dich." Stevie setzte sich hin.

Sie saß dem Jungen, der auf ihre Frage geantwortet hatte, genau gegenüber. In der Regel gefielen ihr Leute, die über ihre Witze lachten, und deshalb sah sie sich diesen Jungen genauer an. Was sie sah, überraschte sie. Dieser Typ, der schon bewiesen hatte, dass er Köpfchen besaß, weil er ihren Witz verstanden hatte, sah außerdem noch ausgesprochen gut aus. Er hatte kurzes, hellbraunes Haar und tiefgrüne Augen. Er war groß, hatte breite Schultern und war braun gebrannt. Was ihr besonders auffiel, war sein freundliches Lächeln. Und das Beste war, dass er es auf sie gerichtet hatte.

„Hallo, ich bin Phil Marston", sagte er.

„Und ich heiße Stevie Lake", brachte sie mühsam hervor. Was war bloß los mit ihr?

„Kommst du aus der Nähe?", fragte er, und sie begannen sich zu unterhalten.

Es stellte sich heraus, dass er aus einem Ort kam, der etwa zehn Meilen von Stevies Heimatort Willow Creek entfernt lag. Sie hatte bereits von dem Stall gehört, in dem er ritt. Phil war ein Jahr älter als sie. Er ritt zwar noch nicht so lange wie sie, aber er hatte mehr Turniererfahrung. Es stellte sich heraus, dass sie vieles gemeinsam hatten. Beide liebten das Reiten und vor allem das Springen, interessierten sich aber auch für Dressur. Beide hassten Mathematik. Phil war der Ansicht, zu viele Schwestern zu haben. Stevie erklärte, sie hätte zu viele Brüder. Beide hatten ein Pferd ins Ferienlager mitgebracht. Allerdings gehörte Stevies Pferd der Reitschule von Pine Hollow, während Phil sein eigenes Pferd mithatte, einen braunen Wallach, der Teddy hieß.

Stevie lachte über Phils Scherze. Phil lachte über ihre. Keiner von beiden bemerkte, dass die anderen Jungen fertig gegessen hatten und den Tisch verließen. Sie bemerkten nicht einmal, dass Carole und Lisa kamen, bis Carole schließlich durch mehrmaliges lautes Räuspern auf ihre Anwesenheit aufmerksam machte.

Carole ließ sich neben Stevie auf einen Stuhl fallen. Lisa setzte sich daneben.

„Oh, hallo!“, sagte Stevie und stellte Phil ihre Freundinnen vor. Er lächelte und nickte ihnen zu, aber, wie Stevie feststellte, schenkte er ihr eindeutig das strahlendste Lächeln. Sie erwiderte es.

„Wir haben gleich eine Reitstunde“, sagte Carole.

„Wirklich?“, fragte Stevie. Kaum zu glauben, dass das Mittagessen schon vorbei war. Schließlich hatte sie sich doch erst vor ein paar Minuten an diesen Tisch gesetzt, oder etwa nicht? Sie schaute auf ihre Uhr. Es war fast eine Dreiviertelstunde vergangen.

„Reitest du in derselben Gruppe wie wir?“, fragte Stevie Phil, obwohl sie noch nicht einmal wusste, für welche Reitstunde sie selbst eingeteilt war.

Es stellte sich jedoch heraus, dass Phil eine Springstunde hatte. Die Mädchen würden Dressurunterricht erhalten, was bedeutete, dass sie sich eine lange Zeit nicht sehen konnten – zumindest nicht bis zum Abendessen, und bis dahin waren es noch fünf endlos lange Stunden.

„Komm jetzt!“, befahl Carole und zupfte an Stevies Ärmel. „Wir müssen unsere Reitsachen anziehen, zum

Stall gehen, unsere Pferde satteln und wer weiß was noch alles, und das alles in einer Viertelstunde."

„Carole hat Recht", sagte Lisa. „Und Phil muss sich ja auch noch fertig machen. Wir sollten uns alle etwas beeilen."

„Okay", sagte Phil und stand auf. „Ich hoffe, beim Abendessen ist neben dir ein Seato libro", sagte er zu Stevie. „Und natürlich auch neben euch", fügte er dann höflich hinzu, um Carole und Lisa nicht auszuschließen. Dann machte er sich in einem gemächlichen Zuckeltrab auf den Weg zu seiner Hütte.

Stevie war sehr merkwürdig zumute. Es war komisch, aber auch sehr angenehm. In ihrem Magen schienen Schmetterlinge herumzuflattern, und ihre Knie waren weich.

„Ich fühle mich ganz schwach", sagte sie.

Carole und Lisa warfen sich einen bedeutungsvollen Blick zu.

„Bist du noch dasselbe Mädchen, das uns vor einer Stunde einen Vortrag darüber gehalten hat, dass Jungen, die reiten, alle Blödmänner sind?", stichelte Lisa und lachte über ihre Freundin.

„Ich finde, es ist Zeit, dass wir uns auf die Pferde konzentrieren", stellte Carole fest. „Deswegen sind wir schließlich hier, oder etwa nicht?"

„Du vielleicht", sagte Stevie und seufzte zufrieden.

Carole brauchte einen Augenblick, um zu merken, dass Stevie einen Scherz gemacht hatte.

Lisa schaute auf die Uhr. „Zwölf Minuten“, verkündete sie, und sie mussten sich doch noch umziehen. Die drei rannten zu ihrer Hütte.

Lisa war ein wenig aufgeregt vor ihrer ersten Reitstunde im Ferienlager. Sie hatte bisher ausschließlich von Max Regnery Reitunterricht erhalten und wusste nicht, was sie hier erwartete. Sie war nur froh, dass ihre beiden besten Freundinnen bei ihr waren. Sie stieg auf ihr Schulpferd, einen braunen Wallach mit dem Namen Major, und ritt mit ihm zum Reitplatz.

Barry ließ alle Reiter einen großen Zirkel bilden. Dann bat er sie, sich und ihre Pferde vorzustellen und etwas über ihre bisherigen Reiterfahrungen zu erzählen. Lisa konnte kaum glauben, was die anderen Reitschüler von sich gaben. Schleifen, Pokale, Meisterschaften – waren denn überhaupt keine Reiter mit wenig Erfahrung darunter? Sie schluckte unbehaglich.

„Und du?“, fragte Barry und zeigte auf sie.

Lisa hatte in der Schule einen Kurs im freien Sprechen belegt und ihn mit einer Eins abgeschlossen. Doch dieser Kurs hatte sie nicht darauf vorbereitet, einem Haufen von Fremden zu gestehen, dass sie noch keine Pokale gewonnen hatte. Sie hatte keine Ahnung, wie sie anfangen sollte, also räusperte sie sich, um Zeit zu gewinnen.

„Also, mein Name ist Lisa Atwood. Ich reite ein Pferd, das, äh, Major heißt. Ich komme aus Willow Creek in Virginia und reite erst seit ein paar Monaten." Sie schaute starr auf den Boden.

„Irgendwelche Schleifen oder Pokale, von denen du uns erzählen möchtest?", fragte Barry.

„Pokale?", wiederholte Lisa, als hätte sie das Wort nie zuvor gehört. Barry nickte ihr aufmunternd zu. „Na ja, vielleicht. Oh, einmal hat meine Mannschaft ein Reiterspiel gewonnen. Zählt das auch?"

Ein paar der Reiter kicherten. Lisa wäre am liebsten im Boden versunken.

„Ich glaube, du verschweigst uns etwas, Lisa", sagte Barry. „Ich habe mit Max Regnery gesprochen, und er sagt, du wärst eine besonders vielversprechende Schülerin. Er erwartet Großes von dir. Du hast bis jetzt vielleicht noch keine Schleifen, aber sie werden nicht mehr lange auf sich warten lassen." Lisa wurde knallrot.

Einige der anderen Reiter starrten sie immer noch an, aber das machte ihr jetzt nicht mehr so viel aus. Vielleicht hatte sie noch nicht so viel Erfahrung wie die meisten anderen, aber sie war begabt. Sie wünschte nur, dass sie sich ihre Begabung in einem Schleifenkasten an die

Wand hängen könnte. Als Nächste stellte Carole sich und ihr Pferd Basil vor. Sie ritt schon so lange, dass die anderen Reiter sie auch ohne Barrys Unterstützung akzeptierten.

Nach ihr war Stevie an der Reihe. Lisa brauchte nur einen Blick auf Stevie zu werfen, und sie wusste, dass es Schwierigkeiten geben würde. Stevie hatte ganz offensichtlich kein Wort von dem gehört, was die anderen gesagt hatten. Ihr verträumter, geistesabwesender Blick konnte nur eines bedeuten: Sie war verliebt.

„He, du!“, rief Barry und wedelte mit den Armen, um Stevies Aufmerksamkeit zu erregen. Es funktionierte nicht. Carole streckte den Arm aus, um sie zu kneifen. Doch Stevie wischte ihre Hand gedankenverloren beiseite.

„Stevie!“, zischte Carole. „Du bist dran! Stell dich und Topside vor!“

Stevie schreckte aus ihren Träumen hoch. Sie hatte nichts mitbekommen, und nun hatte sie keine Ahnung, was sie sagen sollte.

„Huste“, flüsterte Carole und lehnte sich zu Stevie hinüber, als wollte sie ihr helfen. „Huste so stark du kannst.“

Stevie gehorchte augenblicklich. Sie keuchte so überzeugend, dass es sich anhörte, als würde sie ersticken.

Carole klopfte ihr auf den Rücken, damit es so aussah,

als wollte sie ihrer Freundin durch einen schlimmen Hustenanfall hindurchhelfen. „Das ist meine Freundin Stevie Lake“, sagte sie. „Sie reitet in Pine Hollow, genau wie Lisa und ich. Sie hat mit acht Jahren angefangen zu reiten, hat an vielen kleineren Turnieren teilgenommen und hat einen ganzen Schrank voller Schleifen. Sie hat auch einen Pokal, aber er ist ziemlich verstaubt, also stammt er vielleicht aus ihrer ersten Reiterprüfung – auf jeden Fall ist er ihr nicht wichtig. Sie reitet Topside, der früher Dorothy DeSoto gehörte. Sie hat ihn an Pine Hollow verkauft, als sie den Turniersport aufgab. Geht es dir jetzt wieder gut, Stevie?“, fragte Carole zuckersüß, denn Stevies „Anfall“ schien vorüber zu sein.

„Ja, alles in Ordnung, Carole. Danke der Nachfrage.“

„Bist du wirklich völlig in Ordnung?“, fragte Carole bedeutungsvoll.

„Ich glaube schon“, antwortete Stevie. „Vielen Dank für deine Hilfe.“

Was immer Stevie im Kopf herumgehen mochte, zwei Dinge waren jedenfalls sicher: Stevie hatte ihre Lektion über Träumen in der Reitstunde gelernt, und Carole war eine wirkliche Freundin und hatte schnell geschaltet!

4

Nach der Reitstunde saß Lisa ab und führte Major in die Scheune, denn dort hatte sie die Möglichkeit, ihn beidseitig anzubinden.

Manche Pferde hatten nämlich die Angewohnheit, nicht still zu stehen, wenn man sich mit ihnen beschäftigte, und um ihre Bewegungen möglichst einzuschränken, war es eine gute Idee, auf beiden Seiten des Halfters eine Führleine einzuhaken. Bisher war sie mit Major gut zurechtgekommen. Er war gut erzogen, worüber sie sehr froh war.

In der Scheune waren zwar einige Pferdepfleger, die Major für sie hätten absatteln können, doch Lisa wollte die Gelegenheit nutzen, sich selbst um ihn zu kümmern und ihn dabei besser kennenzulernen. Und es gab keine bessere Methode, ein Pferd kennenzulernen, als es zu versorgen.

Debbie stand neben ihr und sattelte ihr Pferd ab. Lisa nutzte die Gelegenheit und versuchte, mit ihr ins Gespräch zu kommen.

„Barry ist ein wirklich guter Lehrer, findest du nicht auch?“, fragte sie und nahm Major die Trense ab.

„Er ist streng, falls du das meinst“, antwortete Debbie. „Manchmal finde ich ihn allerdings zu streng. Schließlich kann man sich nicht alles auf einmal merken.“

„Das sieht Max aber ganz anders“, sagte Lisa. „Unser Reitlehrer zu Hause besteht darauf, dass wir alles auf einmal richtig machen. Zumindest tut er es. Einmal hat er mich auf acht meiner Fehler gleichzeitig hingewiesen!“

Debbie bedachte sie mit einem mitleidigen Blick. Wahrscheinlich war sie der Ansicht, dass jemand, der so viele Fehler auf einmal machte, unwürdig war, mit ihr in derselben Gruppe zu reiten. Daraufhin beschloss Lisa spontan, dass sie mit jemandem, der so über sie dachte, nichts zu tun haben wollte. Sie richtete ihre volle Aufmerksamkeit wieder auf Major, der gründlich geputzt werden musste.

Lisa stellte fest, dass das Striegeln eines Pferdes die beste Beschäftigung war, wenn man sich geärgert hatte. Je ärgerlicher man war, desto stärker drückte man den Striegel auf die Haut, und desto besser gefiel es dem Pferd. Lisa merkte, dass Major die kräftige Massage genoss. Als sie ihn fertig geputzt hatte, war sein Fell glatt und sauber. Jetzt durfte er zur Tränke gehen.

Lisa führte ihn zum Wassertrog, der auf der an die Scheune angrenzenden Weide stand. Fred, der Pferdepfleger, stand ebenfalls dort, hielt die Führleinen von drei Pferden gleichzeitig in der Hand und achtete auf keines von ihnen. Es war ein warmer Tag, und die Tiere waren vom Reiten immer noch erhitzt. Sie hatten sich auf das Wasser gestürzt und hörten gar nicht wieder auf zu trinken. Doch erhitzte Pferde, die zu viel Wasser bekamen, konnten eine gefährliche Kolik bekommen.

Lisa war unsicher, was sie tun sollte. Sie wusste zwar, dass Fred einen Fehler machte, aber wie sollte sie es ihm sagen?

„Haben die drei denn nicht genug?", fragte sie deshalb vorsichtig.

„Anscheinend nicht", antwortete Fred. „Sie trinken ja noch."

Natürlich tranken sie noch, aber das war nicht der Punkt. Lisa wollte sich eigentlich nicht mit Fred anlegen, aber wenn das der einzige Weg war, die Pferde zu schützen, würde sie es tun. Doch zum Glück tauchte Betty, die Stallmeisterin, auf und sprach ein Machtwort.

„Fred, diese drei haben fürs Erste genug Wasser! Bring sie auf die Koppel, und hol dann einen neuen Heuballen vom Boden." Fred zog mit einem Ruck an den Führleinen der drei Pferde und führte sie dann auf die Koppel. Lisa gefiel es überhaupt nicht, wie er die Tiere vom Wasser weggerissen hatte, aber zumindest war es nicht gefährlich für sie.

Betty schüttelte den Kopf. „Er ist neu hier“, vertraute sie Lisa an. „Er ist der Sohn eines Freundes von Barry und soll angeblich mit Pferden umgehen können, aber das war wohl nichts. Er ist eher eine Belastung für uns als eine Hilfe.“

Immer noch vor sich hin murmelnd, ging Betty zurück in die Scheune, um einem Reiter zu helfen, der es nicht schaffte, bei seinem Pferd den Sattelgurt zu lösen.

Eines war auf jeden Fall sicher: Stevie hatte absolut Recht mit ihrer Einschätzung der Pferdepfleger, zumindest in einem Fall. Die beste Methode, um sicherzustellen, dass es den Pferden gut ging, war, sie selbst zu versorgen.

Sie klopfte Majors Hals und führte ihn auf die Koppel, auf der er bleiben sollte, bis sie ihm sein Heu bringen konnte.

Einige Minuten später erschien Fred mit einem großen Heuballen auf einer Schubkarre. Er kippte den Ballen auf den Boden der Scheune, kniff den Draht durch, der den Ballen zusammenhielt, und begann, einzelne Portionen für die Pferde abzuteilen.

Lisa nahm sich eine Portion für Major. Sie fand, dass es nichts gab, das so schön duftete wie frisches Heu. Sie schnupperte daran. Doch irgendetwas stimmte nicht. Das Heu roch zwar nicht verdorben, aber doch nicht so, wie es sollte. Es roch irgendwie merkwürdig.

In diesem Augenblick brachte Carole ihr Pferd auf die Koppel. „Was ist denn?“, fragte sie, als sie Lisas Gesicht sah.

„Ich weiß nicht“, antwortete Lisa, „aber das Heu riecht ganz merkwürdig.“ Sie hielt es Carole hin.

Carole befühlte das Heu und rieb es zwischen den Fingern. Dann schnupperte sie zuerst an ein paar Halmen und dann an dem ganzen Büschel.

„Es ist verschimmelt“, stellte sie fest. „Ich hoffe nur, dass noch kein Pferd davon gefressen hat.“

„Nein, Fred hat den Heuballen gerade erst vom Boden geholt. Er ist …“

Lisa konnte nicht ausreden. Wenn es um das Wohlergehen von Pferden ging, verlor Carole keine Minute.

„Betty!“, rief Carole und rannte zu ihr hinüber, um ihr das Heu zu zeigen.

In aller Eile sammelte Betty das Heu ein, das Fred bereits verteilt hatte, und warf es ein gutes Stück von der Scheune entfernt auf einen großen Haufen. Verdorbenes Heu machte nicht nur die Pferde krank, es konnte sich ja auch selbst entzünden. Betty wollte kein Risiko eingehen.

Sie ließ Fred einen neuen Ballen holen und untersuchte ihn zusammen mit den Mädchen. Er war in Ordnung. Fred schnitt ihn auf, und jedes der Mädchen nahm sich eine Portion für sein Pferd. Sie mussten sich beeilen.

Der theoretische Unterricht fing in fünf Minuten an, und vor dem Abendessen sollte noch ein Lehrfilm gezeigt werden.

In Moose Hill hatte man zwar Probleme mit einem Pferdepfleger, aber die Reitausbildung wurde sehr ernst genommen, und die Mädchen würden erst nach dem Abendessen Freizeit haben.

Sie rannten über den Rasen zum Gemeinschaftsraum, in dem der theoretische Unterricht stattfinden sollte.

„Sattelclub-Treffen nach dem Essen", sagte Carole. „Wir müssen über vieles reden!"

Lisa und Stevie konnten ihr nur zustimmen.

„Wo wollen wir uns treffen?", fragte Lisa.

„Wie wäre es am See?", schlug Stevie vor. „In der Nähe unserer Hütte ist eine Lichtung dicht am Ufer."

Die Mädchen entschieden sich für diesen Platz. Wasser, Sterne und Mondschein würden ein stilvoller Hintergrund für das Sattelclub-Treffen sein.

„AUTSCH!" Klatsch! „Erwischt", sagte Stevie. „Und wieder ist eine von diesen widerlichen Mücken vor ihren Schöpfer getreten. Aber hier ist schon eine neue, die ihren Platz einnehmen will."

Das Seeufer war jetzt am Abend wirklich schön, doch

leider schien eine Million Mücken derselben Ansicht zu sein.

Carole ignorierte Stevies Hasstirade gegen den gesamten Insektenbestand von West-Virginia. „Diese Mädchen sind wirklich die Pest – sie tun so, als wären sie zu gut, um mit gewöhnlichen Sterblichen zusammen zu reiten!“

Lisa erzählte den anderen von Debbies Reaktion auf ihre Bemerkung über Max.

„Und die Jungs sind genauso beschränkt“, fügte sie hinzu.

„Aber nicht alle“, sagte Stevie. Die anderen brauchten nicht zu fragen, an wen sie dabei dachte.

„Aber es sind auch nicht alle Mädchen so eingebildet“, gab Lisa zu. „Nora zum Beispiel ist wirklich nett. Und diese Lily, die den Grauen reitet, scheint auch ganz in Ordnung zu sein.“

„Zugegeben, einige von ihnen sind ganz in Ordnung. Wahrscheinlich sogar die meisten von ihnen“, bestätigte Carole. „Aber diese eingebildeten Ziegen sind wirklich unglaublich. Sie sind überzeugt, dass sie beim Turnier nächste Woche alle Schleifen gewinnen, nur weil sie sie schon einmal gewonnen haben. Sie bilden sich ein, sie hätten sie verdient! Wie ich diese Überheblichkeit hasse!“

„Mir geht es genauso“, sagte Lisa, „und wahrscheinlich auch jedem anderen. Aber was sollen wir tun?“ Sie erschlug eine weitere Mücke. „Wir können sie doch nicht ändern."

„Warum nicht?", wollte Carole wissen. „Warum sollten wir nicht versuchen, sie zu ändern?"

„Ooooh, seht nur", unterbrach Stevie sie und zeigte mit dem Arm über den See. Jenseits des Sees ging die Sonne unter. Über den Bäumen zeigte der Himmel eine atemberaubende Farbzusammenstellung aus orangefarbenen, gelben und rosa Tönen, und das Ganze spiegelte sich auf der glatten Wasseroberfläche.

„Wunderschön", stellte Lisa fest.

„Ja, so romantisch", sagte Stevie verträumt.

Normalerweise war Stevie die Letzte, die verträumt herumsaß. Carole vermutete auch, dass Stevie noch nie zuvor die Schönheit eines Sonnenuntergangs zur Kenntnis genommen hatte, doch diesen Gedanken behielt sie vorsichtshalber für sich. Sie warf ein Steinchen ins Wasser. Es verursachte Wellen in der Spiegelung des Sonnenuntergangs. Ein Frosch quakte.

„Oh, wie süß!", sagte Stevie.

Das war zu viel für Carole. „Was, bitte, ist an einem Frosch süß?", knurrte sie gereizt. Allmählich ging ihr diese Schwärmerei von Stevie auf die Nerven. Stevie allerdings war klug genug, darauf nicht zu antworten.

„Also, wie wollen wir etwas ändern?", fragte Lisa und kam damit auf ihr ursprüngliches Thema zurück.

„Das ist doch ganz einfach“, antwortete Carole und strahlte. „Diese Biester bilden sich doch ein, sie würden alle Schleifen gewinnen, oder nicht?“

Lisa und Stevie nickten.

„Aber das werden wir nicht zulassen. Wir werden uns alle Siegerschleifen holen und es ihnen zeigen!“

Ihre Freundinnen grinsten spitzbübisch. Carole fuhr fort: „Der Trick ist, dafür zu sorgen, dass Elsa und Debbie vollkommen von sich überzeugt sind – nicht, dass sie es nicht jetzt schon wären. Wir müssen nur so tun, als wären wir blutige Anfänger. Ihr wisst schon, dumme Fehler machen, damit sie sich uns überlegen fühlen können. Und wenn es dann so weit ist, werden sie ihr blaues Wunder erleben, und wir schnappen uns alle goldenen Schleifen!“

„Was für eine geniale Idee!“ Lisa lachte. „Allerdings wird ihre Durchführung wohl hauptsächlich an euch hängen bleiben – weil ihr schon mehr könnt und auch, weil Stevie Topside reitet. Ich glaube, das ist eine neue Aufgabe für den Sattelclub. Wir werden uns unheimlich anstrengen müssen, und dann fegen wir sie vom Platz!“

„Allerdings“, sagte Stevie mit Nachdruck. „Wir können es schaffen. Ich weiß es!“ Sie erschlug eine weitere Mücke. „Können wir jetzt bitte in die Hütte gehen?“

„Noch nicht“, sagte Lisa. „Es gibt noch ein Problem, falls du es noch nicht weißt: der Pferdepfleger Fred. Ich hörte, wie Betty über ihn schimpfte. Anscheinend ist er neu hier und bildet sich ein, etwas von Pferden zu verstehen, aber er hat keine Ahnung. Also wenn euch etwas an euren Pferden liegt, macht die Arbeit lieber selbst."

Carole stand auf und streckte sich. „Ja, er bringt wirklich nur Ärger. Ich schätze, wir haben alle gehofft, hier Urlaub von der Stallarbeit zu haben, aber wenn Pferde in Gefahr sind, können wir uns keinen Urlaub leisten."

„Schon klar", stimmte Stevie ihr ungeduldig zu und schlug erbittert nach einer Mücke. „Ich glaube, ich werde bei lebendigem Leibe gefressen!"

„Also gut, ich habe für heute auch genug Mücken gemordet. Dein Wunsch sei dir gewährt, Stevie. Gehen wir in die Hütte", sagte Carole und erklärte damit das Treffen für beendet.

„Das wurde auch Zeit", stellte Stevie fest. Sie und Lisa erhoben sich ebenfalls. Die Sonne war inzwischen untergegangen, und es dauerte einen Moment, bis ihre Augen sich an die Dunkelheit im Wald gewöhnt hatten. „Ich glaube, wir müssen hier entlang." Sie kniff die Augen zusammen.

Plötzlich hörten die Mädchen, wie jemand durch die Blätter raschelte. Sie blieben stehen, weil sie nicht wussten, was sie tun sollten.

„Hallo?", rief eine ihnen bekannte Jungenstimme. „Stevie, bist du das?" Es war Phil.

„Ja, ich bin hier mit Lisa und Carole", antwortete sie. Lisa hörte die Aufregung in ihrer Stimme.

Phil kam nahe genug heran, dass sie ihn sehen konnten. „Heute ist so ein schöner Abend. Wie wäre es mit einem Spaziergang?", fragte er. Er sah sie zwar alle drei an, aber Lisa wusste, dass er eigentlich nur Stevie meinte.

Carole allerdings schien es nicht zu merken. „Ach, die Mücken sind einfach unerträglich. Wir gehen in unsere Hütte. Vielleicht ein anderes Mal, okay?"

„Welche Mücken?", wollte Stevie wissen.

Bevor Lisa und Carole es so recht begriffen hatten, waren Stevie und Phil schon auf einem Spaziergang um den See.

„Ist das Liebe?", fragte Carole Lisa auf dem Rückweg zur Hütte. „Wenn man den Verstand verliert?"

„Ich habe keine Ahnung", sagte Lisa und kratzte sich am Arm. „Aber ich bin nur froh, dass ich nicht verliebt bin. Stevie wird sich morgen bestimmt totkratzen!"

5

Wenn jemand Stevie Lake vor vierundzwanzig Stunden vorausgesagt hätte, dass sie freiwillig in einer dunklen Nacht ohne Taschenlampe über die Baumwurzeln und Büsche eines mückenverseuchten Waldes stolpern würde, hätte sie ihn ausgelacht. Doch genau das tat sie zurzeit, ohne dabei auch nur einen Augenblick lang an ihrem Geisteszustand zu zweifeln. Dazu machte es ihr einfach zu viel Spaß.

„Hier können wir uns hinsetzen“, sagte Phil und zeigte auf eine grasbewachsene Kuppe, von der aus sie einen guten Blick auf den dunklen See haben würden. Die beiden setzten sich. Hier konnten sie ungestört miteinander reden.

Stevie war die Unterhaltung mit einem Jungen noch nie so leichtgefallen. Phil schien sie genau zu verstehen, und deshalb redete sie noch mehr als sonst.

Sie erzählte ihm vom Sattelclub und was sie gemeinsam unternommen hatten. Er interessierte sich besonders für ihre Reise auf die Ferienranch von Sara Devine.

Er war auch schon einmal auf einer solchen Ranch gewesen und hatte dort einen wundervollen Urlaub verbracht.

„Manche Leute, die im englischen Stil reiten, verachten die Westernreiter", sagte Stevie. „Aber ich nicht. Ich liebe das Reiten, Punkt. Ich reite englisch, weil dieser Stil bei uns in Virginia unterrichtet wird, aber ich würde auch jeden anderen Stil reiten, denn ich liebe Pferde."

„Dasselbe gilt für mich", sagte Phil. „Aber mir machen die Turniere im englischen Stil besonders viel Spaß, dir nicht auch?"

„Ich bin bisher nur auf wenigen Turnieren geritten. Das heißt, ich kann mir darüber eigentlich kein Urteil erlauben, aber wenn die Einstellung einiger Leute hier für Turnierreiter typisch sein sollte, bin ich gar nicht scharf darauf, mehr Turniererfahrung zu bekommen."

Phil sah sie überrascht an. „Was meinst du damit?"

„Ach, zum Beispiel Leute wie Elsa und Debbie", sagte sie. „Du warst doch im letzten Jahr auch schon hier, nicht wahr? Nach dem zu urteilen, was Nora und ein paar andere erzählt haben, werden diese beiden allen anderen Turnierteilnehmern einen Kampf bis aufs Messer liefern. Für sie gibt es keine netten Regeln wie ‚Tue dein Bestes und lern von den anderen'. Elsa spricht mit niemandem in der Hütte, denn anscheinend glaubt sie, wir gehörten zu einem Spionagering, der es auf das

Geheimnis ihres Erfolgs abgesehen hat. Und Debbie ist überzeugt davon, besser zu sein als wir. Du weißt schon, als wären wir nicht gut genug, die gleiche Luft zu atmen wie sie!“

Phil lachte. „Du hast eine gute Menschenkenntnis“, stellte er fest. „Zumindest hast du diese beiden sofort durchschaut.“

„Sie halten mit ihren Ansichten ja auch nicht gerade hinter dem Berg“, sagte Stevie. „Ich frage mich jedoch, warum Barry die beiden in dieselbe Hütte gesteckt hat – und noch dazu in unsere. Ich glaube, uns stehen zwei grässliche Wochen bevor.“

„Du willst doch nicht etwa abreisen?“, fragte Phil entsetzt. „Ich fände es schrecklich …“

Stevie hatte ein angenehmes, warmes Gefühl, als ihr bewusst wurde, dass Phil wirklich Angst hatte, sie zu verlieren. „Keine Sorge, ich bleibe“, versicherte sie ihm. „Und meine Freundinnen auch. Wir haben etwas vor.“

„Ja? Was denn?“, fragte er neugierig.

Einen Augenblick lang wusste Stevie nicht, was sie sagen sollte. Im Sattelclub war nie über Geheimhaltung gesprochen worden, aber sie war sich doch nicht sicher, ob sie Phil etwas darüber erzählen durfte, was die Clubmitglieder geplant hatten. Sie konnte ihm bestimmt trauen, aber durfte sie es ihm erzählen, ohne ihre Freundinnen vorher gefragt zu haben?

„Ach, es ist eine Art Plan“, sagte sie ausweichend. „Wir arbeiten an einer Methode, Elsa und Debbie – und alle anderen, die genauso eingebildet sind – mit ihren eigenen Waffen zu schlagen. Aber wir befinden uns noch im Planungsstadium.“

„Ach so“, sagte Phil. Stevie hatte das Gefühl, dass er beleidigt war, weil sie ihn nicht eingeweiht hatte.

„Es tut mir wirklich leid, dass ihr diese beiden in eurer Hütte habt“, fuhr Phil fort. „Dadurch bekommt ihr nämlich einen vollkommen falschen Eindruck von diesem Lager. Niemand sonst ist so wie sie – jedenfalls nicht in diesem Ausmaß. Moose Hill ist ein großartiger Ort und Barry ein ausgezeichneter Reitlehrer. Ich habe mich hier im letzten Jahr sehr wohlgefühlt, und ich glaube, dass es mir in diesem Jahr noch besser gefallen wird.“

Stevie sagte dazu lieber nichts, denn sie wusste genau, was er damit meinte. „Erzähl mir von Teddy“, bat sie ihn stattdessen, um das Thema zu wechseln.

Phil hatte Teddy seit drei Jahren. Vorher hatte er ein Pony gehabt, und Teddy war sein erstes großes Pferd. Er hatte Teddy in seiner Reitschule untergestellt, weil die Marstons keine Möglichkeit hatten, ein Pferd am Haus zu halten.

„Für ein eigenes Pferd würde ich alles geben“, sagte Stevie. „Ich würde sogar einen meiner Brüder dagegen eintauschen.“

„Was für ein Opfer!", spottete Phil. „Wenn ich dich richtig verstanden habe, würdest du sie sogar gegen ein Päckchen Kaugummi eintauschen!"

„Das stimmt auch", gab Stevie zu. „Jederzeit, obwohl ich Kaugummi nicht einmal mag."

„Wenn Topside nicht dein Pferd ist, wem gehört er dann?", fragte Phil.

Stevie erzählte ihm, dass Max das Pferd von Dorothy DeSoto gekauft hatte, die wegen einer Rückenverletzung den Turniersport hatte aufgeben müssen.

„Er ist Dorothy DeSotos Pferd? Du meinst die Dorothy DeSoto?" Stevie nickte. „Ich bin beeindruckt", sagte Phil. „Mit einem Pferd wie ihm wirst du wahrscheinlich alle Schleifen bei unserem Turnier abräumen."

„Willst du damit etwa andeuten, dass ich nicht in der Lage wäre, es auch allein zu schaffen? Dass ich ein Meisterschaftspferd dazu brauche?" Stevie ärgerte sich ein wenig über seinen Ton. Sie überlegte, ob er wohl Recht damit hatte, dass Debbie und Elsa die beiden einzigen überehrgeizigen Leute im Ferienlager waren.

„Aber das meinte ich doch gar nicht so", sagte Phil schnell. „Ich meinte nur, dass eine gute Reiterin wie du auf einem so erfahrenen Pferd wie Topside … nun, ihr könntet unschlagbar sein."

„Das haben wir auch vor", sagte Stevie. Er lächelte.

Darauf folgte ein langes Schweigen. Das Einzige, was

Stevie hörte, war das leise Plätschern des Wassers und das gelegentliche Summen einer Mücke. Stevie zog die Beine an und legte die Arme um die Knie.

„Ist dir kalt?“, fragte Phil. „Du kannst meinen Pullover haben.“

„Nein, es geht schon.“

„Du siehst aber aus, als wäre dir kalt“, stellte Phil fest und zog seinen Pullover aus. Er legte ihn ihr über die Schultern und ließ seinen Arm auch gleich dort – natürlich nur wegen der zusätzlichen Wärme.

„Danke, Phil“, sagte sie. „Ich glaube, mir war wirklich etwas kühl. Ich habe es nur nicht gleich gemerkt.“

„Gern geschehen“, erwiderte er. Dann griff er mit der anderen Hand nach Stevies Kinn und drehte ihr Gesicht zu seinem.

Stevie war wie vom Donner gerührt. Ihre Gedanken rasten, und ihr Herz klopfte wie wild. Phil wollte sie küssen! Aber sie war noch nie von einem Jungen geküsst worden! Was sollte sie bloß tun? Die Augen schließen? Öffnen? Wegsehen? Nach oben schauen? Oder einfach wegrennen?

Im schwachen Abendlicht konnte sie sehen, dass Phil sie anlächelte. War er genauso verwirrt wie sie? Er machte nicht den Eindruck. Vielleicht konnte er all ihre Gedanken lesen und lachte sie nun aus? Eine schreckliche Vorstellung.

„Es wird Spaß machen, mit dir zu reiten“, sagte Phil und unterbrach damit das Schweigen. „Ich glaube, ich werde es sogar genießen, dich beim Turnier zu schlagen“, neckte er sie.

Dann zögerte er. Stevie schluckte … und in diesem Augenblick hörten sie ein Geräusch. Jemand klopfte auf das eingeschaltete Mikrofon an der Lautsprecheranlage. Das bedeutete, dass alle Gäste in ihren Betten zu sein hatten und zwar bei ausgeschaltetem Licht.

„Oh Mann, jetzt müssen wir rennen!“, sagte Phil und sprang auf. „Barry versteht keinen Spaß, wenn es um den Zapfenstreich geht!“

Auch Stevie erhob sich, und Phil nahm ihre Hand, um ihr den Rückweg zu den Hütten zu zeigen. Er schien sich gut auszukennen, obwohl es so dunkel war. Nur ein paar Minuten später standen sie vor Stevies Hütte.

„Wir sehen uns morgen“, flüsterte er und winkte ihr zu.

„Ja“, antwortete sie ebenfalls im Flüsterton.

Stevie hatte sich kaum zur Hütte umgedreht, als sie auch schon Lisa und Carole entdeckte, die an der Fliegengittertür auf sie warteten.

„Los, komm schnell!“, zischte Lisa. „Nora sagt, in ungefähr zwei Minuten kommt jemand, um zu kontrollieren, ob alle in ihren Betten sind!“

Stevie schoss die Eingangsstufen hinauf. Sie riss sich

die Turnschuhe von den Füßen. Sie hatte keine Zeit mehr, einen Schlafanzug anzuziehen, bevor die Aufsicht kam, also sprang sie angezogen ins Bett und zog sich die Decke bis ans Kinn.

Nur einen Augenblick später ging die Tür auf, und Betty kam herein. Stevie blinzelte sie verschlafen an. Betty warf einen prüfenden Blick durch den Raum, vergewisserte sich, dass in jedem Bett jemand lag, und wandte sich dann zum Gehen.

„Gute Nacht, Mädchen. Und träumt etwas Schönes“, sagte Betty.

Etwas Schönes?, dachte Stevie. Sie trug immer noch Phils warmen Pullover und kuschelte sich behaglich hinein. Dann berührte sie ihr Kinn an der Stelle, an der Phil es angefasst hatte. Wahrhaftig ein schöner Traum!

6

Ihre schwierigste Stunde hatten die Sattelclub-Mitglieder am nächsten Tag nach dem Mittagessen, denn da fand die einzige Reitstunde des Tages statt, bei der sie mit Debbie und Elsa in einer Gruppe waren. Es war die Stunde, in der sie die beiden davon überzeugen mussten, dass sie vom Reiten keine Ahnung hatten.

„Stevie, was ist los mit dir?“, fragte Barry gereizt. „Du weißt genauso gut, auf welchem Fuß du leichttraben musst, wie du deinen eigenen Namen weißt!“

„Aber vielleicht könntest du es mir noch einmal erklären“, bettelte Stevie sehr überzeugend.

Debbie und Elsa lächelten höhnisch.

Lisa und Carole taten dasselbe, doch aus einem anderen Grund. Stevie leistete großartige Arbeit.

Alle Schüler hörten geduldig zu, während Barry Stevie das Leichttraben erklärte. „Der Trab ist eine Bewegung im Zweitakt, bei der das Pferd die diagonal gegenüberliegenden Beine gleichzeitig bewegt. Der Reiter soll sich im Takt dieser Bewegung im Sattel erheben und wieder hinsetzen. Wenn das Pferd aber die Richtung – oder die Hand, wie die Reiter sagen – wechselt, muss der Reiter umsitzen. Dazu bleibt er zwei Takte lang sitzen und erhebt sich erst dann wieder. Für Anfänger ist das immer etwas schwierig, doch erfahrene Reiter machen es automatisch, ohne nachzudenken." Stevie war natürlich eine erfahrene Reiterin, doch sie führte sich auf wie die blutigste Anfängerin.

Elsa und Debbie grinsten hämisch. Die Sattelclub-Mädchen wussten, je ungeschickter sie sich anstellten, desto fester würden Elsa und Debbie mit ihrem Sieg beim Turnier rechnen. Ihr Plan funktionierte. Der Vormittagsunterricht war leichter zu überstehen. Die Mädchen hatten im Laufe des Vormittags zwei Reitstunden ohne Elsa und Debbie, in denen sie ihr Bestes geben konnten.

Die erste Stunde des Tages war eine Springstunde. Stevie und Carole sprangen schon seit längerer Zeit und konnten es schon recht gut. Lisa aber war noch nie absichtlich mit einem Pferd über ein Hindernis gesprungen. Einmal allerdings hatte sie vor einem wild gewordenen Bullen fliehen müssen und war dabei über einen ein Meter hohen Zaun gesprungen. Max hätte vermutlich einen Wutanfall bekommen, wenn er gewusst hätte, dass sie über die Bullenweide geritten waren, und er wäre vollkommen ausgerastet, wenn er dann noch erfahren hätte, auf welchem Weg sie die Weide wieder verlassen hatten. Also hatten die Mädchen es ihm nie erzählt und sich gegenseitige Verschwiegenheit geschworen. Dass Lisa bei ihrem ersten Sprung oben geblieben war, bedeutete nicht, dass sie nun springen konnte, sondern nur, dass sie Glück gehabt hatte.

Während Stevie und Carole eifrig mithilfe verschieden hoher Hindernisse an ihrem Springstil arbeiteten, trainierte Lisa mit Cavalettis. Dabei handelt es sich um auf dem Boden liegende Stangen, die Major an ein gleichmäßiges Tempo und an Hindernisse gewöhnen sollten. Lisa vermutete allerdings, dass Major schon jetzt wesentlich mehr vom Springen verstand als sie selbst. Aber das machte nichts. Sie lernte so schnell, dass sie sich bestimmt auch bald an richtigen Hindernissen versuchen durfte.

Am dritten Tag der Cavalettiarbeit fand Lisa heraus, dass es das Wichtigste war, die Länge von Majors Galoppsprüngen zu bestimmen, und dass sie lernte, wie groß seine Galoppsprünge in den verschiedenen Geschwindigkeiten waren.

„Mir macht diese Vorarbeit für das Springen unheimlich viel Spaß“, erklärte Lisa ihren Freundinnen beim Putzen des Sattelzeugs.

„Warte nur ab, bis du erst wirklich springen darfst“, sagte Carole. „Es ist unvergleichlich. Springen ist eine ganz neue Erfahrung, bei der man das Gefühl hat, mit seinem Pferd eins zu werden. Findest du nicht auch, Stevie?"

„Oh ja", antwortete Stevie. „Phil und ich mögen das Springen!"

Lisa und Carole warfen sich bedeutungsvolle Blicke zu. Sie hatten sich allmählich daran gewöhnt, dass es bei Stevie nur noch „Phil und ich" hieß. Seit Stevie einen Freund hatte, schien sie keine eigenständige Person mehr zu sein, sondern nur noch ein Teil eines Paares. Es hieß ständig „Phil und ich" oder „Phil sagt" oder etwas anderes in dieser Art. Carole und Lisa mochten Phil zwar, aber Stevie übertrieb ihr „Wir"-Gefühl doch ein wenig.

„Haben Phil und du jetzt diesen Sattel fertig geputzt?", fragte Carole unschuldig.

Den Witz hätte sie sich sparen können. „Phil?", fragte Stevie. „Ist er hier?" Sie sah sich suchend um.

„Nein, er ist nicht hier", sagte Lisa. „Aber du sprichst so viel von ihm, dass es uns fast vorkommt, als wäre er hier."

„Oh", sagte Stevie und wurde rot. Lisa hatte bisher immer angenommen, dass Stevie niemals rot werden würde, aber in den letzten Tagen war Rot beinahe ihre normale Gesichtsfarbe.

„Meinst du, das ist heilbar?", fragte Lisa Carole, nachdem Stevie weggegangen war, um Topsides frisch geputztes Sattelzeug wegzuräumen. Da sie Phil auf dem Weg zur Sattelkammer gesehen hatten, rechneten sie nicht damit, die beiden vor dem Mittagessen wieder zu sehen, und dann würden sie sie wahrscheinlich wieder mit Sätzen bombardieren, die allesamt anfingen mit „Phil und ich“ oder „Stevie und ich“.

Es war merkwürdig, zuzusehen, wie sich ein so selbstständiger Mensch wie Stevie so sehr von einem anderen abhängig machte.

„Ich weiß es nicht“, antwortete Carole. „Aber ich kann mir eigentlich nicht vorstellen, dass Stevie den Rest ihres Lebens so verträumt bleiben wird.“

„Da hast du natürlich Recht“, sagte Lisa und polierte Majors Sattel. „Die gute alte Stevie ist immer noch da, unter all dem Phil-und-ich-Getue und dem ständigen Erröten. Sie wird irgendwann wieder auftauchen. Vielleicht werden wir uns dann die verträumte Stevie zurückwünschen.“

„Ich ganz bestimmt nicht“, widersprach Carole heftig. „Heute Morgen im Unterricht musste Barry sie dreimal aufrufen. Sie war so damit beschäftigt, Phils Zügel zu entwirren, dass sie nichts anderes sah und hörte!“

Lisa lachte. „Hör bloß auf! Ich werde jetzt den Sattel wegräumen und dann noch einmal nach Major sehen. Er hatte heute Morgen einen Stein im Huf, und ich will nachschauen, ob ihm die Stelle noch wehtut. Wir sehen uns dann beim Mittagessen." Sie ging zur Sattelkammer hinüber.

Irgendjemand hatte einen Sattel auf den Sattelhalter von Major gelegt.

Lisa wusste zwar nicht, wem dieser Sattel gehörte, aber sie wusste genau, wer diesen Fehler gemacht hatte. Das war ganz sicher Fred.

Mehrere andere Sattelhalter waren nicht belegt. Sie legte den fremden Sattel auf einen der freien Halter und räumte Majors Sachen ordentlich weg. Sie schaute sich um. Einige andere Sättel hingen gefährlich schief auf ihren Haltern. Lisa rückte sie gerade und runzelte die Stirn über Freds Gedankenlosigkeit.

Major war in seiner Box in der hinteren Hälfte der Scheune. Sie wollte kein Risiko eingehen, solange sie nicht sicher war, dass sein Huf in Ordnung war. In der Regel verschwand der Schmerz sofort, sobald man einen in den Huf eingetretenen Stein entfernt hatte, doch es kam gelegentlich vor, dass das Pferd auch weiterhin lahmte.

Lisa hakte eine Führleine in Majors Halfter ein und holte ihn aus der Box. Sie führte ihn durch die Scheune. Er schien in Ordnung zu sein, wie sie es erwartet hatte, also brachte sie ihn wieder in seine Box und verschloss die Tür.

Caroles Pferd Basil hatte die Box neben Major. Lisa sah auch nach ihm. Es ging ihm gut. Doch mit dem Pferd neben Basil stimmte etwas nicht. Es war Alamo, Noras Pferd.

Lisa wusste, dass Noras Reitstunde schon seit mehr als einer Stunde vorüber war, doch ihr Pferd war noch gesattelt und aufgetrenst. Nora würde ihn frühestens in einer Stunde wieder brauchen; es gab also keinen Grund, ihn aufgezäumt und gesattelt im Stall stehen zu lassen, denn eigentlich sollten sich die Pferde in dieser Zeit erholen. Wieder einmal Fred!

Lisa überlegte, ob Alamo vielleicht noch einmal geritten werden sollte und deshalb absichtlich noch gesattelt war. Doch als sie Nora das letzte Mal gesehen hatte, war sie gerade abgesessen, hatte Fred die Zügel in die Hand gedrückt und verkündet, vor dem Mittagessen noch schwimmen gehen zu wollen. Oh nein, dahinter steckte bestimmt keine Absicht – nur Faulheit.

Lisa tat, was zu tun war. Sie holte Alamo aus der Box, sattelte ihn ab, brachte ihn wieder zurück und trug Sattel und Zaumzeug in die Sattelkammer.

Nachdem sie die Sachen weggeräumt hatte, suchte sie Betty in ihrem Büro auf. Lisa hasste Petzer, doch hier ging es um das Wohlergehen der Pferde. Sie erzählte

Betty von der Unordnung in der Sattelkammer und von Alamo.

Betty sagte nicht viel außer „Hm“, doch ihre Lippen waren zu einem dünnen Strich zusammengekniffen, und sie sah verärgert aus.

„Danke“, sagte sie, und Lisa war entlassen.

Lisa wusste nicht genau, was Betty dachte. Vielleicht konnte sie Petzer ebenfalls nicht ausstehen. Aber was hätte sie anderes tun sollen – in einem Stall kamen die Pferde nun einmal zuerst!

Bereits am vierten Tag fühlten sich die Mädchen im Ferienlager so wohl, dass sie das Gefühl hatten, schon immer dort gewesen zu sein. Stevie und Carole wurden immer besser darin, schlecht zu sein, und Lisa wurde besser darin, gut zu werden, und alle drei hatten eine wundervolle Zeit. Lisa und Carole liebten vor allem die Springstunden und Stevie alle Stunden, in denen Phil in ihrer Gruppe war, doch die drei waren alle der Ansicht, dass die frühmorgendlichen Ausritte der beste Teil des Tages waren. Mitreiten konnte jeder, der Lust dazu hatte. Wer nicht mitwollte, sollte die Zeit nutzen, sein Pferd auf dem Reitplatz zu trainieren. Die Ausritte fanden vor dem Frühstück statt, kurz nachdem die Sonne aufgegangen war und der Morgentau noch auf den Wiesen lag. Es waren ungezwungene, fröhliche Ritte, bei denen die Teilnehmer nicht ständig ermahnt wurden, die Fersen tief zu halten, die Schultern zurückzunehmen oder den Kopf hochzuhalten. Diese Ausritte sollten einfach nur Spaß machen – und genau das taten sie!

„Antraben und dann angaloppieren!“, rief Ellen, die an der Spitze ritt. Die Pferde wurden schon beim Klang ihrer Stimme munter und waren bereit, ihren Anweisungen zu folgen.

Max sagte seinen Reitern zwar immer, dass Pferde die menschliche Stimme nicht verstehen können und dass sie über Gewichts-, Zügel- und Schenkelhilfen mit ihnen sprechen müssten. Lisa hatte allerdings den Eindruck, dass das nicht ganz stimmte. Die meisten Pferde, die sie bisher geritten hatte, kannten die Namen der verschiedenen Gangarten. Sobald Ellen das Wort „Trab“ aussprach, trabte Major auch schon, und kurz darauf galoppierte er an.

Das Galoppieren war einfach traumhaft. Major wiegte sie vor und zurück wie ein Schaukelpferd. Der Galopp war zwar wesentlich schneller als der Trab, doch er war weicher.

Lisa fühlte sich im Galopp sicherer. Major schien ihre Begeisterung zu spüren und legte an Tempo noch etwas zu, was seinen Galopp noch weicher werden ließ. Lisa konnte es nicht verhindern: Sie strahlte über das ganze Gesicht.

Ellen hob die rechte Hand, und die Reiter parierten ihre Pferde erst zum Trab und dann zum Schritt durch. Carole ritt neben Lisa.

„Es ist traumhaft, nicht wahr?“, fragte Carole.

Lisa nickte.

„Genau darum geht es beim Reiten. Ich meine nicht das Galoppieren. Man kann ja nicht immer galoppieren. Was ich meine, ist …“

„Ich weiß“, unterbrach Lisa. „Beim Reiten geht es um den Spaß, und das hier macht mehr Spaß als alles andere, stimmt's?“

Carole lächelte ihre Freundin an.

Beim Mittagessen an diesem Tag musste Lisa feststellen, dass ihr weitere freudige Ereignisse bevorstanden.

„Darf ich um eure Aufmerksamkeit bitten“, sagte Barry, während seine Schüler ihren Thunfischsalat vertilgten.

„Oh, jetzt kommt die Überraschung“, sagte Phil und lehnte sich zu Stevie und ihren Freundinnen hinüber, um es ihnen zu erklären. „Barry denkt sich zum Ende der ersten Woche im Ferienlager immer etwas Besonderes für uns aus. Im letzten Jahr durften wir in einem nahe gelegenen Stall Military-Reitern beim Training zusehen. Es wäre toll …“

„Und dieses Jahr habe ich etwas ganz anderes geplant“, sagte Barry. „Wir werden morgen nach dem Frühstück zu einem Zweitagesritt aufbrechen und kommen übermorgen Nachmittag zurück. Bitte sorgt dafür, dass eure Pferde richtig ausgerüstet sind und dass ihr genug …“

Barry sprach noch lange weiter. Er erwähnte unzählige Dinge, die sie vor dem Aufbruch beachten mussten. Die Mädchen dachten an ihren letzten Ausritt mit Übernachtung, den sie unternommen hatten, kurz nachdem Lisa nach Pine Hollow gekommen war. Der Ritt war fantastisch gewesen, und sie waren sicher, dass es der kommende auch sein würde.

„Schlimmer wird's wohl nicht!“, knurrte jemand. Es war Debbie.

„Was stört dich an einem zweitägigen Ritt?“, wollte Carole wissen.

Debbie verzog angewidert das Gesicht. „Zwei Tage? Ausgerechnet jetzt, wenn wir uns auf ein Turnier vorzubereiten haben! Das Einzige, was mir jetzt noch fehlt, sind …“

„Reiterspiele!“, verkündete Barry. „Morgen nach dem Abendessen werden wir Mannschaften bilden und ein kleines Spiele-Turnier veranstalten!“

Diese Ankündigung wurde von vielen mit Beifall bedacht. Allerdings nicht von Debbie, und auch nicht von

Elsa. Den Sattelclub-Mädchen jedoch war es egal, was diese beiden Miesepeter dachten. Sie hatten sehr hart an ihren reiterlichen Fähigkeiten gearbeitet und freuten sich jetzt, sie bei Reiterspielen unter Beweis stellen zu können.

7

Carole zog Basils Sattelgurt stramm und überprüfte die Länge der Steigbügelriemen. Normalerweise hatten die Riemen die richtige Länge, wenn sie ungefähr ebenso lang waren wie der Arm des Reiters. Außer Carole hätte eigentlich keiner Basils Sattel benutzen dürfen, doch sie sah schon auf den ersten Blick, dass jemand die Steigbügel verstellt hatte. Fred natürlich, dachte sie und schnallte die Riemen zwei Löcher kürzer.

Eigentlich war Carole ganz froh, noch mit dem Sattelzeug zu tun zu haben, denn direkt neben Basil nahm ein Drama seinen Lauf. Solange sie eine Ausrede zum Bleiben hatte, konnte sie es in vollen Zügen genießen.

„Es geht mir gar nicht gut, Barry", jammerte Debbie. Carole, die sich unter Basils Bauch bückte, um den Gurt glatt zu streichen, sah Debbies aufgesetzte Leidensmiene.

„Wo hast du denn Beschwerden?", fragte Barry ungeduldig.

„Hier ungefähr", sagte sie und zeigte vage in Richtung

ihres Körpers. Carole fand, das wirkte noch unechter als ihre letzte Bemerkung.

„Warst du schon bei der Krankenschwester?“, wollte Barry wissen.

„Nein, aber ich hatte das schon öfter. Es wird in ein oder zwei Tagen vorbei sein.“

Carole vermutete, dass Barry nur wenig gegen Debbies merkwürdige Beschwerden tun konnte, und der Ansicht war er offenbar auch. Er trug ihr auf, ihr Gepäck wieder in die Hütte zu bringen. Sie durfte im Lager bleiben. Carole konnte ihr zufriedenes Grinsen bewundern, als sie sich auf den Weg zur Hütte machte. Sie hätte einen Sattel gegen einen Steigbügel verwettet, dass Debbie schon in einer Stunde wieder putzmunter sein und auf ihrem Pferd sitzen würde, um den ganzen Tag allein für das Turnier zu trainieren. Aber vielleicht würde sie gar nicht allein sein?

„Barry, kann ich dich sprechen?“ Es war Elsa. Es stellte sich heraus, dass sie unerklärliche Schmerzen im rechten Ohr hatte. Sie vermutete nicht, dass es etwas Ernstes wäre, aber sie könnte sich daran erinnern, dass sie diese Schmerzen schon einmal gehabt hätte und nach nur wenigen Stunden furchtbar krank gewesen wäre. Unter diesen Umständen wäre es doch bestimmt vernünftiger, auf den geplanten Ausflug zu verzichten, das meinte Barry doch auch, oder etwa nicht?

Das meinte Barry keineswegs. Er wurde so laut, dass Carole unmöglich überhören konnte, dass er mittlerweile genug hatte von Debbies und Elsas Spielchen. Andererseits vermutete Carole, dass er auch Elsa erlauben würde, im Ferienlager zu bleiben, denn sie und Debbie verdienten einander genauso, wie die übrigen Gäste verdient hatten, zwei Tage von ihnen verschont zu bleiben.

Wie Carole vermutet hatte, sagte Barry Elsa, dass sie im Lager bleiben dürfte. Wie Debbie hatte auch Elsa ein triumphierendes Grinsen auf dem Gesicht, als sie zur Hütte zurückging.

Carole hätte zu gern die Gesichter der beiden gesehen, wenn sie merkten, dass sie es beide geschafft hatten, sich vor dem Ausflug zu drücken.

Carole war jetzt zufrieden mit ihrer Steigbügellänge, kontrollierte noch einmal die Packtaschen und saß auf. Es war nun Zeit für den Aufbruch. Sie schaute sich nach ihren Freundinnen um. Sie konnte es kaum erwarten, ihnen die wundervolle Nachricht über Debbie und Elsa zu erzählen.

„Mehr als vierundzwanzig Stunden reiten – ist das nicht einfach toll?“, fragte Lisa, als die Gruppe durch ein kleines Wäldchen ritt.

„Allerdings, und das Beste daran ist, dass die beiden eingebildeten Ziegen nicht dabei sind“, bestätigte Carole. „Das werden zwei herrliche Tage.“

„Schade ist nur, dass ich dadurch eine Springstunde versäume“, sagte Lisa.

Caroles Augen leuchteten. Das bedeutete, dass sie eine Idee hatte. Es war eine ihrer Lieblingsbeschäftigungen, ihre großen reiterlichen Kenntnisse ihren Freundinnen mitzuteilen, die dies auch meistens zu schätzen wussten. Wenn Carole eine Möglichkeit sah, wie sie auf dem Ritt das Springen üben konnte, war Lisa gern bereit, ihr zuzuhören.

„Ich glaube, Barry wird uns gleich antraben lassen“, sagte Carole. „Nimm doch einfach den Springsitz ein. Es ist zwar nicht dasselbe wie die Arbeit über Cavalettis, aber es ist auch wichtig.“

Natürlich, dachte Lisa. Ellen, die den Springunterricht erteilte, hatte immer wieder betont, wie wichtig ein korrekter Springsitz war. Dabei erhob man sich leicht aus dem Sattel und neigte den Oberkörper so weit nach vorn, dass der Rücken parallel zum Pferdehals war. In diesem Sitz konnte man über einem Hindernis sein Gleichgewicht halten und den Aufprall bei der Landung mit den Knien abfedern. Den Springsitz zu beherrschen, war unheimlich wichtig, und deshalb war es nur sinnvoll, ihn so oft wie möglich zu üben. Lisa hob ihr Gesäß aus dem Sattel, neigte den Oberkörper nach vorn und hielt die Hände beiderseits des Pferdehalses.

„Sehr gut“, lobte Carole. „Aber vergiss nicht, die Fersen tief zu halten und die Hände fest aufzustützen.“

Der an der Spitze reitende Barry hob die Hand, um einen Tempowechsel anzukündigen. Ein paar Sekunden später trabte die ganze Gruppe. Sehr zu Lisas Überraschung folgten alle anderen Reiter ihrem Beispiel und nahmen den Springsitz ein. Wie es schien, waren Debbie und Elsa nicht die einzigen ehrgeizigen Reiter im Ferienlager. Auch von den anderen wollte keiner zulassen, dass ein Einzelner womöglich mehr trainierte als er selbst. Lisa wusste nicht, ob sie diese Einstellung zum Lachen oder zum Weinen finden sollte. Doch da Carole direkt neben ihr ritt, sahen die beiden sich nur an und lachten. Das war besser als zu weinen.

Als sie wieder zum Schritt durchparierten, gab Carole Lisa weiterhin Unterricht. Sie war die geborene Lehrerin. Sie wusste sehr viel über Pferde und Reiten, und sie teilte ihr Wissen gern mit anderen. Manchmal ging sie ihren Freundinnen damit etwas auf die Nerven, doch diesmal hielten zwei Dinge Lisas Interesse wach. Zum einen war alles, was Carole ihr erzählte, absolut richtig, und zum anderen lauschten auch alle anderen Reiter in Hörweite fasziniert jedem Wort, das Carole von sich gab. Das war nicht nur komisch, es war zum Piepen.

Stevie, die neben Phil ritt, war nahe genug, um zu sehen, was vor sich ging. Lisa stellte fest, dass auf Stevies Gesicht ihr berühmtes schalkhaftes Lächeln lag, und wusste, dass sie etwas Lustiges vorhatte.

„He, Carole!", rief Stevie und spornte ihr Pferd an, um neben die beiden zu kommen. „Hat Lisa wieder Probleme mit ihrem Sitz? Komm, ich helfe ihr!"

Jetzt ging der Spaß erst richtig los. Stevie wies Carole an, auf der anderen Seite von Lisa zu reiten, damit sie beide ein wachsames Auge auf sie haben konnten. In Wirklichkeit jedoch konnte sie die anderen Reiter so besser beobachten.

Dann begann Stevie, Lisa mit lautstarken Anweisungen zu bombardieren, die jedoch alle falsch waren. Die anderen Reiter befolgten sie bis ins Detail. Schon nach wenigen Minuten hatte Stevie sie alle so weit, dass sie auf dem hinteren Sattelrand saßen, die Arme in Schulterhöhe steif ausgestreckt hielten und die Beine gerade nach vorn streckten.

Barry drehte sich um, um seine Gruppe zu kontrollieren. Er staunte nicht schlecht, als er feststellen musste, dass all seine Reiter, mit Ausnahme der drei Sattelclub-Mitglieder, auf ihren Pferden saßen wie Zombies!

„Seid ihr jetzt alle verrückt geworden?", schnauzte er. „Setzt euch sofort vernünftig hin! Wir wollen ein Stück galoppieren."

Lisa hoffte nur, dass das Geräusch der Pferdehufe das Kichern der Sattelclub-Mädchen übertönen würde.

„Worum ging es dabei eigentlich?“, fragte Phil Stevie, als sie wieder an seiner Seite auftauchte.

„Ach, nur ein kleiner Scherz“, antwortete sie verlegen, denn schließlich hatte auch er ihre verrückten Anweisungen befolgt.

„Was denn für ein Scherz?“, bohrte er weiter.

„Wegen dieses dummen Turniers“, erklärte sie. „Selbst ohne Elsa und Debbie scheint jeder dem anderen nachzuspionieren. Deshalb dachte ich, ich gebe ihnen etwas für ihre Mühe. Es war doch unheimlich komisch!“

„Für dich vielleicht“, stellte Phil fest.

Eine ganze Weile sprach danach keiner von beiden. Stevie tat es leid, Phil veralbert zu haben, aber andererseits war es seine eigene Schuld, dass er ihre dummen Anweisungen befolgt hatte. Erst nach etwa fünf Minuten, die Stevie wesentlich länger vorkamen, machte er ihr ein Friedensangebot.

„Ich habe eine Tüte Bonbons mit“, sagte er. „Wollen wir uns heute Abend fortschleichen, wenn alle in ihren Zelten sind, und ein kleines Picknick veranstalten?“

Stevie grinste und nickte. „Klar, ich bin dabei“, sagte sie, froh, dass er nicht länger beleidigt war.

Die Sattelclub-Mädchen wussten genau, was sie nach der Ankunft am Lagerplatz zu tun hatten. Die Hauptregel von Pine Hollow war: Erst das Pferd und dann der Reiter. Sie saßen ab, nahmen ihren Pferden Sattel- und Zaumzeug ab und führten sie zum nahe gelegenen Fluss, um sie dort zu tränken. Dann mussten die Tiere geputzt werden und Heu bekommen, danach wurden sie noch einmal getränkt und bekamen schließlich als Letztes eine Portion Hafer, den Helfer bereits mit dem Wagen zum Lagerplatz gebracht hatten. Dann würden die Reiter ihr Sattelzeug kontrollieren und es für die Nacht verstauen. Erst danach konnten sie anfangen, ihr Lager aufzubauen. Es war so einfach – und doch so kompliziert.

„Ich kann den Sattel nicht tragen."

„Ich muss erst einmal etwas essen."

„Ich weiß nicht, wie man das macht."

„Kann Fred das nicht machen?"

„Ich habe Ferien und bin hier, um zu reiten, und nicht, um zu arbeiten!"

Und so weiter und so weiter. Die Sattelclub-Mädchen waren ziemlich entsetzt über ihre Mitreiter. Einige von ihnen gaben sich redliche Mühe, ihre Pferde selbst abzusatteln, aber die meisten anderen schienen der Ansicht zu sein, dass alles außer dem eigentlichen Reiten unter ihrer Würde war. Stevie, Lisa und Carole waren von Max hervorragend ausgebildet worden. Kein Teil der Pferdepflege war unter der Würde eines guten Reiters. Geduldig halfen die Mädchen den anderen bei ihrer Arbeit. Sie ernteten kaum Dank, dafür aber umso mehr überraschte Blicke.

Carole half den anderen beim Absatteln der Pferde, Lisa übernahm das Füttern und Tränken und Stevie das Putzen. Es stellte sich heraus, dass Stevie den Titel „Meister im Hufeauskratzen“ verdiente.

„Drei Steine!“, verkündete sie stolz, als das dritte Steinchen aus dem Huf eines Pferdes fiel. Ihre Freundinnen klatschten Beifall, doch die anderen Reiter schauten verständnislos zu.

Als Fred den Heuballen zur Koppel brachte, kniff Lisa den Draht durch und begann, pferdegerechte Portionen abzuteilen. Doch irgendetwas stimmte nicht, und sie wusste auch sofort, was es war. Das Heu roch genauso muffig wie der verschimmelte Ballen, der ihr im Ferienlager aufgefallen war.

„Fred, ich glaube, das Heu ist nicht in Ordnung“, sagte sie. Fred zuckte mit den Achseln und ging weg.

Lisa konnte den Pferden nichts von diesem Heu geben. Sie würden mit Sicherheit krank werden. Ein Pferd mit einer Kolik war schon schlimm genug, aber eine ganze Koppel voll wäre einfach eine Katastrophe. Sie brachte einen der Jungen dazu, ihr zu helfen. Gemeinsam trugen sie das verdorbene Heu auf eine kleine Lichtung und breiteten es auf dem Waldboden aus, wo es allmählich trocknen würde und vor allem außer Reichweite der Pferde war. Dann holten sie einen neuen Ballen und versorgten die Pferde in der behelfsmäßig eingezäunten Koppel mit Heu.

Barry und Betty waren mit der Verteilung des Kraftfutters beschäftigt. Lisa wollte sie dabei nicht stören, nur um ihnen von Freds neuestem Fehler zu erzählen. Außerdem war sie auch nicht sicher, ob sie das überhaupt tun sollte. Schließlich war niemandem etwas passiert. Sie beschloss, noch einmal darüber nachzudenken, doch ihre Gedanken wurden wieder einmal von empörten Reiterinnen unterbrochen.

„Mir ist es egal, was Barry sagt, aber ich werde bestimmt nicht für sämtliche Lagerfeuer Holz sammeln. Schließlich werde ich nur an einem Feuer sitzen, also werde ich auch nur für ein Feuer sammeln!“

„Für mich gilt genau dasselbe!“, verkündete das andere Mädchen. Endlich einmal gab es zwei, die einer Meinung waren!

Lisa kehrte zum Lagerplatz zurück und half beim Aufschlagen der Zelte. Zu guter Letzt hatten auch alle anderen ihre Pflichten erfüllt, und die Mädchen konnten sich den Lagerplatz genauer ansehen.

Der Platz war gut gewählt, und die Zelte standen unter hohen Fichten. Carole zeltete gern in Fichtenwäldern, denn die dicke Nadelschicht polsterte den Boden, was zum Schlafen natürlich sehr angenehm war. Das Gelände war jedoch auch offen genug, dass nicht die Gefahr eines Feuers bestand. Die Mädchen lehnten sich an die Stämme dicht stehender Bäume, schauten nach oben und betrachteten den klaren blauen Himmel über sich. Sie aßen früh zu Abend, um vor dem Dunkelwerden noch genug Zeit für die Reiterspiele zu haben.

„Die Leute hier gehen mir wirklich auf die Nerven", sagte Carole, schaufelte sich den ersten Löffel Eintopf in den Mund und spülte mit einem Schluck Fruchtsaft nach. „Arbeiten will keiner, aber gut haben wollen sie es alle."

Stevie und Lisa konnten ihr nur zustimmen.

„Unter dieser Krankheit scheint sogar Phil manchmal zu leiden", sagte Stevie, und Carole und Lisa waren überrascht von ihrer Offenheit.

Den Rest ihres Abendessens verzehrten die Mädchen schweigend. Zum einen waren sie zu müde, um sich zu unterhalten, und zum anderen schien es nichts zu geben, worüber sie sprechen mussten. Es war schon alles gesagt, und jede von ihnen wusste, dass es Ärger geben würde.

8

Das erste Reiterspiel, das Barry für sie ausgesucht hatte, war „Folge-dem-Anführer“. Wohlweislich hatte er Stevie zur Anführerin bestimmt. Niemand anders konnte auf einem Pferd so viele verrückte Sachen machen. Das einzige Problem war, dass Stevie den anderen als allererstes die alberne Haltung vormachte, zu der sie sie bereits am Nachmittag verführt hatte. Carole und Lisa bekamen einen Lachkrampf und schafften es deshalb nicht, ebenfalls diese Haltung einzunehmen.

„Ihr beide scheidet aus!“, rief Barry ihnen zu.

Die beiden ritten an den Rand des Platzes und schauten den anderen zu. Stevie ließ ihre Mitreiter im Schneidersitz und verkehrt herum im Sattel sitzen – natürlich standen die Pferde bei diesen Übungen still. Sie versuchte auch, seitwärts im Sattel zu sitzen, aber ohne Damensattel war das so schwierig, dass sie beinahe heruntergefallen wäre. Phil und ein anderer Reiter schafften es nicht – sie rutschten herunter und mussten sich zu Carole und Lisa gesellen.

Gegen Ende des Spiels übernahm Barry selbst die Rolle des Anführers, doch Carole und Lisa fanden, dass Stevie lustigere Ideen gehabt hatte. Aber es machte ihnen auch so großen Spaß.

Als Nächstes spielten sie Fangen, doch jeder, der es schaffte, Holz, zum Beispiel einen Baum, einen Zaunpfahl oder ein Koppeltor zu berühren, war vor dem Fänger sicher. Allerdings mussten die Reiter jedes Mal wenn Barry pfiff, ihr Holz loslassen und sich einen anderen hölzernen Gegenstand suchen.

„Das ist super!“, stieß Lisa hervor, während sie im Galopp mit Carole den Baum tauschte, Nora dicht auf den Fersen.

„Und auch eine gute Übung!“, erwiderte Carole und streckte den Arm aus, um den Baum zu berühren, doch sie war nicht schnell genug.

„Du bist dran!“, verkündete Nora.

Lisa beobachtete Carole und stellte fest, dass sie Recht hatte. Dieses Spiel war wirklich eine ausgezeichnete Übung. Sie musste genaue Hilfen geben, um ihr Pferd möglichst schnell zum nächsten Baum zu steuern. Carole hatte Glück, sie war eine so gute Reiterin, dass sie nur für kurze Zeit der Fänger sein musste. Es dauerte nicht lange, und sie hatte Lisa erwischt.

Auf dieses Spiel folgte ein anderes, das noch mehr Geschicklichkeit von den Reitern verlangte, denn jeder,

der vom Fänger erwischt worden war, musste sein Pferd ganz still stehen lassen.

Alle konzentrierten sich so sehr, dass sie kaum merkten, wie die Sonne unterging und es allmählich dämmrig wurde.

„Zeit zum Aufhören", rief Barry. „Führt eure Pferde herum, bis sie sich beruhigt haben, dann absatteln, tränken und Heu geben. Wir treffen uns in einer halben Stunde am Lagerfeuer zu den Gespenstergeschichten. Jeder, der möchte, kann eine Gruselgeschichte erzählen, aber die Hauptfigur muss ein Pferd sein!"

Glücklich und müde versorgte Carole, die sich auf einen ruhigen Abend am Lagerfeuer freute, ihr Pferd Basil und half dann Lisa, Majors Sattelzeug wegzuräumen.

„Warte nur, bis Barry die Geschichte vom Werpferd hört!", sagte Carole. „Das hört sich an, als wäre es eine Geschichte von Stevie", stellte Lisa fest.

„Ja, da hast du Recht", stimmte Carole zu. „Da wir gerade von Stevie sprechen – hast du sie irgendwo gesehen?"

Lisa hängte Majors Trense über seinen Sattel. „Allerdings habe ich sie gesehen – oder, genauer gesagt, ihren Rücken. Ich glaube, sie und Phil werden deine Geschichte vom Werpferd verpassen. Wahrscheinlich müssen wir auch wieder für sie schwindeln."

„Wozu hat man Freunde?", erwiderte Carole. Sie streichelte Basil zum Abschied. Dann legte sie Lisa einen Arm um die Schultern. „Also, da war dieses Werpferd, und es verliebte sich in eine Vampirstute ..."

Stevie überlegte, ob sie sich wohl je daran gewöhnen würde, beim Gehen Phils Hand zu halten. Zum Spazierengehen im Wald war es nicht gerade praktisch hintereinanderzugehen, wäre viel sinnvoller –, aber so machte es mehr Spaß.

„Hast du die Bonbons mitgebracht?", fragte Stevie.

„Ach – ich habe sie vergessen. Wie blöd von mir!"

„Das macht nichts, ich bin noch satt vom Abendessen."

„Ja, ich auch. Wahrscheinlich habe ich deshalb nicht daran gedacht, sie mitzunehmen."

Phil lächelte. Es war wieder dieses Lächeln, das Stevies Knie weich werden ließ.

„Wollen wir uns nicht irgendwo hinsetzen?", fragte sie in der Hoffnung, einen Sitzplatz zu finden, bevor ihre Knie endgültig nachgaben. Nicht, dass sein Lächeln so umwerfend gewesen wäre, aber ein ganzer Tag im Sattel hatte ihre Standfestigkeit doch ein wenig erschüttert.

„Ich glaube, hier ist eine Lichtung", sagte Phil. Die beiden konnten kaum etwas sehen. Sie befanden sich tief im Wald, und der Himmel über ihnen war bedeckt, doch direkt vor ihnen war offensichtlich ein kleiner freier Platz. Vorsichtig ließ sich Stevie auf dem Waldboden nieder. Phil setzte sich ihr gegenüber und nahm ihre Hand. Sie erschauerte nicht länger, wenn er das tat, fand es aber immer noch aufregend.

„Müde?", fragte er.

„Ein bisschen", gab sie zu. „Ich reite ja gern, aber Barrys Programm hat es wirklich in sich!"

„Zu viel für den berühmten Sattelclub?", neckte Phil sie.

Stevie gefiel sein Ton überhaupt nicht. Phil bedeutete ihr zwar sehr viel, aber der Sattelclub ebenfalls, und es ärgerte sie, dass er darüber spottete.

„Der Sattelclub besteht aus meinen beiden besten Freundinnen und mir", sagte Stevie leicht gereizt. „Wir haben in der Vergangenheit einige gute Sachen zusammen auf die Beine gestellt, und ich denke, du wirst uns auch in Zukunft in Aktion erleben können."

„Tatsächlich?", fragte Phil neugierig.

„Allerdings", bekräftigte Stevie sofort. „Und für den Fall, dass du es noch nicht weißt – wir arbeiten in diesem Augenblick an mehreren Projekten!"

„Was, auch hier mit mir?"

„Nein, so meinte ich es nicht. Ich meinte nur, dass wir zurzeit einen bestimmten Plan verfolgen. Er hat mit dem

Reiten zu tun, dem Turnier am nächsten Wochenende und mit einigen unserer Mitreiter, die sich einbilden, sie würden beim Turnier jede Prüfung gewinnen."

„Wie ich zum Beispiel?"

„Wie bitte?", erwiderte Stevie überrascht. „Du meinst, du bildest dir ein, alles gewinnen zu können?"

„Klar, oder ist hier irgendjemand, der mich schlagen könnte?", fragte Phil.

Darüber musste Stevie erst einmal nachdenken. Es war zu dunkel, um Phils Gesicht zu sehen, aber es hörte sich an, als meinte er es ernst. Sie wäre nie auf die Idee gekommen, dass Phil so denken könnte. Er war ein recht guter Reiter – erfahren und sicher –, aber ein Sieger? Nein, sie war besser als er.

„Ich frage dich", wiederholte er, „glaubst du wirklich, dass du und deine Freundinnen mich schlagen können?"

Einer von Stevies größten Fehlern war, dass sie oft mit ihrer Meinung herausplatzte, ohne vorher lange darüber nachzudenken.

„Natürlich können wir dich schlagen", sagte sie mit Überzeugung.

„Und wovon träumst du nachts?", fragte er erbost. Stevie war wütend. Wie konnte er sich einbilden, so gut zu reiten wie sie? Er war fast so gut wie sie, aber nicht besser, und er war auf keinen Fall besser als Carole.

„Du spinnst wohl“, fauchte sie Phil an. „Der Sattelclub wird jeden Reiter in diesem Ferienlager hier besiegen, auch dich.“

Stevie stand auf. Phil erhob sich ebenfalls.

„Ich …“, begann er, doch Stevie ließ ihn nicht ausreden. Es interessierte sie nicht, was er zu sagen hatte. Wenn er glaubte, besser zu sein als sie, konnte er gern den Rest des Abends allein mit diesem wundervollen Gedanken verbringen.

„Ich sehe dich dann morgen Früh“, verkündete sie kühl, machte auf dem Absatz kehrt und stapfte durch den Wald. Zweige schlugen ihr ins Gesicht, doch sie spürte es nicht. Einmal fiel sie beinahe über eine Wurzel, doch auch das merkte sie kaum. Eine dornige Ranke riss an ihrem Pullover, doch das war ihr egal. Einen Augenblick lang meinte sie, Phil hätte ihren Namen gerufen.

„Besser als ich? Wohl kaum!“, sagte sie zu sich selbst. „Besser als Carole? Niemals!“

Sie sprach die ganze Zeit mit sich selbst, während sie durch den Wald stürmte.

Der Wald kam ihr völlig fremd vor, doch sie erinnerte sich daran, dass der Lagerplatz in einem Tal lag und dass Phil und sie die ganze Zeit über bergauf gegangen waren. Nach wenigen Minuten entdeckte sie auch schon die flackernden Lagerfeuer. Unbemerkt schlüpfte sie in das Zelt, das sie mit Carole und Lisa teilte. Sie zog ihren

Schlafanzug an und schlüpfte in den Schlafsack. Sie war jedoch zu aufgewühlt, um zu schlafen.

Sie hörte ihre Freundinnen draußen sprechen.

„... und dann sagte das Werpferd zur Vampirstute: ‚Keine Angst, mein Bellen ist schlimmer als mein Beißen', und die Vampirstute antwortete: ‚Das ist komisch, bei mir ist es genau umgekehrt!'"

Stevie hörte das Lachen der anderen, doch ihr selbst war nicht nach Lachen zumute. Im Moment konnte sie überhaupt nichts komisch finden, abgesehen von dem Gedanken, dass sich Phil, der Super-Spitzenreiter, der sich einbildete, alle Wettbewerbe zu gewinnen, vielleicht im Wald verlaufen würde. Und das ist doch irgendwie beruhigend, dachte Stevie und schlief endlich ein.

9

„Sollte es etwa Ärger im Paradies gegeben haben?“, fragte Lisa Stevie so beiläufig wie möglich. Sie befanden sich auf dem Rückritt nach Moose Hill, und zum ersten Mal seit Tagen war Phil nirgends in Sicht.

„Wie kommst du darauf?“, erwiderte Stevie.

„Hat es etwas mit deinem versteinerten Gesichtsausdruck zu tun“, sagte Carole. „Der ist nämlich das perfekte Gegenstück zu dem eines gewissen Jungen, was du aber sicher nicht wissen wirst, weil du ihn den ganzen Tag noch nicht einmal angesehen hast.“

„Von wem sprichst du denn?“, fragte Stevie ungeduldig. Ihre Freundinnen verstanden die Botschaft.

„Oh, wie schön!“, stellte Lisa betont fröhlich fest. „Es sieht ganz so aus, als wäre die gute alte Stevie wieder da!“

Stevie starrte missmutig vor sich hin. Sie war eindeutig nicht zum Scherzen aufgelegt. Lisa und Carole beschlossen, sie in Ruhe zu lassen.

Lisa fand es schade, nach Moose Hill zurückkehren zu

müssen. Sie hatte den zweitägigen Ausflug sehr genossen und dank Carole viel gelernt.

„Da wir heute wieder die Springstunde verpasst haben“, sagte Lisa, „wollte ich fragen, ob du mir heute Nachmittag, wenn wir frei haben, Springunterricht über Cavalettis und niedrige Hindernisse geben würdest?“

„Na klar!“, erwiderte Carole begeistert. Sie freute sich darauf, Lisa zu unterrichten. „Ich glaube, du hast gute Aussichten auf eine Platzierung in der Anfänger-Springprüfung beim Turnier. Meinst du nicht auch, Stevie?“

„Ich will nicht über das Turnier sprechen“, knurrte Stevie.

Lisa und Carole waren überrascht. Was immer mit Stevie nicht stimmte, es hatte nicht nur mit Phil zu tun. Aber ihnen war auch klar, dass sie nichts erfahren würden, bevor Stevie bereit war, darüber zu sprechen. Und bis dahin gingen sie ihr am besten aus dem Weg.

Lisa hatte die unbestimmte Hoffnung gehegt, dass der Spaß, den die Reiter im Zeltlager, bei den Reiterspielen und den albernen Gruselgeschichten hatten, dazu beitragen würde, die allgemeine Stimmung im Ferienlager zu heben und die Einstellung der Reiter zur Pflege ihrer Pferde zu verbessern. Sie hatte sich geirrt.

Die Pferde waren kaum in der Scheune, als die Reiter auch schon anfingen, sich um die besten Plätze zum Absatteln zu zanken.

Die besten Plätze waren die, die der Sattelkammer am nächsten waren und von denen man das Sattelzeug nicht so weit zu tragen brauchte.

Alle waren missgelaunt und egoistisch. Keiner hatte Lust, sein Pferd zu versorgen, geschweige denn, anderen zu helfen.

So sollte es beim Reiten nicht sein, dachte Lisa ärgerlich. Freunde halfen einander und hatten Spaß an der gemeinsamen Arbeit. Zumindest kannte sie es so vom Sattelclub. Warum wollten die anderen das nicht einsehen? Warum konnten sie nicht zusammenarbeiten?

Das Ganze wurde noch komplizierter dadurch, dass sich für den nächsten Morgen der Schmied angesagt hatte. Barry hatte es allen angekündigt. Die meisten Pferde brauchten etwa einmal im Monat neue Hufeisen. Ein paar von Barrys Pferden mussten frisch beschlagen werden, und er hatte alle Reiter gebeten, Hufe und Beschlag ihrer Pferde besonders genau zu prüfen. Alle Pferde, die zum Schmied mussten, sollten über Nacht in den Boxen in der Scheune bleiben. Der Schmied würde schon früh am Morgen kommen und wahrscheinlich bis Mittag fertig sein.

Lisa sattelte Major ab, holte ihm einen Eimer Wasser

und führte ihn dann nach draußen, um ihn in der Sonne putzen zu können. Sie begann mit der Kontrolle der Hufe.

In Majors linkem Vorderhuf hatte sich eine Menge Schmutz festgesetzt, doch er ließ sich mit dem Hufkratzer leicht entfernen. Sie klopfte auf das Hufeisen. Es saß fest. Beim linken Hinterhuf hatte sie nicht so viel Glück. Auch hier war das Säubern kein Problem, doch als sie auf das Hufeisen klopfte, fiel es ab. Das bedeutete, dass Major die Nacht im Stall verbringen musste, um am nächsten Tag neue Eisen zu bekommen. Und was noch schlimmer war, vielleicht würde er bis zu ihrer Springstunde noch nicht fertig beschlagen sein. Lisa seufzte.

Als Lisa den rechten Vorderhuf aufhob, musste sie feststellen, dass Major an diesem Huf überhaupt kein Eisen mehr trug. Er musste es auf dem Heimritt verloren haben. Es bestand kein Zweifel: Major musste auf alle Fälle neu beschlagen werden. Und bis das geschehen war, konnte Lisa ihn nicht reiten. Sie hoffte nur, dass Carole ihr für den Unterricht heute Abend Basil leihen würde.

Lisa putzte Major, räumte das Putzzeug weg und führte ihn in den Stall. Als sie ihn mit frischem Heu versorgte, fiel ihr plötzlich wieder ein, dass sie Barry von dem verdorbenen Heu erzählen wollte, das Fred auf ihren Ausflug mitgenommen hatte. Sie machte sich in der Scheune auf die Suche nach Barry. Sie fand ihn auch, aber er war sehr beschäftigt. Er diskutierte mit Debbie, die von ihrer mysteriösen Krankheit offensichtlich vollständig genesen war. „Du hast aber gesagt, beim Turnier würde fair gerichtet!", keifte sie.

„Das stimmt auch", erwiderte Barry, der sich Mühe gab, ruhig zu bleiben.

„Aber wie kann es fair sein, wenn die Mutter einer Teilnehmerin wertet?", fragte Debbie herausfordernd.

„Sie ist eine sehr gute Richterin", betonte Barry. „Sie hat schon alle möglichen Prüfungen gerichtet, darunter sogar nationale Turniere."

Je länger Lisa zuhörte, desto mehr erfuhr sie. Eine der Richterinnen beim Turnier würde also Elsas Mutter sein. Kein Wunder, dass Debbie sich so aufregte! Diese Neuigkeit würde sie vielleicht wirklich krank machen! Andererseits war es auch nicht gerade großartig für das neueste Projekt des Sattelclubs, dass Elsas Mutter Richterin beim Turnier sein würde, aber das war egal. So sehr es sie freuen würde, wenn der Sattelclub möglichst viele Schleifen errang und gewissen Leuten eine Lektion erteilte, hatte sie doch von Carole gelernt, dass es beim Reiten allein darum ging, so viel zu lernen, dass es Spaß machte.

In jedem Fall aber war dies nicht der richtige Zeitpunkt, mit Barry zu sprechen, und Ellen war nirgends zu sehen. Also beschloss sie, ihre Satteltaschen auszupacken, einen Badeanzug anzuziehen und dann auszuprobieren, wie warm das Wasser im See war.

„Stevie?"

Stevie schaute nicht auf. Sie brachte gerade Topsides Fell auf Hochglanz. Sie wusste genau, wer sie angesprochen hatte. Sie wollte jedoch nicht mit ihm sprechen.

„Bist du da?"

„Hm."

„Teddy schont ein Vorderbein. Er lässt es mich nicht untersuchen. Kannst du ihm helfen?"

Damit saß Stevie in einer Zwickmühle. Sie war immer noch stinkwütend auf Phil und würde keinen Finger rühren, um ihm zu helfen. Aber Teddy zu helfen, war etwas ganz anderes. Es wäre gemein, Teddy leiden zu lassen, nur weil sie sich über seinen Besitzer geärgert hatte. Außerdem hatte Phil sie gefragt, ob sie Teddy helfen würde, also beschloss sie, es zu tun.

„Du kannst am besten Steine herausholen. Ich glaube, er hat einen Stein im Huf. Ich hoffe zumindest …"

„Ich werde es mir ansehen", unterbrach ihn Stevie. Sie legte ihr Putzzeug weg und schaute zum ersten Mal hoch. Phil hatte Teddy ganz in der Nähe von Topside angebunden. Sie griff in ihren Putzkasten, nahm den Hufkratzer heraus und ging zu seinem Pferd.

Stevie sah sofort, dass das Problem im linken Vorderhuf lag. Ein Pferd, das entspannt ist, entlastet vielleicht einen Hinterhuf, indem es nur die Hufspitze auf den Boden stellt, doch wenn es einen Vorderhuf längere Zeit nicht belastet, hat es mit Sicherheit Schmerzen.

Stevie streichelte Teddy und sprach beruhigend auf ihn ein. Sie wollte ihn auf keinen Fall erschrecken.

„Er war in Ordnung, als ich ihn geritten habe. Ich hätte es bestimmt gemerkt, wenn er gelahmt hätte. Er muss sich den Stein auf dem Weg in die Scheune eingetreten haben. Ist das nicht merkwürdig?"

Stevie grunzte nur. Sie sprach ausschließlich mit Teddy. „Schon gut, mein Junge. Ich werde dir nicht wehtun. Keine Sorge; sei brav und lass mich mal nachsehen."

Sie ließ ihre Hand an seinem Bein heruntergleiten, drückte leicht mit ihrer Schulter gegen seine und nahm den Huf hoch.

„Wie hast du denn das geschafft?", fragte Phil verblüfft. Stevie gab sich nicht die Mühe, ihm zu antworten. Da Phil ja bekanntlich ein Meisterreiter war, brauchte er von ihr sicherlich keine Pflegetipps.

Vorsichtig drückte sie die Hufunterseite ab und entfernte allen Schmutz. Sie konnte nichts Ungewöhnliches entdecken, doch als sie auf das Hufeisen klopfte, zuckte

Teddy zusammen. Sie sprach ihm gut zu, denn das war die beste Art, ein Pferd zu beruhigen, und Teddy hatte den beruhigenden Zuspruch wirklich nötig. Für Phil galt zwar dasselbe, doch mit ihm wechselte Stevie kein Wort.

„Du hast dir etwas eingetreten, nicht wahr, mein alter Junge?" Sie schob die Spitze des Hufkratzers unter das Hufeisen. „Ah, da sitzt etwas. Keine Sorge, das bekommen wir heraus." Was immer es war, Stevie konnte es mit dem Hufkratzer nicht herausbekommen. Also nahm sie das nächstbeste – ihren Finger. Sie tastete sich vor, bis sie den Stein fühlen konnte, und drückte ihn dann langsam und vorsichtig heraus. Jedes Mal wenn sich der Stein bewegte, zuckte Teddy zusammen. Es tat Stevie sehr leid, ihm wehzutun, doch wenn sie den Stein nicht herausbekam, würde er noch viel größere Schmerzen haben.

„Jetzt ist es gleich vorbei. Nur noch einen Augenblick. Sei schön brav und halt still, ja?"

Mit einem letzten Ruck holte Stevie den Stein unter dem Hufeisen hervor. Er fiel auf den Boden der Scheune, und Stevie hob ihn auf, um ihn sich anzusehen.

„Das ist ein besonders gemeiner Stein, du Armer", sagte sie zu Teddy und betrachtete den scharfkantigen Stein, der seine Schmerzen verursacht hatte. „Ich weiß nicht, wie du das ausgehalten hast. Aber nun gib mir deinen Huf noch einmal."

Ganz in der Nähe stand ein Eimer mit Wasser. Stevie nahm ihre Waschbürste zur Hand, tauchte sie in den Eimer und begann die Hufsohle zu waschen. Als das Horn sauber war, konnte sie eine leichte Verfärbung entdecken. „Mir scheint, du hast einen blauen Fleck davongetragen, Teddy. Das kann natürlich von selbst heilen, aber wenn ich an deiner Stelle wäre, würde ich meinem Besitzer vorschlagen, mich über Nacht im Stall zu lassen, damit sich der Schmied den verletzten Huf morgen einmal ansehen kann. Außerdem möchtest du mit dem schmerzenden Fuß doch sicher nicht zwischen den anderen Pferden auf der Koppel herumhumpeln, nicht wahr?" Sie setzte den Huf ab und richtete sich auf. „Du bist ein ganz braver Kerl", sagte sie und klopfte ihm den Hals.

„Vielen Dank, Stevie", sagte Phil. „Darin bist du wirklich die Beste."

„Freut mich sehr, dass du mich wenigstens auf einem Gebiet für besser hältst", erwiderte Stevie und drehte sich ohne ein weiteres Wort um.

Phil Marston hatte vielleicht Nerven. Bildete er sich etwa ein, sie würde sich besser fühlen, nur weil er zugab, dass sie gut darin war, Steine aus Pferdehufen zu holen? Natürlich war sie gut darin, aber das war es nicht, was sie von ihm hören wollte.

Als sie Topside fertig geputzt hatte, brachte sie ihn zu

den anderen Pferden auf die Koppel und ging zu ihrer Hütte. Lisa hatte vorgeschlagen, vor dem Abendessen schwimmen zu gehen. Das war eine gute Idee – vor allem, wenn keine Jungen da waren.

10

Lisa hatte einen wundervollen Traum. Er handelte von ihrem zweitägigen Ausritt, den Reiterspielen und den Gespenstergeschichten am Lagerfeuer. Sie saß am Feuer und lauschte den Geschichten. Sie konnte den Rauch beinahe riechen. Er kratzte im Hals und brannte in den Augen. Sie röstete Äpfel über dem Feuer, doch es roch nicht nach Äpfeln – es roch nur nach Rauch.

Lisa saß aufrecht im Bett. Es roch immer noch nach Rauch.

„Feuer!“, flüsterte sie, zu erschrocken, um es laut zu sagen.

„Grrmmm“, knurrte eines der anderen Mädchen im Schlaf.

Lisa schnupperte noch einmal. Es gab keinen Zweifel. Irgendetwas brannte, und Lisa hatte das schreckliche Gefühl, dass es nicht nur ein Lagerfeuer war. Sie sprang aus dem Bett und stürzte ans Fenster. Sie konnte die Scheune oben auf dem Hügel sehen. Auf dem Heuboden entdeckte sie ein orangefarbenes Flackern.

„FEUER!“, schrie Lisa.

Sofort waren alle hellwach. Die Mädchen verloren keine Zeit damit, sich anzuziehen. Sie rannten aus der Hütte und schrien immer wieder Feuer, um auch die anderen Reiter zu wecken. Die Bewohner der anderen Hütten schlossen sich ihnen an.

Lisa raste den Hügel hinauf, Carole und Stevie neben sich.

„Es ist das Heu“, keuchte sie. „Ich weiß es! Das ganze verdorbene Heu, und Fred hat es in der Scheune gelassen. Es hat sich selbst entzündet!“

„Schneller“, drängte Carole. „Das ist jetzt unwichtig. Barry weiß schon Bescheid. Er wird die Feuerwehr rufen, und die kann sich um die Scheune kümmern. Wir müssen die Pferde retten!“

Die Sattelclub-Mädchen wussten, dass ihnen nur noch wenig Zeit blieb, und jede vergeudete Sekunde konnte ein Pferd das Leben kosten! In Scheunen gab es nur Dinge, die gut brannten. Heu, Getreide, Stroh, trockenes Holz – all das würde dem Feuer Nahrung geben, und das Gebäude konnte jederzeit buchstäblich explodieren.

Carole zeigte zur oberen Weide, jenseits der Scheune, auf der die Pferde allmählich in Panik gerieten. Sie sammelten sich in die Nähe der Scheune, als wären sie auf der Suche nach einem sicheren Zufluchtsort. Sie tänzelten und drängten einander weg, was ihre Angst nur noch vergrößerte. Sie hatten die Ohren angelegt, und ihre Augen waren so weit aufgerissen, dass man das Weiße sah. Sie befanden sich in schrecklicher Gefahr, und ihr Instinkt riet ihnen genau das Falsche.

„Die Pferde müssen schnell von der Scheune weg!“, schrie Carole. „Wenn sie zusammenbricht, werden sie darunter begraben!“

Lisa erkannte sofort, dass Carole Recht hatte. Wenn es ihnen gelang, die Pferde ans andere Ende der Weide zu treiben und dortzuhalten, wären sie in Sicherheit, ganz gleich, was mit der Scheune passierte. Doch hier, dicht zusammengedrängt vor dem Gebäude, machten sie sich nur gegenseitig verrückt und brachten sich unnötig in Gefahr. Doch was sollten die Mädchen bloß tun?

„Der Hügel!“, rief Lisa Carole zu. „Wenn wir sie auf die andere Seite des Hügels treiben können, sehen sie das Feuer nicht mehr und bleiben dann vielleicht von der Scheune weg!“

Carole nickte nur. Für eine längere Unterhaltung war keine Zeit. Sie erteilte den Umstehenden Befehle, und alle gehorchten.

„Lisa, Debbie! Steigt auf den Zaun – aber geht unter gar keinen Umständen auf die Koppel, die Pferde würden euch niedertrampeln. Ihr müsst versuchen, die Pferde von der Scheune wegzuscheuchen. Jack, Nora, Elsa, ihr holt Hindernisstangen, Ständer, Tonnen und alles, was ihr sonst noch findet, um einen notdürftigen Zaun zu bauen, mit dem wir die Pferde in der hinteren Hälfte der Koppel halten können. Ihr vier da bringt Wasser, Heu und Hafer nach hinten und gebt es den Pferden, wenn sie ankommen. Sie sollen sich dort hinten wie zu Hause fühlen und nicht auf die Idee kommen, zur brennenden Scheune zurückzulaufen. Sam, du hilfst Lisa und Debbie. Wedele mit deinem T-Shirt oder tu sonst irgendwas, denn ich fürchte, die Wand wird bald einstürzen. Und wenn das passiert, sind die Pferde nicht die einzigen, die an dieser Stelle in Gefahr sein werden!“

Lisa warf einen kurzen Blick auf die Scheune. Die Dachbalken glühten, und die Flammen fraßen sich am Holz entlang. Das Heu auf dem Boden verbrannte so schnell, dass es nur noch eine Frage von Minuten war, bis das Dach zusammenbrach.

Sie begann die Arme vor den Köpfen der verängstigten Pferde zu schwenken, wie Carole es angeordnet hatte.

Es war kaum vorstellbar, dass es sich bei diesen Pferden, die außer sich vor Angst stiegen, schnaubten und mit den Augen rollten, um dieselben Tiere handelte, die noch vor wenigen Stunden so gehorsam unter dem Sattel gegangen waren.

Lisa versuchte, Major irgendwo zu entdecken, doch es gelang ihr nicht. Vielleicht war er schlauer als die anderen. Vielleicht war er schon am anderen Ende der

Koppel, außerhalb der Gefahrenzone. Doch dann fiel es ihr ein. Major war nicht in Sicherheit. Er war in der Scheune!

Stevie rannte auf die Scheune zu. Das Feuer war auf dem Heuboden ausgebrochen, hoch über den Pferdeboxen. „Heiße Luft steigt immer nach oben", sagte sie sich. „Die Scheune wird zwar vollständig abbrennen, aber erst ist das Dach dran. Ich habe Zeit. Ich habe genug Zeit."

Doch als sie die Scheune erreichte, war sie nicht mehr so sicher. Die Luft war erfüllt vom Knistern des Feuers, und es war so nah, zu nah. Sie konnte kaum atmen, doch ihre Gedanken kreisten nur um die Pferde. Vor allem um ein Pferd – Teddy. Sie hatte veranlasst, dass er in der Scheune stehen sollte, und sie würde ihn jetzt herausholen. Es war keine Zeit mehr, Barry oder Ellen zu Hilfe zu holen. Doch sie sagte sich, dass sie bloß die Boxentüren zu öffnen brauchte. Die Pferde würden dann allein hinauslaufen.

Das Wiehern und Schreien der Pferde und das Trampeln der Pferdehufe auf dem hölzernen Fußboden übertönte die Geräusche des Feuers. Plötzlich ertönte ein Schrei, der lauter war als alle vorherigen. Sie konnte nicht länger warten. Sie musste die Pferde retten. Es war unwichtig, wohin sie liefen. Wichtig war nur, dass sie nicht blieben, wo sie waren. Ohne weiter darüber nachzudenken, packte Stevie den Türgriff und zog daran.

Auf der Koppel versuchten fast fünfzig Pferde, in die Scheune zu gelangen. Der Zaun war zwar recht stabil gebaut, aber ob er solch einem Ansturm standhalten konnte?

Lisa spürte, wie die Zaunlatte unter ihr erbebte. Sie schwenkte hektisch die Arme, doch die Pferde schienen sie überhaupt nicht wahrzunehmen. Sie stießen ihre Hände mit den Köpfen fort.

Debbie, die neben Lisa stand, hatte auch nicht mehr Glück. Doch dann kamen Ellen, Betty und sechs andere Reiter zu Hilfe, und es gelang ihnen mit vereinten Kräften, die vorderen Pferde vom Zaun wegzutreiben.

Die Pferde weiter hinten hatten die Botschaft jedoch nicht verstanden und drängten die ganze Herde wieder nach vorn, gegen den nachgebenden Zaun.

Lisa sah sich suchend um. Sie brauchten etwas, das die Pferde deutlich sehen konnten. Da fiel ihr Blick auf einen Stapel alter Handtücher, die neben dem Wasserhahn lagen und dazu dienten, die Pferde nach dem Waschen trockenzureiben. Wie der Blitz sprang sie vom

Zaun, schnappte sich den Stapel Handtücher und verteilte sie an alle Helfer. Ein paar von ihnen sahen sie verdutzt an.

„Wedelt damit!", schrie Lisa. „Vielleicht können wir sie damit von der Scheune wegjagen!"

Die anderen befolgten ihre Anweisung. Es schien zu helfen, doch Lisa fürchtete, es würde nicht ausreichen, um die Herde in Bewegung zu setzen.

Plötzlich waren zwei Geräusche zu hören, auf die sie schon gewartet hatte. Das erste war ein lautes Krachen, als der Heuboden zusammenbrach und die brennenden Balken herunterstürzten. Die Pferde sprangen erschrocken zurück, drängten aber sofort wieder nach vorn.

Das zweite Geräusch machten die Sirenen der Feuerwehr. Die Scheune brannte zu schnell, als dass man sie retten konnte, vor allem, seit der Heuboden heruntergebrochen war, aber vielleicht konnten die Feuerwehrleute verhindern, dass sich das Feuer ausbreitete.

Lisa machte sich wieder an ihre Arbeit. Ganz in ihrer Nähe stand Carole und überlegte fieberhaft. So etwas wie diese Pferde, die alles versuchten, um in die Scheune zu gelangen, hatte sie noch nie gesehen, und sie hatte auch noch nie gesehen, dass Pferde neun Personen ignorierten, die Handtücher schwenkten. Normalerweise würde ein Handtuch reichen, um eine ganze Herde zum Rennen zu bringen. Sie hatte sogar einmal erlebt, wie

Topside bei einem Turnier beinahe gestürzt war, nur weil eine gedankenlose Zuschauerin sich ihren Mantel übergeworfen hatte.

Wo ist Topside?, fragte Carole sich. Hier im Ferienlager war Topside zwar Stevies Pferd, doch Carole hatte ihn in Pine Hollow öfters geritten und wusste, dass er ausgezeichnet erzogen war. Das brachte sie auf eine Idee. Wenn es ihr gelänge, auf Topsides Rücken zu springen, konnte sie ihn vielleicht davon überzeugen, sich in Sicherheit zu bringen – und mit ihm die ganze Herde.

In aller Eile kletterte sie auf den Zaun. Sie musste Topside finden. Leider war Topside ein Brauner, das heißt, er hatte braunes Fell und schwarzes Langhaar – wie fast jedes andere Pferd dieser Herde auch! Verzweifelt hielt Carole nach ihm Ausschau. Da war er! Wie alle anderen hatte er offensichtlich panische Angst. Er fürchtete sich vor dem Geräusch und dem flackernden Licht des Feuers, und die Aufregung der anderen Pferde machte ihm noch mehr Angst.

„So ist es brav“, sagte Carole so ruhig sie konnte. Sie wusste, dass Pferde die meisten Worte nicht verstehen können, wohl aber den Tonfall eines Menschen. Sie versuchte, ihre Stimme ruhig und zuversichtlich klingen zu lassen. Topsides Ohren zuckten in ihre Richtung. Sie schaffte es, seinen Hals zu klopfen. Doch in diesem Augenblick wurde er von den anderen Pferden weggedrängt. Er legte die Ohren wieder an. Carole folgte ihm und kletterte erneut auf den Zaun. Sie würde es schaffen. Sie musste es tun, aber sie würde Hilfe brauchen. Die beste Hilfe wäre Stevie. Wo war sie nur?

In den Boxen standen acht Pferde. Stevie sah sich um. Sie war allein. Sie hatte keine Zeit mehr, Hilfe zu holen. Sie war ganz auf sich gestellt. Ihr gesunder Menschenverstand sagte ihr, dass sie zuerst die Pferde freilassen musste, deren Boxen am weitesten von der Tür entfernt waren. Sie rannte zur hintersten Box, riss die Tür auf und zog am Halfter des Pferdes. Sein Wiehern klang wie eine Mischung aus Wut und Angst.

„Ich weiß genau, wie du dich fühlst“, sagte sie zu ihm. Betont ruhig und gelassen führte sie das Pferd aus der Box. Dann ließ sie das Halfter los und versetzte dem Pferd einen scharfen Schlag auf die Flanke. Es schoss in Richtung See davon. Stevie hoffte nur, dass die Pferde, die sie freiließ, nicht zu weit wegliefen, aber doch weit genug. Sie würden genug Zeit haben, sie wieder zu finden – Hauptsache, sie waren noch am Leben!

Sie hastete zur nächsten Box. In dem gespenstischen orangefarbenen Licht erkannte sie Major. Lisa würde glücklich sein, dass er gerettet war. Major folgte dem ersten Pferd in die Dunkelheit.

Hinter sich hörte sie den Heuboden herunterbrechen – und sie hörte die Sirenen der Feuerwehr. Vielleicht würden die Feuerwehrleute ihr helfen. Vielleicht konnten sie auch einen Teil der Scheune retten.

Während Stevie in aller Eile ein Pferd nach dem anderen freiließ, musste sie an die schöne alte Scheune denken – die angenehme Kühle der Boxen selbst an heißen Sommertagen, die altmodische Toreinfahrt, die Sattelkammer und die anderen Lagerräume mit den Kutschen und dem Schlitten. Sie hoffte, dass einige dieser Dinge gerettet werden konnten. Doch das Wichtigste waren die Pferde.

Stevie hielt Ausschau nach Teddy. Sie hatte ihn bisher noch nicht entdecken können, aber sie konnte auch kaum etwas sehen. Sie wusste, dass er da war, aber sie durfte mit der Suche nach einem einzelnen Pferd keine Zeit vergeuden. Sie musste alle freilassen. Vor allem aber brauchte sie mehr Zeit!

Zum ersten Mal war Carole froh über Freds Nachlässigkeit. Er hatte eine Führleine am Zaun hängen lassen, anstatt sie wegzuräumen, wie es sich gehörte. Sie war genau das, was Carole gesucht hatte. Als die Pferde wieder bei ihr vorbeikamen, streckte sie die Hände durch den Zaun und hakte die Führleine in Topsides Halfter. Es war kein Vergleich zu einem Trensenzaum mit Gebiss, aber es musste genügen, denn etwas anderes hatte sie nicht.

Sie langte mit einer Hand um die oberste Zaunlatte, übernahm die Führleine in die andere und kletterte auf den Zaun. Eine bessere Gelegenheit als diese würde sie sicher nicht bekommen.

Carole sprach beruhigend auf Topside ein, streichelte ihn und ließ sich sanft auf seinen Rücken gleiten. Sie trug nur ihren Schlafanzug und hatte keine Schuhe an. Sie hatte keinen Sattel, keine Stiefel, keine Sporen – nichts, womit sie Topside überzeugen konnte – nur ihre Waden und ihre Stimme.

Sie drückte die Unterschenkel an, um ihm zu zeigen, dass sie von nun an das Kommando übernehmen würde. Sie wollte ihn spüren lassen, dass er nun nicht länger gezwungen war, in dieser schrecklichen Situation Entscheidungen zu treffen – das würde sie für ihn übernehmen.

„Also gut, Topside“, sagte sie und schnalzte mit der

Zunge. Er spitzte die Ohren. Das war ein gutes Zeichen. Es bedeutete, dass er sie gehört hatte und auf weitere Anweisungen wartete. „Jetzt werden wir deine Fähigkeiten als Hütepferd und meine als Cowboy auf die Probe stellen. Wir haben keine Zeit mehr zu verlieren, also lass uns anfangen."

Sie stieß seinen Bauch leicht mit ihren bloßen Füßen an. Er verspannte sich, und sie spürte seine Unsicherheit. Er sollte aber nicht unsicher sein, er sollte gehorchen! Sie stieß ihn kräftig mit den Fersen. Das schien ihn zu überzeugen, doch Carole befand sich mitten in einem Meer von Pferden, aus dem es keinen Ausweg gab.

In diesem Augenblick schoss die erste gewaltige Wasserfontäne von der anderen Seite der Scheune aus über das Dach. Die Pferde sprangen erschrocken zurück, und dabei entstand zwischen ihnen eine winzige Lücke. Carole hielt die Hände tief, zog an der Führleine und hoffte nur, dass Topside sie verstehen würde. Einen Augenblick lang blieb er unbeweglich stehen, doch dann begann er langsam und vorsichtig rückwärtszugehen.

„So ist es brav!", lobte ihn Carole dankbar.

„Autsch!", sagte Stevie. Eine aufgeregte Stute hatte sie getreten. Sie rieb sich das Schienbein. Es schwoll an, aber es blutete nicht. Offensichtlich war es nicht so schlimm. Es war von Vorteil, dass die Stute so aufgeregt war, denn dann würde sie schnurstracks ins Freie laufen. Und tatsächlich, kaum hatte Stevie ihre Box geöffnet, schoss die Stute auch schon nach draußen.

„Teddy, Teddy! Wo bist du?“, rief Stevie und hustete. Der Rauch wurde immer dichter. Sie konnte jetzt noch weniger sehen als vor einigen Minuten.

Stevie entdeckte einen Schimmel, der sich in eine Ecke seiner Box drückte. Sie langte schnell über die Halbtür, griff nach dem Halfter und zog sanft daran.

Die Reaktion des Pferdes aber war keineswegs sanft. Es stieg und schlug mit den Vorderhufen nach ihr. Es hatte sich so blitzartig bewegt, dass Stevie von ihm halb in die Box hineingerissen wurde. Sie schaffte es, ihre Finger aus dem Halfter zu ziehen und sprang zurück in die Stallgasse, bevor das Pferd sie treffen konnte.

„He, du – ich will dir helfen, und du steigst! Jetzt hör mal gut zu. Heb dir deine Späßchen gefälligst für morgen auf. Dann kannst du gern Zirkuspferd spielen, vielleicht werde ich sogar Beifall klatschen. Aber jetzt benimmst du dich. Ich sage dir, was zu tun ist, und du tust es gefälligst!“

Der Schimmel schaute sie misstrauisch an, aber er wehrte sich nicht, als sie eine Führleine in sein Halfter hakte. Er bewegte sich allerdings auch nicht, als sie an der Leine zog. Sie zog stärker. Dann riss sie an der Leine. Das Pferd riss zurück. Es weigerte sich, auch nur einen Schritt nach vorn zu machen.

Eine der ersten Lektionen, die man mit jungen Pferden übt, ist das Führen am Halfter. Doch dieses Pferd war so aufgeregt und verängstigt, dass es offensichtlich alles vergessen hatte, was es je gelernt hatte. Stevie versuchte, sein Leben zu retten, aber es führte sich auf, als hätte sie etwas Schreckliches mit ihm vor, zum Beispiel, es auf einen Transporter zu verladen ...

Das war es! Es gab eine Menge Tricks, ein unwilliges Pferd zu verladen, und einer davon war, ihm die Augen zu verbinden. Kurzentschlossen riss Stevie ein Hosenbein von ihrem Schlafanzug ab. Sie hatte nichts anderes, und außerdem hatte sie das Blümchenmuster noch nie gemocht. Sie sprach dem Schimmel beruhigend zu und legte den Stoffstreifen vorsichtig über seine Augen. Wenn er nichts mehr sehen konnte, musste er sich auf sie verlassen. Zumindest hoffte sie, dass das der Fall sein würde.

Es klappte. Stevie zog an der Führleine. Das Pferd setzte zögernd einen Fuß vor, und noch bevor es wusste, wie ihm geschah, ging es schon neben Stevie die Stallgasse entlang. Stevie führte es bis zum Tor, bevor sie ihm das Hosenbein abnahm, denn sie hatte Angst, es könnte in seine Box zurücklaufen, wenn sie es zu früh freiließ. Und das wäre schrecklich.

„Los, raus hier!“, schrie sie den Schimmel an. Sie löste die Führleine und schlug ihm damit auf den Rumpf. Er bedachte sie mit einem bitterbösen Blick. Stevie schlug ihn noch einmal, und er schoss in vollem Tempo davon. Nun waren sieben Pferde frei. Aber wo war Teddy?

11

Nun, da Carole auf Topside saß und er sich entschlossen hatte, ihr zu gehorchen, war alles Weitere leicht – zumal sie von den anderen Reitern und den Angestellten des Ferienlagers so tatkräftig unterstützt wurde.

Carole ließ Topside auf die Herde zugaloppieren, und die Tiere sammelten sich auf einer Seite der Koppel, obwohl sie immer noch sehr verängstigt waren. Auf Caroles Zeichen begannen die Helfer am Zaun wieder damit ihre Handtücher zu schwenken, und allmählich nahmen die Pferde sie auch zur Kenntnis. Topside, das reine Englische Vollblut, trieb die Herde vor sich her wie ein erfahrenes Quarterhorse. Quarterhorses sind die Pferde der Cowboys. Kraft, Durchhaltevermögen, Schnelligkeit und Intelligenz machen sie zu besonders guten Hütepferden. Topside besaß all diese Vorzüge auch. Es schien Carole, als verstünde er seine Aufgabe – er gehorchte nicht nur ihren Befehlen, sondern schien auch begriffen zu haben, worum es ging. Er schob sich hinter die Herde und begann, sie in die richtige Richtung zu treiben.

Es ließen sich jedoch nicht alle Pferde treiben. Einige von ihnen schlossen sich der Herde nicht an, sondern blieben in der Nähe der Scheune.

Debbie erkannte das Problem und fand schnell eine Lösung. Zu den Pferden, die noch am Zaun standen, gehörte auch ihr Pferd Bellevue. Debbie kletterte in seiner Nähe auf den Zaun und sprang von dort aus auf seinen Rücken. Sie packte seine Mähne und ritt ihn aus der Gefahrenzone. Genau das hatte Bellevue gebraucht, ebenso wie Topside. Debbie umkreiste die Herde und half Carole, die auf der anderen Seite ritt, die Pferde zu treiben. Lisa und die anderen Helfer wedelten weiterhin mit den Handtüchern.

Nur drei Pferde blieben am Zaun zurück. Eines von ihnen war Basil, den Lisa erst vor wenigen Stunden geritten hatte. Es war kaum zu glauben, dass in so kurzer Zeit so viel passieren konnte. Lisa warf einen Blick auf die Scheune, doch jetzt war keine Zeit, trübseligen Gedanken nachzuhängen. Sie sprang vom Zaun, wartete, bis Basil sie entdeckt hatte, und versetzte ihm dann einen kräftigen Schlag aufs Hinterteil. Er wirkte Wunder. Basil und die anderen beiden Pferde galoppierten hinter der Herde her.

„Juhu!“, jubelte Nora. „Das hast du toll gemacht!“

„Ja, du hast genau das Richtige getan!“, sagte Elsa. Die anderen Reiter am Zaun klatschten Beifall.

„Es war Teamwork", wehrte Lisa ab. „Wir waren alle gut."

„Aber wir haben noch mehr zu tun", stellte Elsa fest. „Wir haben alles geholt, was wir finden konnten, um daraus eine Absperrung zu bauen, aber nun müssen wir es aufstellen. Wenn wir uns nicht beeilen, werden die Pferde in null Komma nichts wieder hier sein!"

Lisa freute sich, als sie sah, dass alle, die bei der Herde geholfen hatten, nun mit Feuereifer darangingen, einen behelfsmäßigen Zaun aufzustellen. Sie hatte schon oft die Erfahrung gemacht, dass Menschen nur zusammenarbeiten mussten, um etwas auf die Beine zu stellen. Sie war ziemlich sicher, dass dieses Team es auch schaffen würde, eine Pferdeherde in Schach zu halten!

„Wo sind die Pferde?", fragte jemand. Lisa drehte sich um. Es war Phil.

„Sie sind auf der anderen Seite des Hügels", antwortete Lisa. „Wir haben sie von der Scheune weggetrieben. Sie sind jetzt in Sicherheit."

„Alle?"

„Klar, alle", sagte Lisa. „Oder siehst du hier irgendwo noch eines?"

„Hast du Teddy gesehen? War er dabei?", wollte Phil wissen.

„Das war in dem Durcheinander und in der Dunkelheit schwer zu erkennen, Phil", erklärte Lisa ihm wesentlich geduldiger, als sie sich fühlte. „Aber die Pferde, die auf der Weide waren, sind jetzt alle in Sicherheit auf der anderen Seite des Hügels."

„Aber Teddy war nicht auf der Weide", stieß Phil entsetzt hervor. „Stevie hat gesagt, ich soll ihn im Stall lassen wegen des Hufschmieds."

Lisa hatte sich so sehr auf die Pferde konzentriert, die auf der Weide standen, dass sie die in der Scheune ganz vergessen hatte.

Phils Worte erinnerten sie daran, dass auch Major in der Scheune war. Major und Teddy waren beide in der Scheune – und wo war Stevie?

„Oh nein!", keuchte Phil. Er rannte los, dicht gefolgt von Lisa. Sie kamen jedoch nur auf etwa zehn Meter an den Seiteneingang heran. Die Feuerwehrmänner ließen sie nicht weitergehen.

„Zu gefährlich", sagte einer. „Die Seitenwand kann jeden Augenblick einstürzen."

„Aber da ist noch jemand drin!", stieß Phil hervor.

„Und zwar meine beste Freundin!", fügte Lisa hinzu.

„Da drin ist wirklich niemand", sagte der Feuerwehrmann. „Das wäre Wahnsinn! Und jetzt geht zurück. Haltet euch von hier fern!"

„Teddy?“

Ein Pferd antwortete mit einem Wiehern. Stevie rief weiterhin seinen Namen und folgte seinem Wiehern.

Sie fand ihn schließlich, musste aber feststellen, dass das Feuer wahrscheinlich nicht sein schlimmstes Problem war.

Teddy lag in seiner Box, bewegungslos vor Angst. Aus Erfahrung wusste Stevie, dass jedes Pferd seine eigene ausgeprägte Persönlichkeit hatte, und Teddy war sehr ängstlich.

Stevie musste wieder daran denken, welche Probleme Phil mit Teddy gehabt hatte, als er den verletzten Huf untersuchen wollte, und wie gut sein Pferd in dieser Situation auf ihre beruhigenden Worte reagiert hatte. Jetzt musste sie genauso vorgehen, doch es würde ihr schwerfallen, etwas Beruhigendes von sich zu geben, während über ihr das Feuer knisterte und es um sie herum immer heißer wurde. Sie selbst war eigentlich überhaupt nicht ruhig.

Sie begann mit dem Pferd zu sprechen. Sie vermutete, dass es Teddy ganz egal war, was sie erzählte, aber zumindest hörte er zu. Sie plapperte immer weiter, doch während sie sprach, hakte sie eine Führleine in Teddys Halfter und ließ ihn aufstehen. Zu ihrer eigenen Verwunderung wurde ihr plötzlich bewusst, dass sie Teddy die Geschichte von Schneewittchen erzählte, allerdings hatte sie aus den sieben Zwergen sieben Bären gemacht – Teddybären natürlich.

Anfangs schien Teddy die Geschichte zu gefallen. Er hatte sich langsam erhoben, doch danach rührte er sich nicht mehr. Stevie verband ihm die Augen. Es funktionierte nicht. Sie zog an der Führleine. Sie riss an der Führleine. Teddy rührte sich nicht. Er fühlte sich sicher in seiner Box und wollte sie auf keinen Fall verlassen.

Aber Teddy war auch ein gut ausgebildetes Reitpferd, und es gab einige Dinge, die ein solches Pferd nie vergaß. Stevie beschloss, es zu versuchen. Sie stieg auf den umgekippten Wassereimer und sprang von dort auf Teddys Rücken. Sie hatte Recht gehabt – mit einem Reiter auf dem Rücken würde er nicht mehr still stehen. Noch bevor sie Zeit hatte, in die Mähne zu greifen, schoss er aus der Box!

Er witterte die frische Luft, und jetzt, da er sich für eine Richtung entschieden hatte, verlor er keine Zeit mehr. Er raste aus der Scheune, die leicht ansteigende Zufahrt hoch und den Pfad zum See hinunter. Stevie klammerte sich mit aller Kraft fest. Dieses Pferd war eine Rakete!

Auch die anderen Pferde waren zum See gelaufen. Stevie war sicher, dass Teddy dasselbe tun würde. Das tat er auch, doch anders als die anderen sieben blieb er nicht am Ufer stehen, sondern raste in vollem Galopp weiter! Die letzte Stimme, die Stevie hörte, als Teddy mit ihr an den Hütten vorbeischoss, gehörte Phil. Sie war leise, aber doch verständlich.

„Stevie!"

Stevie war eine gute Reiterin. Sie wusste genau, wie man ein Pferd dazu brachte, das zu tun, was der Reiter wollte, und wie man es davon abhielt, das zu tun, was es selber wollte. Doch es war schwer, diese Kenntnisse auf einem ungesattelten und ungezäumten Pferd in die Tat umzusetzen. Und auf einem immer noch völlig verängstigten Teddy war es einfach unmöglich. Sie konnte nur eins tun – sich festklammern. Das Pferd raste mit ihr durch den Wald, keuchend und schweißnass. Es stolperte über Steine und Wurzeln und streifte Äste, Bäume und dornige Ranken. Stevies Beine wurden zerkratzt, und sie spürte, wie das Blut an ihnen hinunterlief. Doch das machte nichts. Das einzig Wichtige war, Teddy zu retten. Wenn sie es nur schaffte, bei ihm zu bleiben, konnte sie ihn vielleicht daran hindern, sich zu Tode zu rennen. Solange er nicht bereit war, anzuhalten, konnte sie wenig tun, aber sie konnte bei ihm sein, wenn ihn seine Kräfte verließen. Sie krallte beide Hände in seine dicke Mähne, umklammerte seinen glatten Bauch mit ihren zerkratzten Beinen und lehnte sich weit nach vorn, um den Zweigen, die gegen ihren Körper schlugen, möglichst wenig Angriffsfläche zu bieten.

Die ganze Zeit über sprach sie beruhigend auf Teddy ein. „‚Wer hat von meinem Tellerchen gegessen?', fragte der kleine Bär. ‚Wer hat auf meinem Stühlchen gesessen?', fragte ein anderer." Sie konnte kaum glauben, dass sie tatsächlich einem Pferd ein Märchen erzählte. Wahrscheinlich half sie Teddy damit nicht sehr, aber ihr selbst tat das Erzählen gut. Auf diese Weise konnte sie verhindern, dass sie selbst in Panik geriet, und erinnerte Teddy gleichzeitig daran, dass sie noch bei ihm war – allerdings wirkte der Trick bei beiden nicht besonders.

Teddy war ein großes, starkes Pferd. Stevie befürchtete, er würde noch stundenlang weiterrasen. Sie machte sich dabei größere Sorgen um ihn als um sich selbst. Jedes Mal wenn er über irgendetwas stolperte, lief er Gefahr, sich zu verletzen. Und wenn die Brombeerranken und Dornenbüsche ihr schon wehtaten, mochte sie gar nicht daran denken, welchen Schaden sie seinen empfindlichen Beinen zufügen konnten. Sie hatte einmal miterlebt, wie sich ein Pferd so schwer verletzt hatte, dass es getötet werden musste. Das durfte mit Teddy nicht passieren – vor allem nicht, nachdem sie ihn vor dem Feuer gerettet hatte!

Stevie drückte sich eng an seinen Hals. Ihm durfte einfach nichts passieren. Sie musste es verhindern!

Sie sprach weiter auf ihn ein, und er wurde allmählich langsamer. Sein langsamer Galopp hätte selbst ohne

Sattel eine bequeme, schaukelnde Gangart sein müssen, doch Teddy lahmte. Er strauchelte bei jedem Schritt, denn jetzt machten ihm die Verletzungen zu schaffen, die er vorher in seiner Panik nicht einmal bemerkt hatte.

Er fiel in den Trab.

„Haaalt", befahl Stevie. Sie versuchte, ihr Gewicht so zu verlagern, wie sie es mit Sattel getan hätte, um ihm so das Zeichen zum Anhalten zu geben. Er fiel in Schritt und blieb dann stehen.

Stevie trieb ihn wieder an und ließ ihn Schritt gehen, bis sich seine Atmung beruhigt hatte, und sie blieb auf seinem Rücken, bis sie sicher war, dass er nicht wieder losrasen würde. Sie befanden sich auf einer Lichtung. Stevie hatte keine Ahnung, wie weit sie vom Ferienlager entfernt war und wie sie dorthin zurückkommen sollte, doch sie stellte fest, dass es auf der Lichtung nichts gab, wovor Teddy sich fürchten musste. Der Albtraum Feuer war außer Sicht, und sie hoffte, dass Teddy nicht mehr daran denken würde.

Sie klopfte ihm beruhigend und ermunternd den Hals. Teddy nickte mit dem Kopf und zeigte ihr damit, dass er wieder in Ordnung war. Langsam und vorsichtig glitt Stevie von seinem Rücken. Ebenso ruhig untersuchte sie seine Beine, denn sie wollte ihn auf keinen Fall erschrecken. Er hatte einige hässliche Kratzer an den Beinen, und der Huf, aus dem sie den Stein entfernt hatte, verursachte ihm anscheinend große Schmerzen. Mit ihr über den unebenen Waldboden zu rasen, hatte ihm ganz offensichtlich nicht gerade gutgetan!

Stevie schaute sich um und entdeckte einen Bach ganz in ihrer Nähe. Sie probierte das Wasser. Es war kühl und schien sauber zu sein. Sie führte Teddy hin und ließ ihn ein paar Schlucke trinken. Dann schöpfte sie Wasser mit den Händen und wusch damit seine Verletzungen aus. Er wich zurück, also begann sie wieder zu erzählen.

„Es war einmal …"

Teddy stand still, während Stevie seine Wunden sauber machte und ihm dabei eine Geschichte erzählte. Sie konnte im Mondlicht gerade noch erkennen, dass die meisten der Kratzer nicht mehr bluteten. Einer von ihnen war jedoch tiefer. Stevie schaute sich nach etwas um, mit dem sie die Wunde verbinden konnte. Das Naheliegendste war das zweite Hosenbein ihres Schlafanzugs. Schließlich hatte sie das erste schon geopfert, um den Pferden damit die Augen zu verbinden.

Es funktionierte. Sie wickelte es vorsichtig um Teddys Bein und knotete die Enden zusammen. Schon nach wenigen Minuten war die Blutung zum Stillstand gekommen.

„Von jetzt an pass bitte auf dich auf, ja?", bat Stevie ihn. Im Gegensatz zu dir habe ich nur zwei Beine, und den Rest von meinem Schlafanzug brauch ich selbst!"

Sie seufzte. Solange sie Witze machen konnte, ging es ihr gut.

Stevie war klar, dass sie sich eigentlich auf den Rückweg ins Camp machen musste, denn die anderen würden sich um sie und Teddy sorgen, doch Teddy und sie waren einfach zu müde. Es hätte ihr gerade noch gefehlt, jetzt durch den dunklen Wald zu stolpern und sich womöglich noch mehr zu verirren, als es jetzt schon der Fall war. Sie knotete Teddys Führleine an einen Baum, unter dem etwas Gras wuchs, das er fressen konnte, und setzte sich mit dem Rücken an einen Baum. Sie wollte sich nur eine Minute ausruhen.

Als sie wieder aufwachte, war es heller Tag. Sie schrak hoch, weil jemand ihren Namen rief.

„Stevie! Du bist in Ordnung!“, sagte Phil und kniete sich neben sie.

Sie lächelte schwach. „Ja, das bin ich, und Teddy auch, obwohl er ein paar Kratzer hat. Ich habe versucht, den schlimmsten zu verbinden“, erklärte sie. Sie wollte Phil versichern, dass sein Pferd nicht ernsthaft verletzt war, aber er fiel ihr ins Wort.

„Sei doch mal ruhig“, sagte er fast im Flüsterton.

„Wie soll ich mich bei dir entschuldigen, wenn du die ganze Zeit redest?“

Stevie sagte nichts mehr.

„Du bist eine gute Pferdepflegerin. Und du bist auch

eine gute Reiterin. Du bist eine echte Freundin, Stevie, und es wird mir eine Ehre sein, mit dir auf dem Turnier zu reiten, und es würde mich überhaupt nicht wundern, wenn du jede Schleife gewinnst, die es gibt, denn du hast viel mehr Mut als jeder andere Mensch, den ich kenne. Damit will ich sagen, dass ich dich einfach umwerfend finde. Ich glaube, du bist das tollste Mädchen, das ich je getroffen habe, und ich wünschte mir, du wärest nicht mehr sauer auf mich."

„Das Turnier ist mir ganz egal", sagte Stevie erschöpft. „Wichtig sind mir nur die Pferde. Und ich bin auch nicht mehr sauer auf dich", erklärte sie. „Oh, Mann, bin ich müde. Ich hoffe, ich träume nicht nur, dass du hier bist. Wie habt ihr uns überhaupt gefunden?"

„Wir haben ja gesehen, in welche Richtung Teddy mit dir gelaufen ist, und so sind Barry und ich hinterhergefahren. Du warst ganz leicht zu finden. Du bist nur etwa zehn Meter von der Straße entfernt. Wir sind mit dem Transporter gekommen, damit wir dich und Teddy gleich mit zurücknehmen können."

Stevie stand auf und sah sich um. Wenn sie in der letzten Nacht von der Straße gewusst hätte, hätte sie vielleicht versucht, allein zurückzukommen. Sie war jedoch froh, dass sie es nicht getan hatte. Sie hätte keinen Schritt mehr laufen können, und für Teddy galt dasselbe.

„Und jetzt zu Teddy", sagte Phil. „Ich hoffe, er wird

in Zukunft nicht immer Bandagen mit Blümchenmuster tragen. Die anderen Pferde würden sich totlachen über ihn!"

Stevie lächelte. Es war schön zu wissen, dass auch Phil noch Witze machen konnte.

12

Stevie konnte es kaum abwarten, Lisa und Carole zu sehen. Es gab so viel, was sie ihnen erzählen musste.

Als Barry mit dem Transporter ins Ferienlager einbog, konnte Stevie den allerersten Blick auf die ausgebrannte Scheune werfen.

Wie bei vielen Bränden hatte das Feuer auch hier einen unvorhersehbaren Weg genommen. Der Heuboden war vollständig ausgebrannt und so auch ein großer Teil der Stallungen. Einige Teile des Gebäudes aber waren kaum angesengt. Die Sattelkammer zum Beispiel war zwar total verschmutzt, roch nach Rauch und war vom Löschwasser durchweicht, aber nach einer gründlichen Reinigung würde das Lederzeug aussehen wie neu.

„Oh, das ist prima!“, sagte Stevie. „Dann haben wir ja heute noch Reitunterricht!“

Barry schaute sie streng an. „Ich bin der Ansicht, dass eine Reiterin, die die Nacht damit zugebracht hat, acht Pferde zu retten und eines davon im stockdunklen Wald zu versorgen, die ihren Schlafanzug zerrissen hat – von ihren Beinen ganz zu schweigen –, nur um damit die Beine eines Pferdes zu verbinden, sich einen Tag freinehmen sollte. Außerdem gibt es noch etwas, das du sehen solltest."

Phil hatte Stevies Turnschuhe mitgebracht. Sie war froh darüber, als sie über die angekohlten Balken stieg, die überall herumlagen. Noch froher war sie jedoch über Phils Fürsorglichkeit, als er ihre Hand nahm und sie in die Scheune führte.

Es war der Ort, an dem sie nur wenige Stunden zuvor gewesen war. Sie erinnerte sich so deutlich daran, dass sie die Anwesenheit der verängstigten Pferde und ihre eigene Furcht fast spüren konnte. Sie konnte ihr angsterfülltes Wiehern ebenso hören wie das Stampfen der Hufe auf den Dielenbrettern. Es war derselbe Ort, aber er sah ganz anders aus. Das Feuer hatte ihn in ein riesiges pechschwarzes Loch verwandelt. Es war nichts übrig, abgesehen von ein paar Metallteilen. Stevie hob einen verkohlten Eimerhenkel auf.

„Kurz nachdem du mit Teddy hier herausgeschossen kamst, ist der Heuboden über diesem Teil des Stalls heruntergebrochen. Hier unten ist alles ausgebrannt, und wenn du die Pferde nicht gerettet hättest, wäre keines mehr am Leben", sagte Barry.

„Und wenn du nicht so schnell gehandelt hättest …", begann Phil.

„Ja, ja, ich verstehe schon“, unterbrach ihn Stevie. Sie wollte nicht, dass er es aussprach. Sie begann zu zittern, und erst jetzt wurde ihr bewusst, was sie hier geleistet und in welcher Gefahr sie dabei geschwebt hatte. „Vielleicht sollte ich mich lieber etwas hinlegen“, sagte sie mit zittriger Stimme.

„Komm, ich helfe dir.“ Phil beugte sich vor und nahm sie auf den Arm, einfach so!

Stevie seufzte zufrieden. Sie legte ihren Kopf auf Phils Schulter und war schon fast eingeschlafen, als sie Hütte drei erreichten.

Das Sattelclub-Treffen an diesem Nachmittag dauerte sehr lange und unterschied sich stark von allen bisherigen Treffen, denn diesmal nahmen alle Reiter von Moose Hill daran teil. Jeder von ihnen hatte einen Haufen Lederzeug, eine Dose Sattelseife, Wasser und einen Schwamm mitgebracht. Sie hatten eine schattige Stelle in der Nähe des Speiseraums gefunden und begannen mit der Arbeit. Stevie erzählte den anderen von ihrem Abenteuer in der Scheune.

„Du bist eine Heldin!“, stellte Lisa fest.

Stevie schüttelte den Kopf. „Nein, ganz bestimmt nicht. Ich habe ja nicht mit Handtüchern vor in Panik geratenen Pferden herumgewedelt und dabei riskiert, von ihnen zertrampelt zu werden. Und ich habe mich auch nicht auf eines von diesen Pferden gesetzt. Das war heldenhaft!"

„Du hättest die Zaunbauer sehen sollen, Stevie", sagte Carole. „Während einige von uns die Herde bewacht haben, haben die anderen wie der Blitz den Zaun aufgestellt. Sie hätten dabei leicht von den Pferden umgerannt werden können."

Stevie lächelte kaum merklich.

„Worüber amüsierst du dich, Stevie?", fragte Nora.

Stevie zuckte mit den Achseln. „Carole, Lisa und ich haben schon vor langer Zeit festgestellt, dass wir uns so gut verstehen, weil wir alle drei pferdeverrückt sind. Ich glaube, das trifft auf uns alle zu – die ganze Gruppe. Unsere Pferdeverrücktheit hat uns letzte Nacht dazu gebracht, das zu tun, was wir getan haben, und schau mal, was wir jetzt schon wieder tun." Die anderen lächelten, und einige nickten zustimmend. „Andererseits", fuhr Stevie fort, „wenn man wirklich darüber nachdenkt, was wir in der letzten Nacht getan haben, könnte man zu dem Schluss kommen, dass wir nicht pferdeverrückt, sondern schlicht und einfach nur verrückt sind!" Darüber mussten alle lachen. Es klang wundervoll.

Barry gesellte sich zu ihnen. Er setzte sich, nahm einen Trensenzaum vom Stapel und begann ihn zu putzen.

„Es gibt einiges, was ich euch erzählen möchte“, sagte er. „Die Feuerwehrleute haben feststellen können, wo der Brandherd war, und es gibt keinen Zweifel – die Brandursache war das verdorbene Heu auf dem Boden. Wenn Heu verrottet, entstehen Wärme und Sauerstoff. Ich kann euch nicht genau erklären, wie dieser Vorgang abläuft, aber irgendwann hat sich genug Hitze entwickelt, dass es zu einem Schwelbrand kommt, und es dauert nicht lange, bis Heu brennt. Das weiß jeder Stallbesitzer. Und jetzt habt ihr die Folgen eines solchen Brandes gesehen. Ich hatte die Anweisung gegeben, das verdorbene Heu vom Boden zu holen, aber ganz offensichtlich wurde sie nicht ausgeführt. Die dafür verantwortliche Person hat das Ferienlager bereits verlassen.“

Das hatte Lisa sich schon gedacht, denn sie hatte vor einigen Stunden beobachtet, wie Fred verärgert sein ganzes Gepäck in einen Kombiwagen geworfen hatte und eilig davongefahren war.

„Das Ganze hat jedoch auch sein Gutes. Das Wichtigste ist, dass alle Pferde gerettet wurden. Wir haben zwar einige kleinere Verletzungen zu behandeln, aber da alle so schnell und überlegt gehandelt haben, ist keines von ihnen ernsthaft verletzt. Die zweite gute Nachricht ist, dass diese alte Scheune eine Scheune war und kein Stall – und obwohl ich sie sehr gernhatte, mit dem großen Heuboden und den schönen glatten Holzfußböden, werde ich mit dem Geld von der Versicherung einen ganz neuen Stall bauen können. Wenn ihr im nächsten Jahr wiederkommt, wird es besser sein als vorher. Zum Schluss möchte ich noch darauf eingehen, dass jemand seine Bedenken über die Richter geäußert hat, die zu unserem Turnier kommen werden und ..."

Debbie unterbrach ihn. „Barry, darf ich zuerst noch etwas sagen?"

Einen Augenblick lang sah Barry sie zweifelnd an. „Klar", sagte er dann.

„Ich habe mich dumm und egoistisch aufgeführt, und es tut mir leid, dass ich die Fairness der Richter angezweifelt habe. Bitte nimm in dieser Beziehung keine Änderungen vor, ja?"

Barry machte eine kleine Kunstpause. „Das hatte ich auch nicht vor", sagte er. „Aber ich bin froh, dass du mit mir einer Meinung bist."

Lisa lächelte. Debbie war nicht mehr dasselbe Mädchen, das sich erst einen Tag zuvor mit Barry gestritten hatte. Doch verändert hatten sie sich wohl alle. Es hatte nicht viel dazugehört, dachte Lisa. Nur eine brennende Scheune, verängstigte Pferde, Mut, Tapferkeit und die uneingeschränkte Zusammenarbeit von ungefähr dreißig Leuten, die sich bis dahin nur als Gegner betrachtet hatten und nicht als Teamgefährten.

13

„Du siehst aus wie eine erfahrene Turnierreiterin“, sagte Carole bewundernd zu Lisa.

„Das bin aber nicht ich, das sind nur die Klamotten“, scherzte Lisa. „Ich musste mir Handschuhe von Elsa leihen, und die Gerte gehört Phil, und nach mir bekommt Jack sie.“

So ähnlich erging es auch allen anderen Reitern. Jeder lieh dem anderen gern seine Sachen, damit alle einen möglichst guten Eindruck machen konnten. Alle bemühten sich, ihr Bestes zu geben.

„Viel Glück beim Springen“, sagte Carole.

„Danke“, erwiderte Lisa. Sie würde es brauchen können. Schließlich hatte sie erst hier im Ferienlager angefangen zu springen.

Eigentlich spielte es für sie keine Rolle, ob sie eine Schleife gewann. In ihrer Gruppe waren noch andere Springanfänger, die besser waren als sie. Sie freute sich in erster Linie darüber, zeigen zu können, was sie in nur zehn Tagen alles gelernt hatte.

„Lächle", sagte Barry und riss Lisa damit aus ihren Gedanken. „Du bist dran!"

Nachdem Barry ihren Namen aufgerufen hatte, trieb sie Major an. Sie umkreiste den Parcours einmal, grüßte vor den Richtern und begann ihren Ritt.

Major sprang gern, aber Lisa hatte noch mehr Freude daran. Sie hatte insgesamt vier Hindernisse zu überwinden. Sie waren alle nicht sehr hoch, aber bei dieser Prüfung ging es nur um ihren Springstil und nicht um Rekordhöhen.

Major galoppierte gelassen auf das erste Hindernis zu. Lisa hob sich aus dem Sattel, genau wie sie es geübt hatte, neigte den Oberkörper vor und schob ihre Hände an Majors Hals nach vorn, damit er sich strecken konnte. Genau im richtigen Moment sprang Major ab und schien über das Hindernis nur so zu fliegen. Er landete weich, und sie verlagerte ihr Gewicht wieder in den Sattel. Perfekt! Nach diesem Sprung war Lisa alles egal. Selbst wenn sie beim nächsten Hindernis hinuntergefallen wäre, hätte ihr das nichts ausgemacht. Sie hatte ein Hindernis hundertprozentig korrekt überwunden, und sie war stolz auf sich. Auch die anderen schienen zufrieden mit ihr. Carole, Stevie und alle anderen Reiter klatschten Beifall. Sie alle wussten, wie viel Arbeit hinter diesem perfekten Sprung steckte. Doch er war das stundenlange Üben wert gewesen.

Wie sich herausstellte, brauchte sie sich auch über die nachfolgenden Hindernisse keine Sorgen zu machen. Es ging alles glatt. Lisa war allerdings sicher, dass sich nie wieder ein Sprung so großartig anfühlen würde wie der erste perfekte, der ihr auf diesem Turnier geglückt war.

Stevie strich ihr Jackett glatt, während sie mit Topside auf ihren Start wartete.

„Jennifer Lake!“, kündigte Barry sie an.

Es konnte losgehen. Stevie hatte mit Topside bereits an einer Spring- und einer Materialprüfung teilgenommen. Jetzt stand ihnen eine Dressurprüfung bevor, bei der Stevie zeigen musste, wie gehorsam, ausbalanciert und beweglich ihr Pferd war. Für unwissende Zuschauer ist eine Dressurprüfung manchmal schwer zu verstehen, vor allem, wenn die Teilnehmer gute Reiter sind, denn ein gutes Dressurpferd gehorcht nahezu unsichtbaren Hilfen.

Stevie ritt in das Dressurviereck ein, grüßte vor den Richtern und begann mit ihrer Kür. Sie hatte ihr Programm so zusammengestellt, dass sich Topside von seiner allerbesten Seite zeigen konnte, und als sie begann, schossen ihr verschiedene Begriffe durch den Kopf zum Beispiel Takt, Kadenz, Hankenbeugung, Versammlung und vor allem Schwung. Topside kannte keines dieser Wörter, doch er ging einfach großartig. Gemeinsam zeigten sie Zirkel und Wendungen in allen Gangarten. Auch die Handwechsel und die Übergänge von einer Gangart zur anderen waren perfekt. Topside war in bester Form. Stevie konnte sich ein triumphierendes Grinsen nicht verkneifen. Nachdem sie ihre beiden letzten Lektionen, eine Wendung auf der Vorhand und eine auf der Hinterhand, hinter sich gebracht hatte, wusste sie, dass ihre Vorstellung fehlerfrei gewesen war.

Sie beendete ihre Kür und ritt unter dem Applaus der Zuschauer aus dem Viereck. Sie verschwendete jedoch keine Zeit damit, sich im Glanz ihrer Leistung zu sonnen. Es gab noch viel zu tun. Da Teddys Beine noch nicht wieder ganz in Ordnung waren, startete Phil ebenfalls auf Topside. Sie half ihm, die Steigbügelriemen länger zu schnallen.

„Er ist einfach Klasse“, sagte sie zu Phil und klopfte Topside liebevoll. „Es wird schon gut gehen. Du bist in der Dressur besser als ich, und Topside ist besser als wir beide zusammen.“

„Das ist mir inzwischen völlig egal, Stevie“, sagte Phil. „Wirklich.“

„Mir auch“, erwiderte sie, und es war ihr ernst. „Es war eine blöde Idee von uns, alle Schleifen gewinnen zu wollen. Damit haben wir genau dasselbe getan wie Elsa und Debbie. Wir hätten es eigentlich besser wissen sollen. Reiten soll schließlich Spaß machen."

„Da hast du Recht", stimmte Phil ihr zu. „Übrigens, ich habe gehört, dass Debbie und Elsa Barry gefragt haben, ob wir heute Abend nach dem Turnier noch einmal einen Ritt mit Übernachtung machen dürfen. Vielleicht denke ich diesmal an die Bonbons!"

„Philip Marston!", verkündete Barry.

„Jetzt bist du dran", sagte Stevie. „Gib dir Mühe!"

Carole ritt zusammen mit Debbie und Elsa in den Prüfungen für Fortgeschrittene. An diesen relativ schwierigen Prüfungen nahmen außer den dreien nur noch zwei weitere Reiter teil.

Lisa, Stevie und Phil beobachteten die Teilnehmer voller Ehrfurcht.

„Das ist einfach toll!", sagte Lisa. „Ich meine, Leute zu sehen, die so super reiten. Das große Turnier von New York war auch toll, aber das hier ist fast besser. In New York waren alle Reiter Profis, hundertmal besser als ich es je sein werde. Aber diese fünf hier sind erstklassige Reiter, und sie sind in meinem Alter. Es ist einfach fabelhaft."

„Du meinst, sie ist fabelhaft", sagte Stevie und schaute zu, wie Debbie sprang. „Siehst du, wie sie ihren Körper vor dem Absprung gewissermaßen zusammenfaltet? Sie wirft sich nicht einfach nach vorn. Ihr Stil ist perfekt."

„Kaum zu glauben“, sagte Lisa und bewunderte Debbies Springstil. „Sie ist wirklich so gut, wie sie immer behauptet hat.“

„Man ist immer nur so gut, wie man eben ist“, belehrte Stevie sie. „Darüber zu reden macht einen nicht besser. Das hat sie inzwischen gelernt.“

„Das haben wir alle gelernt“, stellte Phil fest.

Als Nächste war Carole an der Reihe. Auch sie war großartig. Lisa hatte ihr schon oft beim Springen zugesehen, aber so gut wie an diesem Tag war sie noch nie gewesen. Nachdem Carole ihren Umlauf beendet hatte, gab es viel Applaus, doch am lautesten klatschten ihre vier „Konkurrenten“.

Lisa wusste, dass es bei den meisten Turnieren üblich war, die Schleifen sofort im Anschluss an jede Prüfung zu vergeben. Barry hatte sich jedoch zu einer anderen Verfahrensweise entschlossen. Lisa vermutete, dass er ihnen auf diese Weise klarmachen wollte, dass die Schleifen nicht das Wichtigste waren, doch er hätte sich die Mühe sparen können. Viele der Reiter hätten die Siegerehrung beinahe vergessen, denn sie war ihnen nicht mehr wichtig. Wichtig war nur noch, dass sie etwas dazugelernt hatten und dieser Tag ihnen die Möglichkeit bot, das Gelernte vorzuführen.

Es wurden Unmengen von Schleifen verteilt. Lisa, Stevie und Carole hatten in ihren Prüfungen sehr gut abgeschnitten und durften goldene und silberne Schleifen in Empfang nehmen. Sie freuten sich darüber ebenso sehr wie über die Schleifen, die ihre Mitreiter gewonnen hatten.

Alle wollten den letzten Nachmittag im Ferienlager dazu benutzen, sich im See abzukühlen.

„Wer zuletzt im Wasser ist, muss heute Abend Feuerholz für alle sammeln!“, rief Jack. Danach dauerte es nicht mehr lange, bis alle fröhlich im See herumplanschten.

Carole erzählte allen eine neue Gespenstergeschichte am Lagerfeuer. Sie handelte von Frankensteins Monsterhengst. Ihre Zuhörer halfen ihr mit Vorschlägen, wenn sie nicht weiterwusste, und brachen in Gelächter aus, als der Monsterhengst schließlich Stutzilla heiratete und mit ihr das Fohlen Dracuboy bekam.

Nach einer Weile begannen alle zu singen. Stevie saß neben Lisa und Carole, ganz in der Nähe von Phil. Phil berührte ihre Schulter.

„Wollen wir spazieren gehen?“, fragte er. Unauffällig wollten sich die beiden fortschleichen. Leider schlichen sie nicht sehr erfolgreich, denn sie waren kaum aufgestanden, als sich auch schon alle anderen umdrehten und ihnen zum Abschied zuwinkten.

Stevie wurde rot. „Ich habe genug von Feuer“, versuchte sie zu erklären. „Wisst ihr, das Feuer …“

„Lass uns einfach gehen, Stevie“, sagte Phil. Er lächelte und nahm ihre Hand, und im Gehen hörten sie die Neckerei der anderen.

„Ich kann nicht glauben, dass es fast vorbei ist“, sagte Stevie. „Zwei Wochen schienen so lang, und jetzt, puff, sind sie vorbei. Aber es ist viel passiert in den zwei Wochen. All die Reitstunden, die erste Übernachtung im Zelt, das Feuer, das Turnier und jetzt unsere letzte Nacht im Zelt.“

„Die letzte Nacht? Ganz bestimmt nicht“, sagte Phil. „Ich denke, wir werden beide im nächsten Sommer wiederkommen, und ich schätze, wir werden uns auch zwischendurch sehen.“

Stevie hoffte es. Phil und sie schlenderten zu der behelfsmäßig eingezäunten Koppel, auf der die Pferde diese Nacht untergebracht waren. Ganz in der Nähe floss ein Bach. Die beiden setzten sich ans Ufer, zogen die Schuhe aus und ließen die Füße in das kühle Wasser hängen.

Stevie und Phil schwiegen eine lange Zeit. Die Pferdekoppel lag auf einem Hügel, und mehrere Pferde standen auf der Hügelkuppe und hoben sich dunkel gegen den tiefblauen Nachthimmel ab, und über ihnen leuchtete der Mond. Eines von ihnen hob den Kopf und wieherte. Ein anderes reagierte darauf, indem es das erste mit der Nase sanft gegen die Schulter stieß. Stevie hörte, wie die Pferde in ihrer Nähe zufrieden Gras rupften. Sie hörte aber auch andere Geräusche der Nacht – den Bach, Grillen und sogar den Ruf einer Eule.

Stevie dachte, dass dies wahrscheinlich der schönste Platz der Welt war. Sie sah Phil an. Es gab etwas, das das Ganze noch schöner machen konnte. Und genau in diesem Augenblick lehnte er sich zu ihr hinüber und küsste sie zum ersten Mal.

14

„Er hat dich geküsst!“ Lisa kreischte es fast. Die Mädchen waren wieder zu Hause in Willow Creek, saßen am Rand von Stevies Swimmingpool und tauschten ihre Geheimnisse aus.

Die Zeit im Ferienlager war vorüber, doch sie alle hatten genug erlebt. Die Erinnerung an all die Abenteuer würden sie ihr Leben lang nicht mehr vergessen.

Stevie nickte aufgeregt. Ihren Freundinnen von ihrem ersten Kuss zu erzählen, machte fast so viel Spaß wie das Küssen selbst.

„Auf den Mund?“, wollte Carole wissen.

Stevie nickte. „Ihr seid doch nicht eifersüchtig, oder?“, fragte sie plötzlich etwas ängstlich, denn ihr war gerade eingefallen, dass die beiden anderen noch nie von einem Jungen geküsst worden waren.

„Eifersüchtig?“, wiederholte Lisa. „Natürlich bin ich eifersüchtig, aber eine von uns musste ja den Anfang machen, und Phil ist wirklich ein netter Kerl.“

„Das stimmt“, sagte Stevie und grinste.

„Mich stört es auch nicht", versicherte Carole ihr.

„Aber erzähl es mir doch noch einmal – du weißt schon, den Teil mit den Pferden auf dem Hügel."

Stevie lachte. Zurzeit waren Pferde für Carole immer noch wichtiger als Jungen, aber Carole freute sich, dass ihre Freundin glücklich war, und damit war auch Stevie zufrieden. Sie erzählte Carole noch einmal von dem Anblick der Pferde auf dem Hügel.

„Das muss wunderschön gewesen sein", sagte Carole und seufzte.

„Das war es", bestätigte Stevie. „Glaub mir."

„Oh nein, sie bekommt wieder diesen schmachtenden Blick", alberte Lisa. „Denkst du noch daran, wie Carole dich im Reitunterricht vor einer Blamage gerettet hat, indem sie dich einen Hustenanfall vortäuschen ließ?"

„Ja, ja", sagte Stevie. „Und ich verspreche, dass es nie wieder vorkommen wird."

Carole und Stevie lachten. Es war schön, dass Stevie wieder sie selbst war.

Lisa wollte sichergehen, dass Stevie ihr nichts verschwieg, also fragte sie sie noch einmal gründlich über ihren Spaziergang mit Phil aus. Carole schien ein wenig abgelenkt; sie dachte an etwas anderes.

„Langweilt dich die vierhundertste Wiederholung von Stevies erstem Kuss?", fragte Lisa, die bemerkt hatte, dass Carole mit den Gedanken woanders war.

„Aber nein", sagte Carole und grinste. „Ich bin jederzeit bereit für die vierhundertunderste, aber ich musste gerade an etwas anderes denken. Erinnert ihr euch noch daran, wie Sara Devine uns erzählt hat, dass sie den Turniersport aufgab, weil der Ehrgeiz und die Verbissenheit der anderen ihr den Spaß daran nahmen? Ich glaube, dasselbe haben wir in der ersten Woche im Ferienlager auch erlebt. Und so macht das Reiten wirklich keinen Spaß!"

Lisa begann ihre Haare zu kämmen. „Nein, das Beste am Reiten ist das, was der Sattelclub tut. Wir helfen einander."

„Genau", stimmte Stevie ihr zu. „So wie alle Reiter es beim Turnier taten. Das war toll. Es war so, als hätte der Sattelclub noch siebenundzwanzig weitere Mitglieder."

Carole sah sie überrascht an. „Möchtest du wirklich siebenundzwanzig neue Mitglieder haben?", fragte sie Stevie.

„Bloß nicht!", sagte Lisa. „Mir gefällt unser Club, wie er ist. Zumindest würde ich so abstimmen."

„Vielleicht nicht siebenundzwanzig neue Mitglieder", sagte Stevie gedankenverloren. „Aber wie wäre es mit einem?"

Lisa und Carole brauchten sie nicht zu fragen, wen sie meinte. Freundinnen wissen so etwas.

Bonnie Bryant ist Autorin vieler Jugendbücher und hat unter ihrem Ehenamen B. B. Hiller auch Romane zu Kultfilmen wie „Liebling, jetzt haben wir ein Riesenbaby“ verfasst.

Die erste Folge des Sattelclubs entstand 1986. Die Amateurreiterin vertiefte ihre Kenntnisse über Pferde zeitgleich mit ihren Heldinnen Stevie, Carole und Lisa. Wobei die drei Mädchen, wie die Autorin betont, die weitaus besseren Reiterinnen sind.

Bonnie Bryant ist in New York geboren und aufgewachsen. Noch heute lebt sie zusammen mit ihren zwei Söhnen in Greenwich Village.

Leseprobe aus dem
Ravensburger Taschenbuch 54933 von Bonnie Bryant
„Gefahr für das Fohlen“ und
„Hilfe für die Pferderanch“

Carole Hanson summte vor sich hin, während sie ihr Pferd abzäumte und die Trense an den Haken vor der Boxentür hängte. Als Nächstes löste sie die Schnallen des Sattelgurts. Ihr Pferd Barq hielt dabei mustergültig still. Carole klopfte ihm liebevoll den Hals. Sie mochte diese Arbeit ebenso wie alles andere, was mit Pferden zu tun hatte.

Plötzlich hörte sie ein grummelndes Geräusch. Kam es von Barq? Carole hörte auf zu summen und sah Barq besorgt an. Wenn dieses Geräusch von ihm kam, musste er krank sein. Vielleicht brauchte er einen Tierarzt? Das Geräusch ertönte abermals.

Vorsichtig legte Carole ihr Ohr an den Bauch des Pferdes. Sie hatte kein Stethoskop, doch wenn Barqs Verdauung wirklich nicht in Ordnung war, würde sie es auch so hören. Sie konnte jedoch nichts hören, abgesehen von …

„He, Carole, ich habe ja schon von Pferdeverrücktheit gehört, aber treibst du es damit nicht etwas zu weit?“, ertönte eine wohl bekannte Stimme hinter Carole.

Carole richtete sich auf und funkelte Veronica Di Angelo wütend an. Veronica ritt ebenso wie Carole und ihre beiden besten Freundinnen Stevie Lake und Lisa Atwood im Reitstall von Pine Hollow. Sie war das verwöhnte Kind reicher Eltern und interessierte sich stets mehr für den tadellosen Sitz ihrer Reitkleidung als für die Gesundheit der Pferde.

„Ich dachte, ich hätte seinen Magen grummeln hören", erklärte Carole. Veronica hatte zwar keine Erklärung verdient, doch Carole konnte sich nicht bremsen. Wenn es um Pferde ging, war sie immer begierig darauf, ihr Wissen mit anderen zu teilen – selbst mit hoffnungslosen Fällen wie Veronica. „Und wenn es in seinem Magen rumort, könnte das der Anfang einer Kolik sein, und das ist sehr gefährlich, weil ..."

„Was du gehört hast, war deine Freundin Stevie", unterbrach Veronica sie grob und verschwand.

Carole spähte über die Boxentür, um festzustellen, wovon Veronica gesprochen hatte. Stevie hatte ihr Pferd Topside in der Stallgasse angebunden und säuberte gerade geduldig seine Hufe. Doch die Geräusche, die sie dabei von sich gab, klangen alles andere als geduldig.

„Grrr", knurrte Stevie, die noch nicht gemerkt hatte, dass Carole sie beobachtete. „Ich hasse es, ich hasse es, ich hasse es." Sie strich sich das dunkelblonde Haar aus dem Gesicht und konzentrierte sich auf ihre Arbeit.

„Du hasst das Hufeauskratzen?“, fragte Carole.

Stevie schaute auf. „Nein, ich hasse die Schule“, sagte sie. „Das neue Halbjahr hat erst vor drei Tagen angefangen, und ich habe schon sieben unmögliche Aufgaben zu erledigen, darunter ein besonders grässliches Biologieprojekt. Wenn ich in der Schule nicht mehr mitkomme, wird Max mich nicht mehr reiten lassen, und wenn ich nicht mehr reiten darf, ist es ja wohl sinnlos, weiter zur Schule zu gehen! Ich wünschte, sie würden uns dort etwas über Pferde beibringen, anstatt uns mit diesem ganzen nutzlosen Mist zu langweilen. Ich glaube, dann hätte ich nur noch Einsen.“

„Habt ihr von mir gesprochen?“, fragte Lisa und gesellte sich zu ihren beiden Freundinnen. Stevie und Carole lachten. Sie waren sich einig, dass Lisa die beste Schülerin war, Carole am meisten von Pferden verstand und Stevie am besten Witze erzählen und Streiche spielen konnte. Doch in Sachen Pferdeverrücktheit waren sie alle gleich.

„Ja, ich schon“, gab Stevie zu und richtete ihre Aufmerksamkeit wieder auf Topsides Huf. Der Stein, der sich unter das Hufeisen geklemmt hatte, löste sich und fiel auf den Boden. Stevie lächelte triumphierend und sah ihre Freundinnen an. „Es geht um dieses grässliche Biologieprojekt. Was wisst ihr über Osmose?“

Lisa dachte kurz nach. „Als Osmose bezeichnet man

die Neigung eines hoch konzentrierten Stoffes, sich durch eine halb durchlässige Membran zu einem Stoff mit geringerer Konzentration zu bewegen."

Stevie seufzte. „Bedeutet das, dass ich nur mein Biologiebuch unter das Kopfkissen legen muss, damit der ganze Lehrstoff durch Osmose über Nacht in meinen Kopf übergeht?"

„Nur wenn dein Kopf halb durchlässig ist", belehrte Lisa sie.

„He, vergiss nicht, dass ich hier die Witze mache", sagte Stevie lachend. Sie band Topside los und führte ihn in seine Box. „Aber ich fürchte, in diesem Fall werden meine Witze mich nicht retten", sagte sie ernst.

Das klang für Carole, als würde es Ärger geben. Sie dachte darüber nach, als sie zu Barqs Box zurückkehrte, um ihn fertig zu putzen. Max Regnery, der Besitzer des Reitstalls, bestand darauf, dass all seine jungen Reiter mindestens durchschnittliche Schulnoten vorweisen konnten. Stevie hatte bisher immer eine Möglichkeit gefunden, einer schulischen Katastrophe auszuweichen, doch Carole fürchtete, dass ihre Zensuren über kurz oder lang doch weiter abrutschen würden. Und dann würde Max Stevie das Reiten verbieten, bis sie sich wieder gefangen hatte.

In den Augen von Carole und ihren Freundinnen war ein solches Reitverbot die schlimmste Strafe, die sie sich vorstellen konnten. Die drei Mädchen liebten Pferde so sehr, dass sie den Sattelclub gegründet hatten. Noch waren sie die einzigen aktiven Mitglieder, doch sie hatten einige ihrer Freunde, die außerhalb wohnten, zu Ehrenmitgliedern ernannt. Der Club hatte nur zwei Regeln: Seine Mitglieder mussten Pferdenarren sein, und sie mussten einander jederzeit helfen. Seit der Gründung des Clubs hatten die drei schon viele wundervolle Ritte unternommen – und mehr als einmal die Gelegenheit gehabt, sich gegenseitig zu helfen.

Carole vermutete, dass es das Beste wäre, Stevies Problem zu einem Sattelclub-Projekt zu erklären. Sie warf einen Blick in die benachbarte Box, in der Stevie damit beschäftigt war, Topside zu putzen.

„Ich glaube, wir sollten ein Clubtreffen abhalten, wenn wir hier fertig sind", sagte sie.

„Gute Idee", sagte Stevie. „Aber was ist mit Lisa? Hat sie nicht heute Klavierstunde?"

Carole konnte Lisa zwar nicht sehen, wusste aber, wo sie war. Peppers Box befand sich schräg gegenüber von der von Barq, auf der anderen Seite der Stallgasse. „He, Lisa, hast du heute Klavierstunde?", rief sie.

„Nein, die ist am Donnerstag", rief Lisa zurück.

„Dann findet nachher ein Sattelclub-Treffen statt."

„Klasse", sagte Lisa. „Treffen wir uns in etwa einer halben Stunde in der Eisdiele?"

Die Eisdiele war ihr Lieblingstreffpunkt – leider auch der, der die größte Bedrohung für die schlanke Linie darstellte.

„Wenn ich nur den blöden Sattelgurt aufbekäme, dann könnte ich wenigstens schon einmal anfangen zu putzen!", maulte Lisa.

„Warte, ich helfe dir", sagte Carole. Sie verpasste Barq schnell den letzten Glanz und machte sich dann auf den Weg zu Peppers Box. Doch bevor sie dort ankam, versperrte Veronica Di Angelo ihr den Weg.

„Sattelclub?", sagte sie. „Was ist der Sattelclub?"

Carole war sprachlos. Sie hatte noch nie darüber nachgedacht, ob der Sattelclub ein Geheimnis war oder nicht, und bei ihrer lautstarken Unterhaltung mit Lisa hatte sie ebenfalls keinen Gedanken an Geheimhaltung verschwendet. Sie hatte nur an Stevies Biologieprojekt und Lisas Sattelgurt gedacht.

„Ist der Sattelclub irgendwas, das ihr euch im Ferienlager ausgedacht habt?"

Das war wieder einmal typisch für Veronica. Sie war tatsächlich neidisch auf ihre Zeit im Ferienlager und missgönnte ihnen die Abenteuer, die sie dort erlebt hatten. Wenn die wüsste!, dachte Carole.

Veronica versperrte Carole den Weg. Sie hatte die Hände in die Hüften gestemmt, und Carole war es unmöglich, ihr oder ihrer Frage auszuweichen.

Carole stemmte ebenfalls die Hände in die Hüften, sah Veronica direkt in die Augen und verkündete dann: „Dein Lippenstift ist verschmiert."

Unbewusst hob Veronica eine Hand zum Mund und hatte damit ihren Vorteil verloren. Sie drückte sich an Carole vorbei und hastete davon, ohne Zweifel auf der Suche nach einem Spiegel. Carole setzte ihren Weg zu Peppers Box fort.

„Gute Arbeit!", rief Stevie ihr nach.

„Ein Kinderspiel!", erwiderte Carole großspurig und betrat Peppers Box. Sie musste Lisa unbedingt ein paar Tipps zum Absatteln geben.

Es stellte sich heraus, dass die Mädchen bei ihrem Treffen wesentlich mehr zu besprechen hatten als nur Stevies Biologieaufgabe. Sie mussten zudem über etwas reden, das sie alle nur „den Brief" nannten. Schon kurz nach ihrer Ankunft in der Eisdiele hatten sie ihre Eisbecher bestellt und Stevies Problem gelöst.

„Natürlich helfe ich dir bei deiner Bio-Aufgabe", sagte Lisa. „Aber nun lasst uns über den Brief reden."

„Was meint ihr, worum es dabei geht?", fragte Stevie und hielt den Brief hoch. Es handelte sich um ein Rundschreiben, das Max an alle jungen Reiter verteilt hatte und in dem er sie und ihre Eltern für den nächsten Dienstag zu einer Versammlung einlud.

„Ich hoffe nur, dass Max nicht irgendeine schreckliche Veränderung plant“, sagte Stevie.

Lisa sah erschrocken aus. „Das hoffe ich auch“, sagte sie. „Mir gefällt unser Reitstall genau so, wie er ist. Hoffentlich will Max nichts ändern.“

„Vielleicht ist es etwas ganz Tolles“, vermutete Carole. Wenn es ums Reiten ging, war sie immer optimistisch.

„Wenn es etwas Tolles ist, was sollen dann unsere Eltern dabei?“, wollte Stevie wissen.

„Vielleicht ist es auch etwas ganz Einfaches, zum Beispiel ein neuer Reitstundenplan“, überlegte Lisa.

„Dafür brauchte Max keine Versammlung abzuhalten“, verkündete Stevie. „Aber er müsste eine Versammlung abhalten, wenn er etwas Schlimmes vorhätte.“

„Was denn?“, fragte Carole.

„Ach, er könnte doch beschlossen haben, nach Alaska auszuwandern oder in Zukunft als Versicherungsvertreter zu arbeiten oder keine Jugendlichen mehr zu unterrichten. Irgendwas in der Art.“

„Das wäre nicht nur schrecklich, das wäre furchtbar“, stellte Carole fest.

Die Mädchen schwiegen bedrückt.

„Wer bekommt die Erdnussbuttercrisps mit Blaubeersoße?“, fragte die Kellnerin. Carole und Lisa zeigten auf

Stevie. Sie suchte sich immer die unmöglichsten Zusammenstellungen aus. Doch wenn jemand behauptete, sie täte dies nur, damit niemand auf die Idee käme, ihr Eis probieren zu wollen, stritt sie das rundweg ab. Selbst die Kellnerin verzog das Gesicht, als sie den Eisbecher auf Stevies Platz stellte. Sie servierte auch Carole und Lisa ihr Eis, und die Mädchen begannen schweigend, es zu verzehren. Doch gerade als ihre Stimmung den absoluten Tiefpunkt erreicht hatte, betrat Veronica Di Angelo mit ihren Freunden die Eisdiele. Veronica kam natürlich sofort zu ihrem Tisch.

„Ach nein“, säuselte sie. „Ihr drei wieder zusammen? Mir scheint, euch sieht man nur zu dritt. Ist das hier ein Club oder irgend so etwas?“

Stevie warf ihr einen verächtlichen Blick zu.

„Was willst du?“, fragte Carole in der Hoffnung, sie möglichst schnell wieder loszuwerden.

„Ach, ich dachte nur, ihr würdet gern eine gute Neuigkeit hören“, sagte Veronica.

„Mich zerreißt es fast vor Neugier“, verkündete Stevie sarkastisch.

„Dann kannst du jetzt gleich mal deine Neugier durch Neid ersetzen, denn am Montag bekomme ich mein neues Pferd.“

Carole konnte nichts dagegen tun, sie spürte, wie der Neid in ihr hochstieg. Doch das würde sie Veronica ganz bestimmt nicht merken lassen. „Wie schön für dich", sagte sie betont gelassen. „Welche Rasse?"

„Araber. Es ist eine Dunkelfuchsstute, und ich werde sie Garnet nennen. Ich wette, ihr werdet viel Spaß dabei haben, mir zuzusehen, wie ich sie reite." Mit diesen Worten warf Veronica den Kopf in den Nacken und schritt davon, ihre Bewunderer im Gefolge.

„Und wie viel Spaß wir erst haben werden, dir dabei zuzusehen, wie du dich *nicht* um dein Pferd kümmerst", zischte Stevie ihr nach.

„Das ist eine Katastrophe!", stellte Lisa fest. „Ihre unvernünftige Reiterei hat ihr letztes Pferd das Leben gekostet. Wie kann sie jetzt ein neues bekommen?"

„Ganz einfach", meinte Stevie. „Sie musste bloß ihren Papi fragen!"

Carole griff nach ihrem Löffel und stieß ihn in ihr Eis, um ihre Betroffenheit und ihren Ärger zu verbergen. Sie dachte an Veronicas erstes Pferd, den Vollbluthengst Cobalt. Carole hatte dieses Pferd viel mehr geliebt und besser versorgt als Veronica. Außerdem hatte sie es besser geritten. Er war ein wunderschönes und wertvolles Pferd gewesen, doch für Veronica absolut ungeeignet. Das einzig Gute, das noch an Cobalts kurzes Leben erinnerte, war sein Fohlen – das pechschwarze Hengstfohlen Samson, das Max gehörte.

„Denkt ihr noch daran, wie Veronica nach Cobalts

Tod eingesehen hat, dass sie noch nicht reif war für ein neues Pferd ... sie musste ihren Vater sogar daran hindern, ihr eines zu kaufen."

Stevie und Lisa nickten.

„Sie ist immer noch nicht reif dafür!"

„Was meint ihr, ob der Brief etwas mit Veronicas Pferd zu tun hat?", fragte Lisa.

„Ich hoffe nicht", antwortete Carole. „Und ich würde vorschlagen, dass wir Veronica jetzt vergessen. Lasst uns lieber weiter über den Brief nachdenken. Hat noch jemand eine Idee?"

„Ja – was ist, wenn Max das Reitschulgelände an eine Baufirma verkauft hat und dort jetzt Ferienwohnungen entstehen sollen?", sagte Stevie.

„Das wird ja immer schlimmer", stöhnte Carole.

„Das sollte nur ein Witz sein", versicherte Lisa.

Carole hatte nichts gegen einen guten Witz, aber sie konnte nichts Lustiges daran finden, dass mit ihrem Reitstall etwas Schreckliches passieren würde.

„Mir ist gerade etwas eingefallen", sagte Lisa. „Als Max mir den Brief gab, hat er gelächelt. Was immer es ist, ich glaube, er freut sich darüber. Vielleicht sind unsere Vermutungen alle falsch. Vielleicht ist es wirklich etwas Gutes. Denkt ihr noch daran, wie wir geglaubt haben, der Stall wäre in Schwierigkeiten?"

„Oh Mann, waren wir da auf dem Holzweg", sagte

Stevie und musste grinsen. „Aber immerhin haben wir Max einen Haufen neuer Kunden besorgt. Vielleicht hat er beschlossen, noch mehr Stunden zu geben", fügte sie nachdenklich hinzu.

„Oder er will neue Pferde kaufen", sagte Carole voller Begeisterung.

„Vielleicht hat er auch beschlossen, Veronica rauszuschmeißen!", jubelte Stevie.

„Das wäre zu schön, um wahr zu sein", sagte Carole. „Das wäre wie …" Sie suchte nach einem passenden Vergleich. „… Geburtstag und Weihnachten an einem Tag!"